Suhrkamp BasisBibliothek 51

Diese Ausgabe der »Suhrkamp BasisBibliothek – Arbeitstexte für Schule und Studium« bietet nicht nur Gert Ledigs Roman *Vergeltung*, sondern auch einen Kommentar, der alle für das Verständnis des Buches erforderlichen Informationen enthält: eine Zeittafel zu Leben und Werk Ledigs, Hintergrundinformationen zum Bombenkrieg in Deutschland und zu der Ende der 1990er-Jahre geführten Debatte um »Literatur und Luftkrieg«, die Rezeptionsgeschichte des Textes, Deutungsansätze, Literaturhinweise sowie Wort- und Sacherläuterungen. Die Schreibweise des Kommentars entspricht den neuen Rechtschreibregeln.
Zu ausgesuchten Texten der Suhrkamp BasisBibliothek erscheinen im Cornelsen Verlag Hörbücher und CD-ROMs. Weitere Informationen erhalten Sie unter www.cornelsen.de.
Florian Radvan, geboren 1973, unterrichtet am Institut für Deutsche Sprache und Literatur an der Pädagogischen Hochschule Karlsruhe.

Gert Ledig
Vergeltung

Roman

Mit einem Kommentar
von Florian Radvan

Suhrkamp

Der vorliegende Text folgt der Ausgabe:
Gert Ledig, *Vergeltung*, Suhrkamp Verlag (= suhrkamp taschenbuch 3241), Frankfurt am Main 2001, © Suhrkamp Verlag, Frankfurt am Main 1999.

Originalausgabe
Suhrkamp BasisBibliothek 51
Erste Auflage 2004

Satz: pagina GmbH, Tübingen
Druck: Ebner & Spiegel, Ulm
Umschlaggestaltung: Hermann Michels und Regina Göllner
Umschlagfoto: Armin Smailovic
Printed in Germany

ISBN 3-518-18851-8

1 2 3 4 5 6 – 09 08 07 06 05 04

Inhalt

Vergeltung

⌜*Einer Toten gewidmet,*
die ich als Lebende nie gesehen habe.⌝

⌜*Mitteleuropäische Zeit 13*^{01}⌝

Lasset die Kindlein zu mir kommen. –
Als die erste Bombe fiel, schleuderte der Luftdruck die toten Kinder gegen die Mauer. Sie waren vorgestern in einem Keller erstickt. Man hatte sie auf den Friedhof gelegt, weil ihre Väter an der Front kämpften und man ihre Mütter erst suchen mußte. Man fand nur noch eine. Aber die war unter den Trümmern zerquetscht. So sah die Vergeltung aus.
Ein kleiner Schuh flog mit der Bombenfontäne in die Luft. Das machte nichts. Er war schon zerrissen. Als die emporgeschleuderte Erde wieder herunterprasselte, begann das Geheul der Sirenen. Es klang, als beginne ein Orkan. Hunderttausend Menschen spürten ihr Herz. Die Stadt brannte seit drei Tagen, und seitdem heulten die Sirenen regelmäßig zu spät. Es war, als würden sie absichtlich so in Betrieb gesetzt, denn zwischen dem Zerbomben brauchte man Zeit zum Leben.
Das war der Beginn.
Zwei Frauen auf der anderen Seite der Friedhofsmauer ließen den Handwagen los und rannten über die Straße. Sie dachten, die Friedhofsmauer sei sicher. Darin hatten sie sich geirrt.
In der Luft dröhnten plötzlich Motoren. Ein Pfeilregen von ⌜Magnesiumstäben⌝ bohrte sich zischend in den Asphalt. In der nächsten Sekunde platzten sie auseinander. Wo eben noch Asphalt war, prasselten Flammen. Der Handwagen wurde von der Luftwelle umgeworfen. Die Deichsel flog in den Himmel, aus einer Decke entrollte sich ein Kind. Die Mutter an der Mauer schrie nicht. Sie hatte keine Zeit dazu. Hier war kein Spielplatz für Kinder.
Neben der Mutter stand eine Frau und brannte wie eine

Fackel. Sie schrie. Die Mutter blickte sie hilflos an, dann brannte sie selbst. Von den Beinen herauf über die Unterschenkel bis zum Leib. Das spürte sie noch, dann schrumpfte sie zusammen. Eine Explosionswelle barst an der Friedhofsmauer entlang, und in diesem Augenblick brannte auch die Straße. Der Asphalt, die Steine, die Luft. Das geschah beim Friedhof.
In ihm sah es anders aus. Vorgestern hatten die Bomben ausgegraben. Gestern wieder eingegraben. Und was heute geschehen würde, stand noch bevor. Selbst die Verfaulten in den Soldatengräbern wußten es nicht. Und die hätten es wissen müssen. Auf ihren Kreuzen stand: Ihr seid nicht umsonst gefallen.
Vielleicht wurden sie heute verbrannt.

Dem Leutnant hatte man die linke Hand amputiert. Die Hand lag zweitausendvierhundert Kilometer von der Stadt entfernt in der Kalkgrube des Feldlazarettes von ⌜El Alamein⌝. Dort war sie verrottet. Jetzt verfügte der Leutnant über eine Prothese, acht Flakgeschütze* hinter dem Friedhof, zehn gediente Soldaten und die Oberprima* des Humanistischen Gymnasiums.

Flugzeugabwehrkanonen

Veraltete Bezeichnung für die letzte Klasse des Gymnasiums

Drei Meilen kamen die Brandbomben durch die Luft geflogen. Sie zerplatzten auf seinem Betonbunker. Ausgelöst hatte sie Sergeant Strenehen, von dem es später hieß: ein Mensch.
Menschen gab es viele. Als Strenehen die Feuerwoge über dem Friedhof sah, war er eine Sekunde lang zufrieden. Er hatte dieses Ziel gewählt, in der Hoffnung, dort träfe es nur Tote. Daß sie deswegen sechzig Minuten später einen der Ihren mit Schaufeln erschlagen würden, wußte er nicht.
In dieser Stunde oder nach dieser Stunde wurden noch mehr erschlagen. Ein ungeborenes Kind im Mutterleib von einer Hausmauer. Der französische Kriegsgefangene Jean Pierre von einem Gewehrkolben. Sechs Schüler des Hu-

manistischen Gymnasiums am Flakgeschütz von einem Rohrkrepierer*. Ein paar hundert Namenlose auch. Nennenswert war das nicht. In diesen sechzig Minuten wurde zerrissen, zerquetscht, erstickt. Was dann noch übrigblieb, wartete auf morgen.

Rohrkrepierer: Vorzeitig im Geschützrohr zerspringendes Geschoss

Später behauptete jemand: So schlimm wäre das nicht gewesen. Es blieben immer welche übrig.

In der ⌜Maschine der US-Air-Force⌝ gab es keinen Abort*, aber Sergeant Strenehen hatte sich erbrochen. Er war durch manchen Orkan geflogen, ohne sich zu erbrechen. Wenn sich die Klappen der Bombenschächte öffncten, erbrach er sich immer wieder.

Abort: Toilette, Klosett

Dabei war das Öffnen der Schächte ein mechanischer Vorgang. Er wurde ausgelöst vom Automaten des Zielgerätes. Das Präzisionsinstrument errechnete ⌜Aufsatzwinkel⌝, Zielstrahl, ⌜Rücktrift⌝, ⌜ballistischen Vorhalt⌝. Es betätigte die Zünderkästen, das Magazin. Die Erfindung der Guillotine war dagegen primitiv.

Sergeant Strenehens Staffel flog Spitze und markierte die Ziele. Siebzig Meilen hinter ihr folgte ⌜die erste Welle⌝. Vierhundert Bomber trugen die Ladung von zwei Güterzügen voll Sprengstoff durch die Luft.

Die Sonne spiegelte sich auf den Tragflächen. Wolken hingen am Horizont. Die Motoren summten, und dreißig Meilen hinter der ersten Welle folgtc dic zweite.

I

Ich, Maria Erika Weinert, wurde am 4. Juli 1925 in Marburg an der Lahn geboren. Nach dem Besuch der Volks- und Handelsschule übernahm ich eine Stellung beim ⌜Gerling-Konzern⌝ als Kontoristin. Deshalb verließ ich meine Eltern und wohnte in einer größeren Stadt zwischen Rhein und Elbe.*

kaufmännische Angestellte

Meine Lieblingsfarbe war blau. Die Haare trug ich lang und in einer Rolle über dem Nacken. Wenn es möglich gewesen wäre, hätte ich gern tanzen gelernt. ⌜Aber zwischen meinem fünfzehnten und neunzehnten Lebensjahr durfte man nicht tanzen⌝. Ein Jahr lang schrieb ich Briefe an einen Soldaten, den ich nie gesehen habe. Mein größtes Erlebnis war eine Sommerreise ans Meer. Unser Zimmer lag dicht am Strand.

Damals war ich noch ein Kind. Im Garten meiner Eltern gab es Rosen. Eines Tages durfte ich in der Schule das Schneewittchen spielen, trotz meiner blonden Haare. Das Gefühl, als ich vor den vielen Menschen auf der Bühne unserer Aula stand, konnte ich nicht vergessen.

Ich hatte zwei Sommerkleider. Eines davon war weiß und mit großen Kornblumen bedruckt. Ein Abendkleid besaß ich nicht. Zweimal in meinem Leben habe ich Sekt getrunken. Einmal bei meiner Firmung. Das zweite Mal schickte mir ⌜der Soldat, dem ich Briefe schrieb⌝, ein Paket aus Frankreich.*

Katholisches Sakrament

Die Nadel am Höhenmesser war das Zünglein an der Waage. Eine Explosionswolke kam den Kanzelscheiben* entgegen und zerstob am Glas. Sie flogen mitten durch die ⌜Flaksperre⌝. Rauchfetzen hingen in der Luft. Das einzige Geräusch kam von den Motoren. Die Detonationen hörten sie nicht.

*Cockpitscheiben eines Flugzeugs

Über die Schultern des Captains hinweg starrte Ohm auf die Armaturen. Wenn sie abstürzten, hatte er sechs Schritt bis zur nächsten Öffnung. Es sei denn, eine Granate explodierte in den Benzintanks, dann würde er verbrennen. Er dachte: Mein Großvater hat Baumwolle gepflückt. Sein Vater ist mit den Weißen in den Krieg gezogen, meinem Vater haben sie in Harlem ein Denkmal gesetzt: Ich bin ein freier Mann.

Seine Füße zitterten. Der Gummibelag am Boden dämpfte alles. Das Zittern kam nicht von den Motoren.

Während mein Weib und mein Sohn Abraham schliefen, dachte er, geschah es. Zwischen mir und meinem Weib liegt das Meer, und die fremde Frau gehörte nicht einmal zu meiner Rasse. Der Herr spricht: Ich werde eure Sünden vergelten bis ins sechste und siebte Glied. Was das bedeutet, wußte er. Seine großen Hände legten sich auf die Munitionstrommeln, um zu beten: Vergib mir, es ist über mich gekommen. Ich bin schwach und in Deiner Macht. Wenn er über die Drehzahlmesser hinwegblickte, sah er den Horizont.

Unter ihnen entfaltete sich ein Springbrunnen. Er bestand aus Leuchtspurgeschossen und fiel wieder in sich zusammen. Für die leichte Flak flogen sie zu hoch. Diese Geschosse erreichten sie nicht.

Jesus, betete er. Mein Weib bügelt für fremde Menschen Wäsche. Die Leute sagen: Sie ist fleißig. Abraham wird

sieben Jahre alt. Mein Vater hat es bis zu einem Denkmal gebracht. Aus Bronze sollte es sein. Das gesammelte Geld reichte nur für Gips. Farbe sollte den Gips zudecken. Ich habe es Jahr für Jahr gestrichen.
Er betete: Vergib mir. Wenn dies meine letzte Stunde ist, sterbe ich mit einer Sünde. 5
Sie mußten jetzt Ziele markieren. Ihn ging es nichts an. Er hoffte, es kämen keine Jäger*. Seine Gedanken gehorchten ihm nicht. In dieser Minute war nichts so wichtig wie Beten. Mit gefalteten Händen stammelte er vor sich hin. 10
Eine Stimme sagte: »Ohm, Sie lösen Strenehen ab. Ich will ihn sprechen!«
Captain Lester sprach über die Bordverständigung, und es kam aus den Kopfhörern. Das Beten war zu Ende.
»Ja, Sir!« 15
Er wandte sich um. Über die Tragflächen hinweg sah er den Bug der nächsten Maschine. Im Vorbeigehen berührte er die Schulter des zweiten Piloten, dann hatte er den Führerstand verlassen.

Die Kranke lag im Bett. 20
⌜Wassersucht⌝ ließ ihr kaum Kraft zum Atmen. Die Matratzen hatten sich verschoben. Ihr graues Haar war geöffnet. Auf ihrer Stirn stand Schweiß. Christus blickte auf sie herab. Das milde Gesicht eines Mannes im langen Kittel. Er stand auf einer Wolke. Der Kunstdruck hing in einem Rahmen an der Wand. Die Sirenen waren verstummt. Gottes Sohn konnte sich nicht bewegen. 25
Die Tür öffnete sich, eine Frau in Trauerkleidern und ein Mädchen traten herein. Sie brachten einen Stuhl mit. Gemeinsam hoben sie die Kranke aus dem Bett. 30
Handgriffe ohne Worte. Dem Mädchen fiel eine blonde Locke in die Stirn, durch das geöffnete Fenster strich Wind, aus der Ferne drang dumpfes Dröhnen. Als die Kranke auf dem Stuhl saß, schleppten sie ihn hinaus. Das zerwühlte Bett und der Kunstdruck blieben zurück. 35

* Ugsl. Bezeichnung für Jagdflugzeuge, die die feindlichen Bomber angreifen u. abschießen sollen

Das Mädchen und die Frau trugen ihre Last die Treppen hinab. Stufe um Stufe schleppten sie den Stuhl mit der Kranken hinunter. Am nächsten Stockwerk mußten sie rasten. Zwischen den Hinterhäusern krachte das Echo der Geschütze. Die Frau und das Mädchen setzten den Stuhl auf den Treppenabsatz. Er bewegte sich bei jedem Abschuß.
Bis zur Kellertür waren es noch hundert Stufen.
Das Mädchen faßte sich an die Stirn. Der Schweiß rann über ihren Rücken. Die Kranke stöhnte. Sie streckte ihren aufgedunsenen Arm aus, fuchtelte durch die Luft und zeigte den beiden ein Kreuz aus Eisen.
»Mein Sohn«, stöhnte sie.
»Nicht jetzt!«
Das Mädchen lehnte sich nach vorn. Der Träger des Kleides rutschte über ihre Schulter. Er fiel auf die Knochen am Hals. Wo ihre Finger den Arm der Kranken berührten, bildeten sich Flecke.
Das Mädchen schob den Arm zurück.
»Lassen wir sie sitzen«, sagte plötzlich die Frau.
»Hier?«
Das Mädchen wandte sich ab. Eine Glasscherbe löste sich aus dem Fensterrahmen. Sie zersprang am Boden.
»Ja, hier.«
Eine Decke verhüllte die Beine der Kranken. Das Mädchen sah sie an.
»Also gut!«
»Sie wird weinen?«
Das Mädchen erwiderte: »Natürlich.«
Aus der Decke glitt das Kreuz hervor. Es fiel auf den Boden. Der aufgedunsene Arm der Kranken fuhr suchend durch die Luft. Das Mädchen hob das Kreuz auf und gab es ihr zurück.
»Packen Sie an!«
Die Frau antwortete: »Wir riskieren zuviel.«

»Aber es wäre doch grausam!«

Luftdruck fauchte durch das Fenster. Auf die Dächer klirrten Splitter. Das Mädchen und die Frau bückten sich gleichzeitig. Sie hoben den Stuhl auf; er wankte.

Ein Stöhnen kam aus der Brust der Kranken, dann stürzte sie vorwärts. Die Treppe hinunter, Absatz um Absatz, mit dem Kopf voran. Ihr Körper schlug gegen die Stufen. Erst am nächsten Fenster blieb sie, die Beine gespreizt, liegen.

Der Leutnant stieß in der Finsternis gegen den Beton. Er fror. Immer wenn er im Dunkeln saß, fror er. Es kroch den Boden herauf in die Füße, über den Unterleib bis zum Rükken. Er spürte, wie er sein Hemd durchschwitzte.

Um irgend etwas zu tun, öffnete er seinen Mund, da sagte eine Stimme:

»Feindverband hält Funkstille!«

Wassertropfen lösten sich von der Decke und fielen ihm auf die Hand. Er hob den Fuß, berührte damit den Tisch.

»Soll ich die Tür öffnen?« fragte jemand.

»Nein«, erwiderte er schnell, »es ist noch nicht vorbei.«

Die Wand fühlte sich naß an. Dort, wo der Funker saß, war ein wenig Helligkeit. Er wartete, ob seine Augen etwas unterscheiden könnten. Aber er unterschied nichts. Die Dunkelheit war rings um ihn. Irgendwo tickte eine Uhr. Er dachte: Die Toten brauchen keine Uhren. Die Uhr hatte er genommen, obwohl die Leiche schon verwest war. Das Knistern von draußen wurde leiser. Jemand trommelte mit den Fingern auf den Tisch. Im Kopfhörer des Funkers sagte eine Stimme laut: ⌜»I'll report you!«⌝

»Jetzt«, flüsterte der Funker, und das Trommeln der Finger auf dem Tisch brach ab.

Unwillkürlich beugte sich der Leutnant nach vorn. Die Uhr tickte wieder. Sie zählte die Sekunden.

»Das«, erklärte eine Stimme vom Tisch. »Das bedeutet nichts. Der Verband kann seine Flugrichtung immer noch ändern.«

»Standort?« fragte der Leutnant.
»Sechzig Kilometer West«, meldete der Funker.
»Wie spät ist es?«
Ein Zündholz zischte auf. Der Leutnant war geblendet. Im
5 Bruchteil einer Sekunde sah er die nackte Glühlampe an
der Decke.
Die Stimme vom Tisch sagte: »Zwei Minuten nach eins.
Der Zug müßte jetzt abfahren.«
Das Zündholz erlosch. Es war finster wie zuvor.
10 »Was für ein Zug?« fragte der Funker.
»Mit meiner Frau und dem Kind!«
Der Funker verrückte seinen Stuhl. »Sie hätten sie schon
längst aus der Stadt wegschicken sollen.«
Draußen auf dem Beton verpuffte eine Stichflamme. Drei
15 Steine flogen nacheinander gegen die Eisentür. Es klang
wie ein Signal. Im Kopfhörer begann es plötzlich zu reden:
»Trainstation! Bridge! Give him description!«*
»Sie markieren die Ziele«, sagte der Leutnant. An der
Decke fing die Glühlampe an zu glimmen. Das Knistern des
20 Phosphors verstummte. Von der Tür her roch es nach
Rauch.
»Warum geben Sie nicht Alarm?« fragte die Stimme vom
Tisch.
»Immer dasselbe«, erklärte der Funker. »Wir gehören zur
25 ⌜Schweigebatterie⌝. Unser Feuerbefehl kommt erst im letz-
ten Moment.«
Die Glühlampe begann zu flackern. Sofort ging sie wieder
aus. Der Leutnant blickte zum Funker hinüber.
»Standortmeldung?«
30 »Fünfzig Kilometer West!«
Die Stimme am Tisch sagte: »Wissen Sie, daß Trainstation
Bahnhof heißt?«
»Ja.«
Die Glühlampe verbreitete mit einemmal gleißende Hellig-
35 keit. Sie blendete alle drei. Den Funker, den Leutnant und

(engl.) »Bahnstation! Brücke! Nenn ihm die Koordinaten!«

den Mann in Zivil. Der sprang auf und fragte: »Kann ich zum Bahnhof?«
Ohne sich umzuwenden, antwortete der Leutnant: »Das ist verboten!« Sein Armstumpf schmerzte. Er sah vor sich hin auf die Erde. Als er jetzt den Kopf hob, blickte er in einen Spiegel. Das beste Mittel gegen das Mitleid. Er dachte: Wenn ich ihn gehen lasse, kommt er nie zurück. Auf seinem Kinn war ein Schnitt. Um das Blut zu stillen, hatte er Papier darauf geklebt. Jetzt war es verkrustet. Er riß es ab, und es begann wieder zu bluten. Während er sein Gesicht im Spiegel betrachtete, dachte er an die Schüler. Vielleicht war es besser, er hatte Blut unter den Lippen. Statt Papier.

Strenehen lehnte am Gestänge der ⌜Horizontalmagazine⌝. Über ihm befand sich der Schacht zur ⌜Turmkanzel⌝. Er blickte durch den ⌜Schwenkrahmen⌝ hinunter auf die Stadt. Zwischen der Maschine und der Erde hing eine Dunstschicht. Mündungsfeuer blitzte hindurch. Es blinkte wie Scheinwerfer. Aber das Licht war tödlich.
Der Dunst zerriß. Eisenbahnschienen vereinigten sich auf der Erde. Der Bahnhof verschluckte sie. Aus winzigen Waggons strömten Punkte. Vor einem unsichtbaren Hindernis staute sich ein Schwarm, wurde zum Fleck. Da hinein Treffer: Alles würde sich verfärben. Rot oder fleischig. Bis in den Himmel schreien konnten sie nicht. Die Flughöhe betrug vier Meilen.
Zeilen von Häusern reihten sich aneinander. Ein Platz. Trümmer. Die Silhouette eines Hochbunkers*. Und sie flogen wieder über den Friedhof. Wattebäusche haschten nach den Maschinen. Ihre Nähe war gefährlich. Als Strenehen den Führerstand betrat, sah er die zitternde Nadel am Höhenmesser.
»Sir, Sie wollten mich sprechen?«
»Eigenverständigung*«, erwiderte der Captain. »Gehen Sie auf Verbindung. Ihretwegen schreie ich mir nicht die Stimme aus dem Hals!«

Mehrstöckige, oberirdische Bunkeranlage mit meterdicken Betonwänden

Flugzeuginternes Kommunikationssystem

»Jawohl, Sir.«
Strenehen nahm die Lederhaube von seiner Brust, schob sie über den Kopf. Eine schwere Flakgranate explodierte am Heck. Die Tragflächen zog es einen Augenblick nach vorn. Zwischen den Propellern entstand in der Luft ein merkwürdiges Geräusch, dann hingen sie wieder in der Waagrechten, als sei nichts geschehen.
Die Stimme des Captains sagte im Kopfhörer: »Sie haben absichtlich unseren ganzen Dreck auf den Friedhof geschmissen. Ich erwarte eine Erklärung!«

Die Gestalten, die Munitionskisten und das Vierlingsgeschütz standen im Licht. Es zeigte mit den Rohren in den Himmel. Sonne fiel auf die Plattform. Zwischen Himmel und Erde gab es keine Schatten. Der nackte Bunkerkoloß überragte alle Dächer. Von der Straße stieg Qualm empor, kein verdunstetes Wasser. Bis zu dem vierten Stockwerk des Turmbunkers reichten die Wolken nicht herauf. Die Gestalten standen auf dem platten Dach. Unter ihren Füßen atmeten Menschen. Durch den Beton drang kein Laut.
»Eßt jetzt eure Schokolade!« befahl der Geschützführer*. Er blickte nach oben, zu der Staffel hinauf. Die zwölf Bomber ließen den Turmbunker hinter sich zurück. Das Summen der Motoren wurde leiser. Wind brachte vom Friedhof eine Wand von Ruß mit. Wenn sie Glück hatten, verhüllte er alles.
Der Ladeschütze erklärte: »Vor einem Angriff soll man nicht essen.« Er fügte hinzu: »Mein Vater hat gesagt, wegen der Bauchschüsse.«
Über die Dächer klang es wie Gongschläge. Eine schwere Batterie* eröffnete das Feuer. Sie stand im Norden.
Der Geschützführer fragte: »Wie alt bist du?«
»Fünfzehn!«
Dort, wo die Staffel flog, entwickelten sich am Himmel

Geschützführer: Unteroffizier, der ein Geschütz (Mörser, Leichtgeschütze, Kanonen, Haubitzen) befehligt

Batterie: Taktische Einheit der Artillerie, die aus zwei bis sechs, meistens jedoch aus vier Geschützen besteht

Wölkchen. Einer der Bomber wackelte, aber das war nur Täuschung. Die Maschine blieb im Verband und in der Luft.
»Eßt jetzt eure Schokolade!« wiederholte der Geschützführer. Er dachte: Hoffentlich nicht die letzte. Mit dem Stiefel kratzte er auf dem Beton, an einem roten Fleck. Der Fleck war zwölf Stunden alt. Auf dem Betondach gab es kein Wasser.
»Wenn Sie es befehlen, Herr Obergefreiter«, sagte der Ladeschütze.
»Iß!«
Die Staffel zog über dem Bahnhof unerwartet in den Himmel. Schwarze Punkte fielen aus den Maschinen und explodierten in der Luft. Wo sie zerplatzten, entwickelten sich Rauchfahnen. Der Geschützführer dachte: Die Schokolade enthält Koffein. Er nahm auch ein Stück. Während er aß, blickte er mißtrauisch in ihre Augen.
Sie kauten gehorsam. Fortwährend rutschten die Helme in ihre Gesichter.
Er befahl: »Schnallt die Kinnriemen fester!«
»Jawohl!«
Sie antworteten gleichzeitig. Gehorsam taten sie, was er befahl. Das war das Schlimmste.
Wenn ich jetzt befehle, dachte er: springt jetzt auf die Straße …
Die Salven der Batterie klangen plötzlich, als schreie ein Tier. Er wartete auf die Splitter, doch es kamen noch keine. Nur die Rußwand schob sich näher. Das war überflüssig. Ein Vierlingsgeschütz interessierte die Staffel nicht.
»Warum haben wir nicht geschossen?« fragte der Ladeschütze.
»Wir schießen nur auf Jäger!« Er blickte durch das Visier. Die Rußwand trieb höher. Sie verdeckte ihm die Sicht. Zwischen der Lafette* und den Läufen sah er Dächer. Nur aus Balken. Die Schindeln waren abgedeckt. Keine fünfzig

Untergestell von Geschützen

Meter entfernt stand ein verkohltes Gerüst. Daß es nicht zusammenfiel, blieb ein Rätsel.
»Wenn ihr eure Blasen entleeren wollt?«
Er dachte: Mit Bauchschüssen hat das nichts zu tun.
5 Das Motorengeräusch wurde wieder lauter. Bei der Kaserne begann ein einzelnes Geschütz zu feuern. Der Abschuß dröhnte mit hohler Resonanz. Seine Kanoniere gingen bereitwillig zum Rand der Plattform. Sie verrichteten ihre Notdurft*. Zwanzig Meter tiefer plätscherte es auf
10 Steine. Kein Mensch war auf der Straße. Die Plattform hatte kein Geländer. Am Rande führte eine Eisenleiter nach unten. Er dachte: Der Hinrichtungsplatz besitzt kein Portal*.
»Wenn es losgeht«, rief er, »denkt an eure Arbeit und blickt
15 mir nicht in den Himmel!«
Splitter zwitscherten durch die Luft. Mitten in ihrer Tätigkeit bückten sie sich erschrocken. Mit aufgerissenen Augen kamen sie zurück.
»Nein, Herr Obergefreiter!« antworteten alle vier und
20 schlossen ihre Hosen. Es war nutzlos, ihnen noch mehr zu erklären. Sie würden alles vergessen. Die Rußwand schob sich über den Rand der Plattform. Als die Staffel zum zweiten Mal über sie hinwegzog, standen sie im Dunkeln. Eine schwarze Schicht legte sich aufs Visier. Der Lärm der Mo-
25 toren wurde lauter. Es war, als ständen sie zwischen den Maschinen. Die Staffel hatte sie bereits überflogen, aber die vier waren ahnungslos wie Kinder. Sie duckten sich unter das Geschütz und klammerten sich an den Ständer.
»Mein Gott«, sagte er. Er spürte den Ruß auf seiner Zunge
30 und schwieg.
Als die Schwaden vorüber waren, hatte er schwarze Hände. Er blies das Visier sauber. Es konnte nicht mehr lange dauern. Überall über der Stadt hingen die Rauchzeichen. Im Sonnenlicht blitzten sie violett. Nur im Bahnhof
35 ließ eine Lokomotive Dampf ab. Der stieg schneeweiß zum

Notdurft: Hier: entleerten ihre Blasen

Portal: Haupteingang, prunkvolles Tor

Himmel. Das Feuer der Batterie im Norden verstärkte sich. In die benachbarten Dächer prasselten Splitter. Ein Ziegel zersprang, rutschte vom Dach, stürzte in die Straße. Er klirrte auf dem Pflaster. Aus der Kaserne trieb ein roter Ballon in den Himmel. 5
Der Ladeschütze flüsterte: »Was ist das?«
»Triftmessung!*«

Messung der Windgeschwindigkeit u. -richtung

Der Geschützführer hörte am Horizont ein leises Summen. Es schob sich durch das Motorengeräusch der Staffel, durch die dumpfen Detonationen der Geschütze und durch 10 das Schweigen.
»Jetzt müssen wir uns anbinden!«
Er bückte sich, griff nach einem Strick, der am Geschütz hing. Er schlang ihn um seinen Bauch.
Diesmal gehorchte der Ladeschütze sofort. 15

Die Fenster waren geöffnet. Herr Cheovski stand im Wohnzimmer neben dem Tisch und sah hinaus. Ohne sich zu bewegen, blickte er auf die Hausfassade gegenüber. Auf eine Reihe Fenster, alle ohne Glas. Auf etwas Starres, vom Leben Verlassenes. Er trug die Lackschuhe, den dunklen 20 Anzug.
»Ich glaube, sie kommen«, sagte seine Frau. Sie saß neben dem Fenster, die Beine gekreuzt. Das Spitzentuch hielt sie in ihrer Hand. So regungslos hatte er sie noch nie gesehen.
»Ja!« Er blickte auf die Standuhr. Das Pendel schlug hin 25 und her. Die Detonationen der Flakgranaten, das Brummen der Motoren, die Abschüsse der Geschütze; alles war lauter als die Uhr.
Er sagte: »Wir stellen uns in die Mitte des Zimmers!«
»Wenn du glaubst!« 30
Das Spitzentuch glitt aus ihrer Hand, schwebte auf das Parkett. Mehr tun als es aufheben konnte er nicht. Der Boden war frisch gebohnert. Als sie aufstand, reichte er ihr die Hände. Sie trug das Abendkleid aus Brokat*.

kostbarem, gemustertem Seidengewebe

»Stellen wir uns neben den Tisch!«
»Ja, Dessy!«
Ihm gegenüber stellte sie sich auf die andere Seite des Tisches. Er blickte in ihre Augen. Über ihnen begann der Kronleuchter zu zittern. Ein Stück Farbe blätterte ab, überschlug sich. Es fiel herunter auf das weiße Tischtuch. Rosen auf Damast*. Bei der Beförderung des Ältesten zum Hauptmann hatten sie es zum letzten Mal benutzt. *Bitte Herrn Hauptmann einschenken zu dürfen!* Walters Stimme klang durch das Motorengeräusch in seine Ohren. Auch Walter konnte nichts mehr fragen, und die Toten trinken nicht.

* Einfarbiger Stoff mit eingewebten, glänzenden Mustern

Es ging nie zu Ende. Er strich sich mit der Hand über die Augen. In der Vitrine blitzten die Weingläser. Ein Riß lief durch die Mauer. Überall hatte sie Staub gewischt.
»Die Bilder?« fragte er, als er auf die leere Wand blickte. »Hast du die Bilder ...«
»Wir wollen nicht darüber sprechen.«
Ein Sonnenstrahl fiel durchs Fenster. Das Parkett blitzte.
Er sagte: »Ich dachte nur.«
»Was?«
»Wir wollen alles so lassen, wie es gewesen ist.«
Ihre Hände streichelten das Spitzentuch. »Ich habe sie verbrannt. Es ist besser so.«
»Gewiß, Dessy.«
Er wußte nicht, was er ihr noch erwidern sollte. Die Abmachung, nicht darüber zu sprechen, lähmte jedes Wort. Mit schwachem Knall zerplatzte eine Scheibe im Fenster. Das Glas klirrte, Frau Cheovski zuckte zusammen.
»Es ist nichts.« Er versuchte zu lächeln. Etwas Mühseliges, das er sich abringen mußte, ohne daß es ihm gelang. Ihr Blick richtete sich auf das Tischtuch. »Nenn mich wieder Dessy!«
»Gern.«
»Es ist lange her, daß du mich so genannt hast.«
»Es hat sich vieles verändert.« Ohne auf die Uhr zu blicken,

wußte er, daß sich der Zeiger bewegte. Die Zeit verrann. Es war zu plötzlich gekommen. Die Straße lag verlassen. Sie waren die einzigen, die hier lebten.
»Findest du?« fragte sie.
»Bestimmt!« 5
Die Fassade auf der anderen Seite versperrte ihm die Sicht zum Himmel. Leere Fensterhöhlen. Hundert Augen richteten sich herüber. Auf den festlich weißen Tisch, auf die leere Stelle an der Wand. Frau Cheovski fragte plötzlich:
»Glaubst du, wir könnten Bridge spielen?« 10
»Bridge! Zu zweit? Du weißt doch, daß das unmöglich ist.«
»Unmöglich?« Ein wenig senkte sich ihr Kopf. »Bitte, hol die Karten.«
»Dessy, es ist sinnlos.« 15
Der Parkettfußboden zitterte.
Herr Cheovski hatte Angst, der Kronleuchter könnte sich lösen. Eine kindliche Angst, denn damit würde es beginnen.
»Also du willst nicht?« 20
»Dessy!« Überrascht sah er in ihr Gesicht. »Du hast dich geschminkt!«
»Ja, oder bin ich dafür zu alt?«
Sie schwiegen beide, bis er den Kopf schüttelte. Er hörte sich sagen: »Nein, es ist nur lange her.« 25
»Wirst du meinen Wunsch erfüllen?«
»Zu zweit! Es wird nicht gehen!«
»Wir spielen zu viert«, antwortete sie. »Ich mit Walter. Du mit Rudolf.«
Er sagte: »Ich glaube, wir haben die Karten nicht mehr.« 30
»Doch.«
Er fragte: »Wo?«
»Im Büfett!« Sie strich mit den Fingern die Sandkörner vom Tischtuch. »Bei den Weingläsern.«
»Also gut!« Er wandte sich um. Langsam tat er die drei 35

Schritte vom Tisch zum Büfett. Er war bemüht, einen Wunsch zu erfüllen. Eine Illusion. Er dachte: Die Zeit vergeht. Die Zeit vergeht bestimmt.

»I beg your pardon«*, konnte Strenehen noch antworten, da kam ein Schatten aus den Wolken und stürzte sich schnell wie ein Habicht auf den Bomber.
Der Turmschütze schrie: »German!«* Er war in Illinois geboren. Er legte großen Wert auf seine Zähne. Täglich schrieb er Briefe, immer mit der gleichen Endung: Mama, mach Dir um mich keine Sorgen! In diesem Augenblick nützte ihm das nichts.
Die elf Männer in der Maschine hörten, wie er starb. Sein Kehlkopfmikrofon übertrug es bis in ihre Ohren. Er wimmerte den Bruchteil einer Sekunde wie ein Kind. Dann schwieg er. Sein Tod war einfach.
Zum Glück für den Bomber hatte der Deutsche zu spät den Abzug betätigt. Das Feuer der Bordkanone lag zu hoch, die Streuung eines Maschinengewehrs erreichte den Turm. Panzermunition prasselte direkt in den Drehkranz* der Lafette. Der MG-Kolben glitt dem Turmschützen* aus der Schulter, zerschlug ihm den Kiefer. Fast schmerzlos verlor er dreißig Zähne. Ein Explosivgeschoß zerriß ihm die Brust. Es fetzte seine Lunge aus den Rippen. Die Wunde klaffte vom rechten Schlüsselbein bis zur linken Brustwarze. Zwei Liter Blut brachen hervor. Auf Strenehen, der erschrocken von der Kanzel zum Turmschacht sprang, platschte es herunter.
Captain Lester rief: »Watch out!«*
Er meinte den Jäger, nicht das Blut. Aber der Deutsche verschwand bereits in den Wolken.
Ohm hockte neben den Horizontalmagazinen. Er stammelte: »Jesus! Jesus!« Sein Gesicht war hellgrau. Alle hörten die singende Stimme. Er bekam von Strenehen einen Tritt ins Gesicht. Ganz ohne Absicht. Die Leiche lag ver-

(engl.) »Ich bitte um Entschuldigung.«

(engl.) »Ein Deutscher!«

Vorrichtung, mit der sich ein Geschütz um 360 Grad drehen lässt

Soldat, der das Maschinengewehr bedient, das sich in der Kanzel auf dem Flugzeug befindet

(engl.) »Pass auf!«

krümmt in der Öffnung. Während Strenehen sich in den Turmschacht schwang, mußte er sie mit ausgestreckten Armen wegschieben. Er griff in warmes Fleisch. Ein Stück der Luftröhre geriet zwischen seine Finger. Als er seinen Oberkörper in den Turm schob, peitschte der Wind durch die zerplatzten Schutzscheiben. Er zersprühte das Blut, trieb es in sein Gesicht. Die Brillengläser wurden undurchsichtig. Er bildete sich ein, auf seinen Lippen läge süßlicher Geschmack. Mit dem Handrücken fuhr er über seine Brille. Kniete auf dem Toten. Schob die Lafette in den Drehkranz. Hastig säuberte er die Schutzscheiben. Außer seinem Taschentuch hatte er nichts zum Wischen. Ein Geschenk der Gemeindekirche von Bardly an ihre Soldaten. Für das viele Blut war es zu klein. Als er alles hergerichtet hatte, stieß er die Beine des Toten durch den Schacht. Er ließ ihn hinabgleiten. Ohm direkt vor die Füße. Er dachte: Der soll ihn wegräumen. Wenn jetzt der Deutsche käme: Er würde alles vergelten.

Unter ihm überschlug sich der Kadaver, und der Deutsche kam. Diesmal hatte er keine Wolke. Trotzdem änderte er sein System nicht. Von seitlich vorn, über die Tragflächen schoß er heran wie ein Pfeil. Strenehen wußte sofort, was der Deutsche wollte. Hinter der Kanzel lag ihre schwächste Stelle. Eine Granate der Bordkanone da hinein, und sie explodierten mitten in der Luft.

Wer den anderen zuerst traf, blieb Sieger.

Die beiden Maschinen rasten sich entgegen. Wenn der Jäger nicht auswich, mußten sie sich rammen. Sie kamen sich näher.

Jetzt, dachte Strenehen. Er zog am Abzug. Der Deutsche war im Fadenkreuz. Die drei Maschinengewehre arbeiteten präzis. Er hielt auf den Piloten. Kein Schuß ging daneben. Die Leuchtfäden zischten alle ins Ziel.

Er muß schnell sterben, dachte er. Schneller! Er bildete sich ein, er zähle die Schüsse. Sechzig Treffer in der Sekunde.

Plötzlich war das ⌜Leitwerk⌝ des anderen über ihm. Es blitzte über dem Turm. Der Rumpf. Ein Schatten, das Ende, die Luft. Sie hatten sich nicht berührt. Der Deutsche hatte nicht geschossen.

5 Strenehen schwenkte die Lafette. Aber er brauchte nicht mehr zu schießen. Zweihundert Fuß hinter ihm kippte der Jäger. Er stürzte davon, ins Endlose. Mitten in die Stadt. Strenehen brüllte: »I've killed him! I've killed him!«* Er war glücklich. Eine Sekunde lang grenzenlos glücklich. Bis

10 er das Blut an seinen Händen sah, da wurde ihm schlecht.

(engl.) »Ich habe ihn getötet!«

II

Ich, Werner Friedrich Hartung, wurde am 20. August 1917 in dieser Stadt geboren. Hier besuchte ich die Universität, studierte Germanistik und promovierte mit einer Arbeit über das Absolute im Ausdruck der Sprache.
Von Kind an mit einer Fußverkürzung behaftet, wurde ich nicht zur Wehrmacht eingezogen. Vier Jahre lehrte ich Deutsch. Daneben Kunstgeschichte und Latein. Zuletzt unterrichtete ich in einer Oberprima. Das Verhältnis zu meinen Schülern war, durch die Zeit bedingt, etwas gespannt. Ich glaube, sie haben mich verachtet. In ihrem Sinne war ich kein Patriot.
Meine Frau hieß Elfriede. Mein Sohn wie seine Großväter: Sebastian und Robert. Wir lebten im Norden der Stadt. Es war eine Wohnung mit vier Zimmern. Eines davon gehörte meinem kleinen Sohn.
Sein Bett, den Schrank und die anderen Möbel hatte ich rosa gestrichen. Das Schaukelpferd war mit einem richtigen Fell überzogen. An den Wänden gab es Bilder aus Märchen. Frau Holle, Rotkäppchen und der Wolf.
In diesem Zimmer habe ich oft mit meinem Sohn gespielt. Unter dem Fenster standen Bäume. Da war ich immer glücklich.

Sie kamen in Schlachtformation. Die erste Welle. Heuschreckenschwärme mit menschlichem Verstand. Vier Kilometer hoch krochen sie durch die Luft. Bomber neben Bomber. Tragflächen, die sich fast berührten. Sie blitzten in der Sonne. Als der Leutnant die Hand gegen sie hob, sah er auch die Jäger. Insekten über den Geschwadern. Sie schwirrten durch die Wolken. Die Propeller der Maschinen trieben Wind vor sich her. Er spürte ihn im Gesicht. Der Boden unter seinen Füßen begann zu zittern. Die Prothese scheuerte sich am Armstumpf. Seine alte Wunde brannte. Dagegen konnte er nichts tun. Er hatte keine Zeit, er stand bereits im Gedröhn der Motoren. Er schrie: »Schießt doch!«
Acht Kanoniere rissen die Abzugsschnüre nach hinten. Ein Blitz zuckte durch die Stellung. Luftdruck fegte über die verkohlte Erde. Ein Schlag preßte ihm die Lunge zusammen, gleichzeitig zischte die Salve in den Himmel.
Daß es nur sieben Granaten waren, spürte er sofort.
Erst als alles vorüberzog, die Stichflamme vor seinen Augen, der Qualm, sah er die zerfetzte Mündung, das zertrümmerte Fundament. Auch die Leichen: drei Kanoniere, sechs Schüler. Der Primus* lebte noch. Blutüberströmt wälzte er sich am Boden. Seine Arme zeigten nach hinten. Därme quollen heraus. Diesmal war er der Letzte. Ehe er noch sterben konnte, kamen die Bomben.
Der Leutnant wollte etwas rufen. Luftdruck schloß ihm den Mund. Er dachte: Nicht wie der Primus!
Aber es hob ihn auf und warf ihn zu Boden. Er krampfte sich in die Erde. Es hob ihn wieder auf. Er dachte: Ich zerbreche. Er zerbrach nicht.
Etwas umkrampfte seine Gurgel. Er dachte: Ich ersticke. Es erstickte ihn nicht. Eine Faust schlug auf seine Lunge. Alles drohte zu zerplatzen. Er fühlte nichts mehr.

* Hier: der Klassenbeste

»Lassen Sie mich jetzt raus«, sagte der Mann in Zivil. Er lehnte an der Wand. Sein Atem keuchte. Der Strahl einer Taschenlampe fiel auf sein Gesicht.
Der Funker richtete die Taschenlampe auf den Fernsprecher. »⌜Bombenteppich⌝ auf die Stellung. Seien Sie froh, daß wir leben.«
Er hob den Hörer ab.
»Ich muß raus!« Der Mann erklärte gequält: »Mein Kind ist am Bahnhof.«
Der Funker meldete in die Muschel: »Hier Berta Drei!« Er drehte sich um. »Sie gehören als Lehrer zu Ihrer Klasse!«
Er legte die Taschenlampe auf den Tisch. Der Strahl fiel gegen die Decke.
»Lassen Sie mich raus! »Eine Stimme kam aus dem Hörer: »Berta Drei, warum schießen Sie nicht? Der Befehl lautet: Sperrfeuer!«
»Über Berta Drei Feindtätigkeit«, erwiderte der Funker. »Warten Sie auf die Meldung!«
Hinter seinem Rücken probierte der Mann die Klinke, rüttelte an der Tür.
»Lassen Sie den Unfug«, sagte der Funker. »Wenn der Leutnant zurückkommt, können Sie mit ihm reden.«
Er lauschte wieder auf die Stimme im Hörer.
»Vielleicht ist der Leutnant gefallen oder verwundet!«
»Dann kommt ein anderer!« Die Stimme im Apparat fragte: »Berta Drei, was ist mit der Meldung?«
»Meine Verbindung über Sprechfunk ist zerstört! Warten Sie gefälligst ab!« Während der Funker sprach, richtete er den Strahl der Taschenlampe auf die Klinke. Die Hand des Mannes lag im Licht. Er antwortete etwas, das der Funker nicht verstand.
Die Stimme im Apparat sagte laut: »Ich brauche die Meldung!«
»Warten Sie noch eine Minute!«
Der Mann antwortete: »Jetzt ist es ruhig draußen.«

»Spüren Sie nicht das Zittern?« Der Funker blickte auf den Boden.
»Das kommt vom Bahnhof!« Die Stimme des Mannes überschlug sich: »Meine Frau und das Kind!«
5 »Denen können Sie auch nicht helfen!«
Die Stimme aus dem Apparat sagte: »Berta Drei, ich verstehe kein Wort!«
Mit dem Strahl der Taschenlampe fuhr der Funker dem Mann ins Gesicht. »Sie sind auch nicht gemeint!«
10 Die Stimme im Hörer sagte: »Befehl vom Kommandeur! Sehen Sie sofort in Ihrer Stellung nach, was los ist!«
»Ich werde nachsehen! Berta Drei, verstanden!« Der Funker warf den Hörer in die Gabel, griff in seine Tasche nach dem Schlüssel. Sprang zur Tür, schloß auf. Das Tageslicht
15 blendete seine Augen.
Der Mann stieß ihn beiseite. »Jetzt«, stöhnte er. Vor dem Funker rannte er plötzlich die Stufen hinauf und verschwand.

Das Mädchen riß die Tür zum Luftschutzkeller auf, da er-
20 losch die Kerze. Es stolperte durch die Dunkelheit hinein.
Eine Männerstimme erklärte: »Das war mein Fuß.«
Sie hatte nichts gespürt. Von ihrer Stirn rann ein Schweißtropfen über die Lippen. Er schmeckte salzig. Vielleicht brennt das Haus ab, dachte sie, dann bleibt es ein Geheim-
25 nis.
»Tür zu!« rief es von der Wand.
Schritte klangen auf den Ziegeln. Jemand wollte zum Eingang.
Sie sagte hastig: »Die Witwe vom vierten Stock kommt
30 noch.« Doch die Tür wurde bereits geschlossen. Es war der Mann mit dem steifen Bein. Sein Fuß schleifte über den Boden.
»Was für eine Witwe?«
Bewegung entstand. An der Mauer flüsterten sie durchein-

ander. Sie verstand kein Wort, bis jemand abschließend erklärte: »Man kennt zu wenig seine Nachbarn!«
Die Dunkelheit blieb. Der Faden eines Spinngewebes baumelte von der Decke, streifte ihre Stirn. Mit der Hand berührte sie einen Körper. Etwas fiel zu Boden. Zündhölzer.
»Passen Sie doch auf!«
»Entschuldigung!« Atem schlug ihr ins Gesicht. Es roch muffig, das kam von den Wänden. Der Keller war feucht.
»Hast du den Gashahn abgedreht?« fragte eine kränkliche Stimme.
»Es gibt kein Gas mehr!«
Eine andere Stimme fragte lauernd: »Sie, Fräulein, ich denke, Sie tragen die Kranke herunter?«
Sie gab keine Antwort. Ihr Herz schlug zu laut. Sie faßte sich an die Brust. In das Schweigen hinein sagte jemand: »Es beginnt!«
Leises Summen drang durch die Mauer. An ihrem Schuh fühlte sie eine Berührung. Der Mann suchte noch die Zündhölzer. Die lauernde Stimme begann sich wieder zu melden: »Ist sie noch oben?« Die Stimme war eindringlich. Eine, die es genau wissen wollte.
Holz knackte. An der Mauer wurde eine Bank verrückt. Der Mann am Boden begann zu keuchen. Plötzlich dröhnten von draußen schwere Schläge. Alles verstummte. Selbst der Atem zu ihren Füßen.
»Das ist nur Flak!«
»So laut haben wir es noch nie gehört!«
Licht zuckte auf. Von der Mauer herüber blickten sechs Gesichter in die Flamme des Zündholzes. Sie saßen regungslos. Statuen an einer Wand.
»Gott sei Dank«, sagte der Mann. »Das hat lange gedauert.« Gleichgültig versicherte eine Stimme: »Im Dunkeln vergeht die Zeit langsamer.«
Balken wurden sichtbar. Damit war das Gewölbe abge-

stützt. In der Dämmerung dahinter verbarg das Mädchen den Kopf. Sie sah die Füße der Bank. Der Mann hielt das Zündholz an eine Kerze, und das Dröhnen von draußen kam näher.
5 »Da ist sie ja!« rief jemand überrascht. Die Stimme, die sich nach der Witwe erkundigt hatte.
Das Mädchen wandte sich langsam um, und die andere Frau stand regungslos an der Tür. Gegenseitig blickten sie sich in die Augen, doch der Mann stellte sich mit der Kerze
10 dazwischen. Er machte jede Absprache unmöglich.
»Sie haben sie also oben gelassen?« Es war immer die gleiche, die so interessiert tat. Ein Karton mit einer Gasmaske stand zwischen ihren Füßen.
»Wenn Sie mich fragen«, begann aus der Ecke eine alte
15 Stimme, »einen so schweren Menschen heruntertragen, das kann niemand.«
»Sehr richtig, Fredi!«
Das Mädchen spähte hinüber. Eine Greisenhand lag im Licht. Sie hielt eine Pfeife.
20 »Das verlangt auch niemand!«
Über den Boden lief ein leichtes Zittern. Das Summen hinter der Mauer wurde deutlicher. Jetzt kam es auch aus dem Gewölbe. Der Mann trat an die Wand.
»Nur zwei Minuten«, versicherte eine Stimme. »Dann ist
25 es vorüber.«
»Hoffentlich!«
Beklemmung breitete sich aus. Das Mädchen griff nach dem Balken. Sie sagte: »Das habe ich nicht gewollt.«
Sofort starrten sechs Gesichter herüber. Die Witwe an der
30 Tür preßte ihre Hand vor den Mund. Sie unterdrückte einen Schrei. »Kommen Sie zu mir!« Der Alte in der Ecke steckte seine Pfeife in die Tasche. Er blickte auf das Gewölbe. Das Mädchen wußte nicht, wer gemeint war. Irgendwo zischte etwas. Es wurde lauter. »Gehen Sie von der
35 Tür weg!«

»Hier, neben mich!« meldete sich eine Frau. Ihre Hand zeigte auf die Bank. Zögernd kam die Witwe vom Eingang herüber. Das Zischen war verklungen. Harte Schläge erschütterten die Mauern. Sie rückten näher. Im Rhythmus wie ein Trommelwirbel, der plötzlich abbricht. 5
Jemand flüsterte: »Mach dein Taschentuch naß.«
Das Mädchen drückte sich an das Holz. In der Ecke der Alte sagte nichts mehr.
»Mach dein Taschentuch naß.«
Eine von den sechs, die auf der Bank saßen, bückte sich 10 zum Kübel. Ihre Hand fuhr ins Wasser. Sie zog sie schnell wieder zurück. Tropfen fielen auf die Steine. Plötzlich erfüllten Heultöne die Luft. Sand rieselte von der Decke. Stimmen begannen zu weinen.
»Nicht doch!« Sofort wurden die Frauen wieder stumm. 15
Der Lärm schwoll an. Pfiffe mengten sich dazwischen. Das Mädchen begann leise zu wimmern. Die Wände bewegten sich. Ein Hieb peitschte den Boden. Luftdruck fauchte herein, verlöschte die Kerze. Der Balken entglitt, das Mädchen taumelte gegen die Wand. Finger krallten sich in ihre Schul- 20 ter. Etwas rauschte herab. Und mit einemmal war Stille.
»Ist jemand verletzt?«
Niemand gab Antwort. Alle begannen heftig zu atmen. Staub lag in der Finsternis. Er drohte sie zu ersticken.
»Ich werde jetzt Licht machen!« Der Mann bewegte sich. 25
Das Krachen war noch da, aber weiter entfernt. Erst als die Kerze leuchtete, gerieten sie in Bewegung. Das Mädchen sah Schatten. Mörtel bröckelte zu Boden. Wie durch einen Vorhang humpelte der Mann zur Tür. Metall klirrte.
»Verklemmt!« 30
Umrisse wurden sichtbar. Das Licht deutlicher. »Kann jemand helfen?« fragte der Mann. »Die Tür geht nicht auf.«
Ein Schrei erklang. Die Köpfe auf der Bank fuhren ruckartig herum. Auch das Mädchen blickte in die Ecke, wo der 35

Alte gesessen hatte. Das erste, was sie erkannte, war die Hand mit der Pfeife. Unter dem Balken ragte sie hervor.
»Herr Rainer!« Der Mann tat, als müsse er ihn aufwecken. »Herr Rainer!«
Eine Frau sagte: »Der Balken! Der Balken hat ihn erschlagen!«
»Nein!«
Die Stimme, die alles genau wissen wollte, erklärte: »Natürlich!«
Neben dem Toten begann es zu schluchzen. »Fredi!« Die Stimme wimmerte: »Mein liebes Fredilein!«
Da begann die Witwe zu kichern.
»Fräulein!« befahl der Mann.
Das Mädchen richtete sich auf. Über einen Koffer tastete sie sich zur Tür. Hinter ihr wimmerte die Stimme: »Fredi, bleib bei mir.« Der Mann umklammerte den Riegel, aber die Tür ging plötzlich von selbst auf. Steine polterten herab. Der Mann wandte sich um. Er breitete die Arme aus, als verkünde er eine Botschaft. Er sprach: »Wir sind verschüttet!«

Die Staffeln* lösten ihre Bomben vor dem Hochbunker. Der Geschützführer sah sie kommen. Die Punkte, die sich von den Maschinen lösten, wurden größer, trudelten ihm entgegen. Schwarmweise, wie Steine geschleudert. Genau nach der glatten Plattform. Netze aus Stahl. Ihr Heulen war unerträglich. Über den Turm hinweg verschwanden sie einen Kilometer weiter in den Häusern. In Rauch und Fontänen. Detonationswellen schlugen herüber. Sie fegten über die Dächer. Durch die Luft segelte glühendes Holz. Der Kamin einer Fabrik sprang um Straßenbreite zurück, knickte in sich zusammen. Zerbarst. Hinter einem Vorhang verschwand der Stadtteil im Qualm.
»Jäger von rechts!« schrie der Ladeschütze. Er lag auf dem Bauch und wandte den Kopf. Sie sprangen auf und wurden

Verband von Flugzeugen, der eine taktische Einheit bildet

zur Maschine. »Einschwenken«, befahl der Geschützführer. Sie hörten kein Wort und taten doch, was er wollte. Die vier Läufe drehten sich zur Seite. Mit den Stricken hingen die Kanoniere am Fundament. Was das Geschütz tat, taten sie auch. 5

Geschossmagazin, z. B. bei Flakgeschützen

»Rahmen* her!« Der Geschützführer drehte am Visier und der Jäger kam näher.

»Hundertzwanzig Schuß!« schrie der Ladeschütze. »Fertig!«

Der Geschützführer biß sich auf die Zähne, drückte auf 10 den Abzug. Feuer war vor seinen Augen, aber im Fadenkreuz hing der Jäger. Fieber schüttelte das Geschütz. Krachen hing in seinen Ohren. Kein Geschoß erreichte den Jäger. Die Maschine war zu weit entfernt. Hinter dem Friedhof verschwand sie in einer Rußwand. 15

»Stopfen!«

Der Geschützführer dachte: Ich kommandiere für mich selbst. Er schrie: »Der kommt wieder!«

Als der Ladeschütze den Korb aufriß, klirrten die leeren Patronenhülsen auf den Beton. Man konnte sie nicht hö- 20 ren. Im Krachen der Bomben hörte man nicht das Einstürzen von Häusern und keine menschliche Stimme. Die Luft war voller Brüllen.

Der Leutnant öffnete die Augen. Seine Lider klebten aufeinander. Alles verschwamm. Ein Gesicht, Augen, eine 25 Reihe Zähne. In ihrer Mitte klaffte eine Lücke. Er sah Lippen, die sich bewegten, aber er hörte nichts. In ihm war etwas zerbrochen. Er wußte nicht, was. Zwischen Erde und Himmel schwebte er im Freien. Federleicht. Erst mußte er zurückkehren. Die Stellung wankte vor seinen 30 Augen. Geschützrohre drehten sich im Kreise. Er versuchte es mit Blinzeln. Daß die Luft voller Lärm war, hatte er im Gefühl.

Der Funker begann ihn aufzurichten, faßte nach seiner gesunden Hand. Er sagte: »Die Zentrale ist am Apparat!« 35

»Warum sprechen Sie nicht lauter?« Brennender Schmerz war in seiner Brust. Der Funker reichte ihm den Arm. Mühselig begann er sich darauf zu stützen. Er erhob sich. Als er sich ins Gesicht faßte, spürte er etwas Warmes. Er dachte: Blut. Wischte sich übers Kinn, dann blickte er auf seine Hand. Sie war nur voller Speichel.

»Die Zentrale ist am Apparat!«

Er sagte: »Lauter!«

»Die Zentrale ist am Apparat!« schrie der Funker.

»Ich verstehe!« Er dachte: Ich bin taub. Auch das noch. Plötzlich blickte er in die Stellung. Zwei Geschütze lagen verlassen da. Er fragte verdattert: »Wo sind die Kanoniere?«

»In den Unterständen, Herr Leutnant!«

»Ich verstehe kein Wort.«

»Weggelaufen!« schrie der Funker. Er zeigte mit dem Finger in die Erde. »Unterstände!« Ganz sinnlos sah er dem Leutnant auf den Mund. Hinter seinem Rücken zischte etwas heran. Sie bückten sich mechanisch. Aber die Bombe hatte sie schon überflogen. Vor ihren Augen explodierte sie hundert Meter weiter in der Wiese. Erde stob zum Himmel und der Rauch flackerte wie eine Fackel. Erschrocken dachte der Leutnant: Ich höre nichts. Das ist genauso, als wäre ich blind.

»⌜Sperrfeuer⌝!« schrie der Funker. »Die Zentrale verlangt Sperrfeuer!«

»Jawohl!« Er nickte. »Melden Sie, wir werden in drei Minuten wieder schießen!« Er wandte sich um. Hinter ihm machte der Funker eine Bewegung. Vor ihm lag der Primus. Wenn er zu den Unterständen wollte, mußte er an ihm vorbei. An einer Masse aus Fleisch und Blut. Ein Bein lag quer über dem Brustkorb. Vom Kopf fehlte das Kinn. Er schloß die Augen. Er dachte: Seine Mutter wird in zwei Stunden hier sein. Über die verbrannte Erde stolperte er davon.

»Aufhören«, keuchte eine Stimme.
Das Mädchen lehnte an der Mauer und starrte in die Ecke. Die Kerze beleuchtete ihr Gesicht. Nässe lief über ihre Schenkel, rann über die Waden auf die Ziegel. Sie stand in einer Pfütze. Einen Augenblick war die Scham größer als die Angst. Aber niemand sah auf ihre Füße.
»Beten«, schlug jemand vor.
Fortwährend ächzte das Gewölbe. Der dumpfe Lärm hinter den Wänden schwoll an, ebbte wieder ab. Das Mädchen spürte die Bewegung am Rücken. Sie biß sich auf die Lippen. Alles war pelzig, als sei es bereits verfault.
»Sie reißt ihm den Arm ab«, kreischte eine Stimme. In der Ecke zerrte die alte Frau an der Leiche. Sie kämpfte mit dem Balken. Er war hartnäckiger als ihre Inbrunst. Was sie tat, war zwecklos. Mehr als den Arm konnte sie nicht erobern. Der Balken hatte sich verklemmt.
»Ruhe!« befahl der Mann.
Keiner gehorchte. Das Mädchen dachte: Ich auch nicht. Schaum trat auf ihre Lippen. Mit den Fäusten schlug sie plötzlich auf ihre Brust. »Ich will nicht sterben«, schrie sie.

III

Ich, Alfred Rainer, von meiner Frau Fredi genannt, wurde am 9. März 1871 in dieser Stadt geboren. Wir besaßen hinter dem Friedhof einen Garten. Ich hatte eine Laube gebaut, Tabak gepflanzt, und bei schönem Wetter saßen wir in der Sonne. Meine Frau strickte. Wenn es Abend wurde, gingen wir nach Hause. An meine Jugend will ich mich nicht erinnern. Man vergißt das Schlechte, und das Gute war zu selten. Ich war Mitglied der Liedertafel und des Tierschutzvereins. Früher besaßen wir einen Hund. Aber wir waren immer ein wenig einsam. Als die Jahre verstrichen, hatten wir uns daran gewöhnt. Über Glück kann man sich streiten. Das begriff ich erst später.
Im Falle meines Ablebens sollte die Liedertafel den Soldatenchor aus »Margarete« vortragen, und ich wollte gern verbrannt werden. Am 2. Juli 1944, mittags zwischen eins und zwei, starb ich. Mein Tod war wohl sinnlos. Er hat niemandem geschadet und niemandem genützt, aber deswegen klage ich nicht an.

Wer noch wimmerte, wurde stumm gemacht. Wer noch schrie, schrie vergebens. Technik zerschlug die Technik. Sie verbog Masten, zerriß Maschinen, öffnete Trichter, wälzte Mauern um, und das Leben war nur Abfall. Gegen die Tür des Hochbunkers prallte zwölf Jahre altes Menschen- 5 fleisch. Es wurde zusammengehalten von einem Koppel*.

Riemen bzw. Gürtel, der zur Uniform gehört

Der Junge trommelte mit den Fäusten gegen die Tür. Er brüllte: »Aufmachen!«

Das Eisen blieb stumm. Haare hingen dem Jungen in die Stirn. Erst als Blut über seine Hände rann, erkannte er die 10 Klingel. Bis der Spalt sich öffnete, vergingen Sekunden. Für ihn waren es Stunden. Durch die Öffnung sprang er wie ein Tier. Er war auf der Flucht und taumelte gegen die Wände aus Beton.

»Nächste Tür«, sagte eine Stimme. 15

Wieder öffneten sich Felsen. Er schritt mitten durch eine Wand. Er dachte: Ich bin gerettet. Seine Hand legte sich an den Helm. »Meldung vom Bahnhof! Der große Luftschutzraum hat Volltreffer!«

»Weiter«, befahl eine Stimme. 20

»Wir brauchen einen Einsatztrupp zur Bergung!« Mehr konnte er nicht sprechen. In seinen Ohren klangen plötzlich die Stimmen. Neunzig Kinder, zweihundert Frauen, vierundsechzig Männer. Sie wälzten sich unter zerborstenen Betonplatten. Es war ein einziger Schrei des Entset- 25 zens. Das Gesicht des Jungen begann sich zu verzerren. Seine Stimmbänder lallten. Als eine Hand seinen Mund verschloß, sank er nieder. Schatten stürzten ein. Ein Mann fragte: »Wie ist sein Name? Ich muß ihn notieren. Der Junge bekommt einen Orden!« Aber das hörte er nicht 30 mehr. Unsinnigerweise vernahm er nur den Ruf: »Natürlich, hat er redlich verdient!«

Ein Haus stürzte ein. Die dreistöckige Fassade rollte sich zusammen. Sechs Wohnungseinrichtungen samt Küchenherden, Badewannen und Klosettschüsseln stürzten auf den Keller. Der Hof wurde zur Schutthalde. Was in den Himmel flog, war Asche und Rauch. Die Detonationen der nächsten Bombe schmetterten die Trümmer durcheinander. Luftdruck fegte, was sich in der Luft befand, fünfzig Meter durch die Straße. Luft verdrehte schnell einen Eisenträger zur Spirale. Luft zertrümmerte ein Gewölbe, und Hitze entzündete, was brennbar war wie Zelluloid*. Linoleum, Zimmertüren und Brot in einer Blechschachtel. Ein Schleusendeckel zerbrach, als wäre er aus Porzellan. Die Explosionswelle von einer Luftmine hob das Ganze in die Höhe. Als es der Leutnant von der Ferne sah, glich es dem Ausbruch eines Vulkans.

Leicht brennbarer Kunststoff

Er riß die Tür des Unterstandes auf. Vor ihm hockte die Geschützbedienung im Dunkeln.

»Raus!«

Eine Ewigkeit verstrich. Erkennen konnte er sie nicht. Der Lärm hinter seinem Rücken war unerträglich. Das Schlimmste, daß er ihn nur fühlte. Er war immer noch taub.

»Raus!«

Er horchte ins Dunkle. Kein Echo kam zurück. Als sich noch immer niemand bewegte, versuchte er es mit Vernunft.

»Kameraden, in dieser Stunde muß jeder seine Pflicht tun!«

Er blickte auf seine Hand aus Leder. Der Zorn stieg in ihm auf. Er war ein Krüppel, der sie anstiften mußte, sein Los zu teilen. »Ist keiner hier«, fragte er, »der dort drüben eine Mutter hat?« Es ekelte ihn. »Eine Schwester oder einen Bruder!« Ob er schrie oder flüsterte, konnte er nicht beurteilen. Er sagte: »Denkt doch an eure Mütter!«

Einer stand auf.

Der Junge trat aus der Finsternis ins Licht. Die Uniform enthüllte die Magerkeit seines Körpers. Er kam nicht aus Heldentum, sondern aus Gewohnheit.
Der Leutnant brüllte: »Der nächste!«
Wieder verstrichen Sekunden. Niemand erhob sich. Er griff nach seinem Koppel. Während er es abschnallte, erkannte er ihre Köpfe. Eng aneinandergeschmiegt kauerten sie am Boden wie Tiere. Fast langsam hob er den Arm. Dann schlug er blitzschnell in sie hinein. Erst als die Koppelschnalle auf ihre Helme klatschte, sprangen sie auf. Sie drängelten zum Eingang. Mit rücksichtslosen Schlägen trieb er sie über die Stufen. Hieb auf Hieb verteilte er auf ihre Rücken. Keuchend rannten sie davon. Der Schweiß lief über ihre Stirn. Er stierte ihnen nach.

Sie flogen durch eine Wolke. Die Motoren brummten. Gegen die Schutzscheiben trommelte der Regen. Nebel oder Dampf. Draußen zog es vorüber wie die weißen Wände eines Tunnels. Alle Geräusche blieben gleichmäßig. Das Vibrieren der Spanten*, die Taktschläge der Instrumente und das Summen des Windes.

Rippenähnliche Bauteile zum Verstärken der Außenwand von Flugzeugrümpfen

Der Funker trat neben Captain Lester und reichte ihm einen Zettel.
Anerkenne Ihre Leistung. Die Staffel ist entlassen. Gute Reise!
Captain Lester blickte auf, und seine Augen wurden starr. Er war unfähig, sich zu rühren. Sein Blutlauf stockte. Die Füße wurden leblos. Als sein Gehirn wieder arbeitete, war es bereits zu spät.
Die linke Luftschraube der Nachbarmaschine zersägte die Tragfläche, kam aus dem Brodem*, schob sich von rückwärts durch das Metall wie eine Fräse. Späne trommelten gegen den Bug. Brennstoff stob davon. Er glich einer Fahne. Der zweite Pilot warf seinen Körper gegen das Höhensteuer. Durch den Bomber lief ein Zittern. Er war amputiert.

Qualm, Dampf, Dunst, Rauch

Captain Lester sprang von seinem Sitz auf. Das war das Signal. Verkleidungen flogen plötzlich ins Nichts. Gestalten rissen an Gurten. Sie stemmten sich in den Fahrtwind, taumelten aus den Sitzen; im nächsten Augenblick befanden sie sich in der Luft. Strenehen sah sie verschwinden. Aus seinem Mund quoll ein Schrei. Seine Turmverkleidung wollte sich nicht öffnen. Er schlug mit der Faust auf den Auslöser. Es war, als schlüge er gegen einen Amboß. Er warf sich gegen die Streben. Das Blut stieg vor Anstrengung in seinen Kopf. Als er sich durch die zertrümmerten Scheiben zwängen wollte, bäumte sich bereits die Maschine. Da gab er es auf. Er stürzte sich vornüber durch den Schacht in den Bugraum. An den Bombenmagazinen kugelte er sich den Arm aus. Schmerz durchfuhr ihn wie eine Lohe*. Ohms Gesicht war eine Sekunde vor seinen Augen, dann sah er den Himmel und taumelte ihm entgegen. Durch die Öffnung an Backbord, mit einem ausgestreckten Arm – gleich einem verwundeten Vogel –, so fiel er.
In eine endlose Tiefe. Der Erde entgegen.

lodernde oder züngelnde Flamme

Der Mann lief wie eine Maschine. Daß einer seiner Füße zu kurz war, hatte er vergessen. Einen ganzen Schritt und zwei halbe. Immer vorwärts. Er rannte durch den Friedhof. Sonne wärmte seinen Rücken. Ein Baum lag im Weg.
Er sprang mitten durch die Zweige. Den Schlag gegen die Stirn spürte er nicht, denn er dachte: Mein Kind.
Seine Lungen keuchten. Splitter surrten gegen einen Grabstein.
Ihm war es gleichgültig. Er mußte weiter. Er dachte: Mein Kind.
Etwas Weißes ragte empor. Pfiffe durchschnitten die Luft. Eine Säule für Helden. Dröhnen kam aus dem Himmel. Sie kippte um.
Immer zwei halbe Schritte und einen ganzen Schritt.
Vorwärts.

Blumen wirbelten durch die Luft. Fielen vor seine Füße. Über Wege sprang er wie über Hürden. Er dachte: Mein Kind. Der Friedhof nahm kein Ende. Im Boden gähnte ein Trichter. Er fiel hinein und stürzte auf einen Balken. Das Holz war vermodert. An den Fingern Leichengift, kletterte er, ohne Überlegung, wieder heraus. Er hetzte weiter. Mein Kind!
Reihengräber. – Der Bahnhof – Urnengräber – lag am anderen Ende – Familiengräber – des Weges – Urnen!
Bis zu den ersten Häusern waren es siebenhundert Meter. An Generationen von Toten keuchte er vorüber. Der hinkende Vater.
Er schwitzte, keuchte, rannte. Einen ganzen Schritt. Zwei halbe. Er kam vorwärts.
Mein Kind!

Eine Luftwelle fauchte durchs Fenster. Riß die Gardinen in die Höhe. Die Zugstangen schnellten aus den Haken, und alles fiel auf den Boden. Das Tischtuch blähte sich. Die Spielkarten flogen davon. Herr Cheovski stand auf. »Wozu das alles? In fünf Minuten sind wir tot!«
»Vereint«, erwiderte seine Frau. Sie blickte entrückt in sein Gesicht. Er beneidete sie um ihren Glauben. Am Büfett öffnete sich die Tür. Die Weingläser kippten, klirrten auf das Parkett. Sie zerplatzten in hundert Splitter.
»Komm an die Wand!«
Herr Cheovski trat zu seiner Frau und reichte ihr den Arm. Zaghaft berührten sich ihre Hände. Einen Augenblick lang drückte sie fest seine Finger, dann führte er sie langsam neben die Tür. Das Zimmer, das offene Fenster lag vor seinen Augen. Rauch wiegte sich über dem Boden. Er war von Staub überzogen. Die Lackschuhe hatten Spuren hinterlassen. Fußtapfen wie von einem Tier führten vom Tisch bis zu ihm. Daß jemand die Parkettleisten ineinandergefügt hatte, fand er überflüssig. Mühselig, dachte er. Ich möchte

wissen, ob der Mann noch lebt. Das Pendel der Standuhr schwang wie im Nebel. Es war elf Minuten nach eins.

Die Fallgeschwindigkeit des Sergeanten Jonathan Strenehen, vierundzwanzig Jahre alt, Sohn eines Mannes, der zum Essen gern ein Gläschen Bier trank, betrug dreizehn Meter in der Sekunde. Er stürzte mit dem Bauch zur Sonne und dem Rücken zur Erde.
Der ausgekugelte Arm wehte an seinem Körper. Neunzig Meter tiefer verklemmte er sich zwischen den Beinen. Der Luftdruck preßte sie zusammen wie ein Schraubstock. Mensch, Stoff, Leder fielen senkrecht, nach dem Gesetz der Anziehungskraft. Die Erdrinde kam ihm entgegen wie eine Betonmauer. Sie kam mit der Geschwindigkeit eines Geschosses. Sein Gehirn versuchte, es zu registrieren. Er erinnerte sich in diesen Sekunden nicht an seine Geburt, an die erste Kommunion, an ein Mädchen, von dem er sich einbildete, daß er es liebe. Sich selbst liebte er am meisten. Es gab keine Bilder der Vergangenheit, keine Gedanken an die Zukunft. Es gab nur einen Körper, der durch die Luft flog.
Das Großhirn betätigte die Nerven. Es gab ihm das Bewußtsein der Angst, die sich mit jedem Meter vergrößerte. Es berechnete im voraus, was eintreten würde. Die erste Berührung. Das Rückgrat auf der steinernen Fläche, dreitausend Meter tiefer. Den Aufschlag des Hinterkopfes. Die Sprünge in der Gehirnschale. Das blitzartige Zerbrechen des Beckens. Die Zersplitterung der Ellenbogen. Die Angst arbeitete präzis wie ein Automat. Inzwischen bemühte sich das Kleinhirn um die Reflexion. Um die Muskelbewegung des rechten Armes mit dem Griff nach dem Zugriemen des Fallschirmes, der sich nicht öffnete. Das scheiterte an der Verbindung zwischen Schulterblatt und Gelenk. Die Unterbrechung rettete Sergeant Jonathan Strenehen, Sohn einer Frau, die in vierundzwanzig Stunden vierundzwanzig

Stunden lang an ihn dachte, das Leben. Der Doppelsternmotor mit tausend Pferdekräften und Dreiblattluftschraube raste mit doppelter Fallgeschwindigkeit neunzig Zentimeter an ihm vorbei und nicht in den Schirm. Der Luftdruck hob Strenehen um Körperlänge beiseite. Hitze umgab ihn dabei wie eine heiße Welle.
Als sich der Schirm mit einem Ruck öffnete, war Strenehen neunhundert Meter durch die Luft geflogen. Die linke Hand hatte den Griff getan, den die Rechte verweigerte. Der Ruck brachte den Körper vom Stürzen ins Gleiten. Sergeant Jonathan Strenehen schwebte. In diesem Augenblick dachte er mit unheimlicher Gewalt an seine Mutter.

In der Rauchschleuse des Hochbunkers griffen sechs Männer und vier Frauen nach Schaufeln. Setzten die Helme auf, zogen die Riemen über das Kinn. Sie standen im Halbkreis wie Soldaten. Doch das waren sie nicht.
»Wir laufen in Reihe«, sagte ihr Führer. »Jeweils im Abstand von fünf Metern.« Er zog Militärdecken aus einem Bottich voll Wasser. Verteilte sie an die anderen. Der Boden begann vor Feuchtigkeit zu triefen. Von draußen drang das dumpfe Krachen der Bomben herein. Ein Ventilator stieß Luft in ihre Gesichter. Jemand begann zu husten. Es klang hohl. Sie legten die nassen Decken um ihre Schultern. Dunst breitete sich aus. Etwas summte ununterbrochen. Der Ventilator über der Tür und der Ventilator in der Mauer.
»Du bleibst da«, befahl der Führer. Er zeigte auf einen Jungen. Das Kinn des Jungen war von Pickeln übersät, und er hatte rote Haare.
»Warum?« fragte er beleidigt.
An seinem Arm trug er eine Binde. Sie war zusammengerollt. Niemand konnte lesen, was darauf stand.
»Weil!« erwiderte der Führer des Trupps. Er schwieg und fuhr fort: »Du übernimmst das Kommando in der Schleuse.«

Sein Blick fiel auf die anderen. Aber sie sahen durch ihn hindurch. Er wußte, was sie dachten.
»Brauchen wir Eimer?« fragte eine Frau.
»Nein, keine Eimer«, antwortete die Frau an ihrer Seite.
5 Einer der Männer suchte seine Uhr. Als er sie hervorzog, blickten alle auf die Zeiger. Erst nacheinander, dann gemeinsam. Der Führer des Trupps nahm sich auch eine Decke. Die Uhr blitzte silbern. Der große Zeiger und der kleine Zeiger richteten sich auf Ziffern. Niemand von ih-
10 nen sah sie. Weder die Ziffern noch die Zeiger. Sie starrten auf die Uhr. Es gab keinen Grund, länger zu warten.
»Wer macht freiwillig den Letzten? Mir bleibt die Spitze!«
Der Truppführer sah absichtlich nicht auf die Männer.
»Ich!« meldete sich eine Stimme. Sie war deutlich. Einer
15 drängte sich nach vorn. Der Mann trug eine Kutte. Perlen auf einem Kranz reihten sich an seiner Hüfte. Es war ein Priester.
Der Truppführer musterte seine Schuhe. »Geben Sie sich keine Mühe. Dort will niemand beten!«
20 Die Schuhe hatten hohe Schäfte, waren zusammengeschnürt und glichen der Fußbekleidung alter Frauen. Sie standen im Wasser.
»Wer spricht vom Beten!« Der Priester wand dem Jungen eine Spitzhacke aus den Händen. Er stellte sich zu den
25 Männern. Von einer Pfütze trat er in die nächste. Seine Fingernägel hatten schwarze Ränder.
»Tun Sie das für Gott?«
»Wenn Sie mit mir über Gott reden wollen, kommen Sie nach dem Krieg in meine Kirche. Sie ist abgebrannt, aber
30 ich baue sie wieder auf.«
»Hoffentlich!« Der Truppführer spuckte plötzlich an die Wand.
»Gehen wir!« Er drehte sich um. Eine Frau strich im Vorbeigehen dem Jungen mit den roten Haaren über den Kopf.
35 Sie war ein Jahr älter und seine Schwester.

Auf der Plattform lagen sie, und ihre Fingernägel krallten sich in den Beton. Die Stricke waren gespannt. Ihre Verbindung mit der Erde.
»Abschuß!« brüllte der Geschützführer. Mit dem Arm wies er auf den Horizont. In einer Wolke züngelte eine Flamme. Sie zersprühte als Komet. Blitze stürzten nach unten. Ein Schlag erschütterte gleichzeitig den ganzen Bunker. Sofort zog der Geschützführer den Arm zurück und preßte sich gegen den Boden. Der Beton strahlte Wärme aus. Das spürte er nicht. Die Luft zischte wie Dampf. Steine und Erde spritzten von der Straße empor. Verschwanden im Himmel. Der Deckel einer Munitionskiste sprang zurück. Luftdruck riß ihn aus den Scharnieren. Er rutschte davon. Flach über die Plattform flog der Deckel schnell wie ein Geschoß. Dem Ladeschützen entgegen.
Der schrie. –
Der Geschützführer hörte es nicht. Aber er sah es; das Gesicht des Ladeschützen. Ein Antlitz voller Angst. Als der Deckel hineinschnellte, schloß der Geschützführer die Augen. Eine Sekunde später hob der Luftdruck ihn hoch und warf ihn auf den Rücken.
Der Geschützführer schlitterte mit ausgebreiteten Armen dem Ladeschützen entgegen. Der Beton riß die Haut von seinen Händen. Das Seil rutschte auf seine Brust. Während die Schlinge ihn hielt, zerbrach etwas in seiner Hüfte. Der Schmerz durchfuhr den Körper wie einen Degenstich.
»Festhalten!« schrie er. »Festhalten!«
Er meinte die Stricke. Wenn die Stricke versagten, wehte es ihn in den Abgrund. Vier Stockwerk tief. Für den Geschützführer war in diesem Augenblick der nackte Beton das Symbol für das Leben.

Zwischen Schulter und Kinn den Telefonhörer geklemmt, rauchte der Funker eine Zigarette. Das Licht flackerte wieder. Die Tür stand einen Spalt offen. Draußen schrien sie

Befehle. Er blies eine Rauchwolke zur Decke. Wassertropfen hingen am Beton.
Aus dem Hörer kam ein Räuspern. »Bomberstrom, sechshundert Meter breit, dreißig Kilometer lang.«
Eine Stimme aus weiter Ferne befahl: »Trennen!«
»Gehen Sie aus der Leitung«, sagte eine weibliche Stimme.
Der Funker sog an seiner Zigarette. An seinem Finger blitzte ein goldener Ring. Das erinnerte ihn an seine Frau. Er schob die Zigarette in den Mundwinkel.
»Bekomme ich jetzt Berta Mutter oder nicht?«
»Hier ist Berta Mutter«, klang es in sein Ohr.
Er antwortete: »Es spricht Berta Drei. Notieren Sie: Drittes Geschütz durch Rohrkrepierer ausgefallen. Verluste: 1 Unteroffizier; 2 Gefreite; 6 Flakhelfer. Wir schießen in einer Minute wieder Sperrfeuer. Ende!«
Durch den Hörer lief ein Pfeifen. Die Stimme fragte:
»Soll ich wiederholen?«
»Nein!« Der Funker sah durch den Türspalt in den Himmel. Die Bomber flogen in Keilform wie Wildenten. Über der Stellung drehten sie sich nach Süden. Er fragte:
»Noch etwas?«
»Ja!«
Er blickte auf die Punkte. Daß in ihnen Menschen saßen, konnte er sich nicht vorstellen. Seine Gedanken irrten durcheinander.
»Sind Sie noch da?«
»Jawohl!«
»Absturz einer Feindmaschine im Planquadrat Vier. Die Besatzung ist ausgestiegen. Sie hängen noch in der Luft. Berta Drei stellt einen Trupp zusammen und kümmert sich um die Mannschaft. Die Fallschirme treiben in Ihre Gegend. Ende! Haben Sie verstanden?«
Ein Zittern lief über den Boden. Die Tür schlug zu. In der Stellung schossen sie die erste Salve.
»Jetzt?« fragte der Funker.

Die Stimme antwortete: »Wann dachten Sie?«
»Wer hat das befohlen?«
»Der Kommandeur!«
»Zu Befehl!« Der Funker wiederholte: »Absturz einer Feindmaschine, Planquadrat Vier. Besatzung ausgestiegen. Berta Drei stellt jetzt einen Trupp zusammen und nimmt sie gefangen!«
»Das war nicht wortgemäß, aber ich bin nicht kleinlich. Dem Sinn nach hat es gestimmt. Wie ist Ihr Name?«
Der Funker antwortete: »Obergefreiter Weigand!«
»Mensch, Weigand!«
Der Mann am anderen Ende der Leitung legte seinen Hörer auf die Gabel. In der Muschel des Funkers war es ein Knacken. Die Zigarette rutschte aus seinem Mund. Sie fiel auf seine Hose. Hastig griff er nach ihr, da verschwand sie im rechten Stiefelschaft. Mit einem Fluch sprang er auf.

IV

Ich, Nikolai Petrowitsch, wurde am Neujahrstag 1903 in Kriwoi Rog vor dem Bug geboren. Ich war Ingenieur auf einem Schlepper, der zwischen Saratow und Astrachan verkehrte. Mein Blockhaus stand in Rastonja am Ufer. Jedes Jahr zu Ostern schlachteten wir ein Lamm. Wir waren satt und glücklich. Im Lager von Minsk waren wir dreißigtausend. Unsere Toten warfen wir nackt in die Gruben. Jede faßte hundert Verhungerte. Wenn es nur Kinder waren, entsprechend mehr. Für sie hatten wir besondere Gruben. Wenn man Kinder und Erwachsene nebeneinanderschichtet, entstehen Lücken. Der Platz in den Gruben war knapp. Die Gruben habe ich nicht gezählt. An der Strecke von Minsk bis in diese Stadt gab es unzählige Gruben. Meine Frau Lisaweta wird tot sein. Die kleine Lisaweta wird auch tot sein. Der kleine Andrei Nikolajewitsch wird auch tot sein; mein Junge. Ich träume in den Nächten von Brot. Immer wieder von trockenem Brot. Brot.*

* Städte an der Wolga bzw. am Wolgadelta

Die Geräusche hörten sich an wie in einem Schiff. Das Gewölbe knirschte, der Boden und auch die Mauer. Hinter ihnen pulsierte eine Maschine.
Die Witwe fragte: »Können Sie nicht still sein?«
Neben dem Toten in der Ecke hockte die Alte und schluchzte. Der Balken verdeckte ihr die Leiche, aber sie streichelte die herausragende Hand.
»Luft«, sagte eine Frau. »Was ist mit der Luft?«
Die Kerzenflamme wurde kleiner. Sie duckte sich nieder. Mit gläsernen Augen starrte das Mädchen in sie hinein. An ihr bewegte sich nichts als die Lippen. Die Flamme spiegelte sich in den Pupillen. Das Mädchen lag mit ausgebreiteten Armen auf den Ziegeln.
Die Frau meldete sich aufs neue: »Wir müssen Luft sparen!«
Zwei Arme kamen aus der Dunkelheit, suchten am Boden nach der Schachtel. Die Hände zogen die Gasmaske aus der Schachtel. Behutsam, als sei es verboten. Lautlos verschwanden sie wieder. Die Hände und die Maske, in die Finsternis. Das Schluchzen der Alten und die Pulsschläge hinter den Mauern blieben das einzige Geräusch.
»Wo sind die Spaten?« fragte der Mann.
»Wozu?« Die Stimme kam von der Bank. Jemand stieß mit dem Fuß gegen den Kübel. Es gab einen hellen Ton.
»Wir müssen uns ausgraben!«
»Hier wird nicht gegraben«, sagte die Witwe. »Wenn wir uns rühren, bricht das Gewölbe ein.«
Der Mann brüllte plötzlich: »Wollen Sie ersticken?«
Einen Augenblick lauschten sie alle. Auch die Alte aus der Ecke. Angstvoll blickten sie nach oben. Doch das Gewölbe war stärker als das Echo. Die Stimme prallte zurück, ohne daß sich etwas bewegte.

Auf einmal begann die Alte: »Seine letzten Worte waren: kümmert euch um meine Frau!« Sie hob den Arm des Toten und zeigte ihn den anderen. Über die Finger spannte sich die Haut. Kalkstaub bedeckte sie wie Puder.
5 »Davon habe ich nichts gehört«, sagte die Witwe.
»Doch, doch!«
»Meine Liebe!« Die Witwe lachte laut. Ihr Gesicht verzog sich. Mit der Hand schlug sie sich aufs Knie.
Der Mann sagte drohend: »Sind Sie ruhig!«
10 »Ich kann ...« Die Witwe brach ab. Hinter den Mauern begannen neue Geräusche. Ein Trommelwirbel, noch weit entfernt, rückte näher. Er bewegte sich langsam. Oder mit rasender Geschwindigkeit. Das konnten sie nicht unterscheiden.

15 Der Wind trieb Sergeant Strenehen gegen die Flaksperre. Sechsunddreißig Geschütze jagten pro Minute die doppelte Zahl Granaten in den Himmel. Sie stiegen herauf wie Raketen. Hilflos trieb er in sie hinein.
Er dachte: Wenn es Menschen sind, werden sie jetzt auf-
20 hören.
Als Antwort zuckten auf der Erde sechsunddreißig Blitze. Feuerspritzer. Durch die Luft kamen sie ihm entgegen wie Schrapnells*. Er trieb fünfhundert Meter vor der Flaksperre. Die ersten Splitter schwirrten ihm entgegen. Man-
25 che pfiffen.
Er dachte: Vielleicht sehen sie mich nicht.
Natürlich mußten sie ihn sehen, aber er rechnete sich aus, wie lange ein Befehl braucht, um ausgeführt zu werden. Vom Beobachtungsstand zu der Zentrale, von der Zentrale
30 zu den Geschützen.
Zwischen jeder Salve lagen dreißig Sekunden. Er wußte es nicht, aber er begann zu zählen. Zwei Zahlen waren eine Sekunde. Erst zählte er langsamer. Dann schneller. Die Fallschirmgurte umzwängten seine Brust. Etwas stimmte

* Sprenggeschoss mit Kugelfüllung

nicht. Auch der Schmerz im Schultergelenk wurde spürbar. Sein ausgekugelter Arm wurde schwer wie Blei. Als er bis zwanzig gezählt hatte, blitzte auf der Erde wieder das Feuer. Zwei, drei, vier. Ein Schlag riß am Schirm. Strenehen schloß die Augen, wartete auf den Absturz. Doch es war nur eine Luftwelle. Die Detonationen begannen ihn zu schaukeln. Sechs Meter nach rechts, sechs Meter nach links. Er zwang sich wieder zum Zählen. Bei fünf kam eine Bö, drückte den Schirm zur Seite, riß ihn mit sich fort. Zweitausend Meter hoch, befand er sich plötzlich in einem Sturm. Ein Wirbelwind drehte ihn im Kreise. Der Schirm fiel zusammen, entfaltete sich aufs neue.
Er stürzte dreihundert Meter tief in ein Luftloch, dann drückten ihn Steigwinde wieder in die Höhe. Bei der nächsten Salve war er über einen Kilometer von der Flaksperre entfernt. Als es ihn seitlich abtrieb, fragte er sich, woher der Sturm kam. Da fiel ihm ein, daß die Stadt brannte. Es war erst der Anfang. Zwanzig Minuten später wurde aus dem Sturm ein ⌜Orkan⌝.

Die Bäume lagen im Friedhof auf den Wegen. Verbranntes Gestrüpp ragte aus einer Dunstschicht. Qualm schlingerte über die Gräber. Es roch nach Pulver. Nikolai Petrowitsch kannte das. Er saß in einem Splittergraben, neben ihm hockten die anderen. Rastjewa hielt ein Brett über seinen Kopf. Es war das Stück von einem Sargdeckel. Rastjewa sah aus wie ein Toter. Wenn ihn die Bomben übrigließen, starb er vor Entkräftung.
Chikin kaute an einem Riemen. Sein Hunger war größer als seine Angst.
Als eine Steinfontäne niederprasselte, duckten sie sich an die Erde. Ihr Wachtposten hatte sie verlassen. Der Splittergraben war zu armselig. Für sie war er gut genug. Wenn der nächste Bombenteppich kam, würden sie sterben oder nicht. Bevor er kam, machten sie ein Geschäft aus.

»Wenn Rastjewa stirbt, bekomme ich seinen Mantel«, erklärte Nikolai.
»Deine Jacke ist noch gut!«
Chikin nahm den Riemen nicht aus dem Mund, während er sprach. Speichel quoll zwischen seinen Zähnen. Er warf Blasen. Der Riemen war zäh.
»Und deine Jacke ist noch besser.«
»Also gut!« Chikin spuckte aus. »Dann nehme ich seine Schuhe!«
Nikolai Petrowitsch griff nach Rastjewas Schulter. Er rüttelte ihn.
»Zeig deine Schuhe!«
Rastjewa ließ das Brett sinken und hob einen Fuß. Er war mit einem Sack umwickelt. Verknotete Schnüre hielten ihn zusammen. Er starrte vor Dreck.
»Wo sind deine Schuhe?«
Ein Flaksplitter surrte durch die Luft. Er flog wie ein Bumerang. Am Rande des Grabens klatschte er in die Erde. Sie stob auseinander. Es klickte. Metall gegen Stein.
»Vorsicht!« schrie Chikin. Er warf sich bäuchlings in den Graben. Noch während er stürzte, griff er nach Rastjewa. Nichts explodierte.
»Steht wieder auf«, sagte Nikolai. Er wandte sich an Rastjewa. »Wo sind deine Schuhe?«
»Brot«, flüsterte Rastjewa.
Sein Bart war verfilzt. Unter der wächsernen Haut lagen die Adern wie in Glas. Er hob die Hand, winkte müde. Knochen ohne Fleisch reckten sich zum Himmel. Chikin sagte: »Er hat sie gegen Brot vertauscht.«
»Wo hast du das Brot?«
Chikin nahm den Riemen aus dem Mund. »Er hat gestern den ganzen Tag gegessen.«
»Was?«
Chikin schob den Riemen wieder in den Mund. »Rinden!« sagte er. »Solche Rinden!« Zwischen Daumen und Zeigefinger zeigte er die Größe.

»Das hat er mir verschwiegen!«
»Ich dachte, er hätte gespart«, sagte Chikin.
Nikolai spuckte in den Graben. »Er frißt uns alles weg!«
»Nicht mehr lange.« Chikin schob den Riemen von einem Mundwinkel in den anderen. Der Speichel rann in seinen Schoß. Ein langer Faden Schleim.
»Es bleibt dabei«, sagte Nikolai, »ich bekomme den Mantel!« Das Motorengeräusch wurde stärker. Er blickte in den Himmel.
Chikin kratzte sich mit der rechten Hand am Kopf. »Vielleicht hat er die Rinden noch. Wir könnten sie uns teilen.«
»Sieh in seinen Taschen nach!«
»Nicht jetzt! Hier sind wir zu viele, da bekommt keiner was.«
Chikin nahm den Riemen aus dem Mund und leckte ihn ab. Das Leder sah aus wie ein Darm.
»Hast du die Rinden noch?« fragte Nikolai. Er sprach leise. Mißtrauisch blickte er zur Seite, aber die anderen kauerten fünf Meter von ihnen entfernt.
»Nein!« Rastjewa schüttelte den Kopf.
»Er lügt!«
»Gib sie uns freiwillig!«
Chikin flüsterte: »Ich habe sie gegessen.«
»Du Schuft!«
Das Heulen der Bomben begann aufs neue. Nikolai Petrowitsch nahm Rastjewa hastig das Stück Sargdeckel weg.
Er hielt es über seinen eigenen Kopf.

Wer plündert wird erschossen! Der Mann las es auf einem Plakat. Er stand bei den ersten Häusern in einer Toreinfahrt und starrte auf die Mauer. Durch den Gang dröhnten die Geräusche der Bomben. Er war entschlossen abzuwarten. Er dachte: Für mein Kind ist es das Beste.
Sein Atem keuchte. Sonnenstrahlen fielen auf seine Schuhe,

aber er stand im Schatten hinter dem Tor; das Licht kam von draußen.
Eine Sekunde verstrich. Es geschah nichts. Die Zeit schien zu kriechen.
Wer plündert wird erschossen! Er las es noch einmal. Das Plakat war eingerissen. An der Mauer fehlte ein Stück Putz. Es lag auf dem Boden.
Wieder verstrich eine Sekunde. Die Sonnenstrahlen zu seinen Füßen wurden heller. Auf der Straße verzog sich der Qualm. Eine Fliege summte in den Flur. Er wunderte sich, woher die Fliege kam, dabei lauschte er angespannt. Er dachte: Wenn es mich trifft, kann ich meinem Kind nicht helfen. Es war merkwürdig, aber er dachte nicht an seine Frau.
Plötzlich fragte eine Stimme: »Was machen Sie hier?«
Erschrocken wandte er sich um. Am Eingang zum Treppenhaus stand ein Soldat. Er hielt ein Gewehr unterm Arm, die Hand am Abzug. Um seinen Hals lag eine Kette, an der Kette hing ein ⌜Blechschild⌝.
Der Mann sagte: »Nur einen Moment!« Er blickte auf das Gewehr und sah die Mündung. Es war weiter nichts als ein Loch. Vom Himmel klang das Summen der Motoren. Jenseits des Friedhofes krachten die Geschütze. Er wartete darauf, daß sich der Soldat umdrehte und verschwand. Verlegen begann er zu lächeln. Ihm war zumute, als müsse er schreien.
»Kommen Sie her!« befahl der Soldat. Das Gewehr lag an seiner Hüfte. Visier und Mündung bildeten eine Linie. Die Fliege schwirrte auf ihn zu. Er schlug sie mit der linken Hand beiseite. Auf seiner Uniform lag Mörtelstaub.
»Ich muß weiter«, sagte der Mann.
»Wohin?«
»Zum Bahnhof!«
Der Soldat schüttelte den Kopf. »Kommen Sie her!«
Es waren genau sechs Schritt. Dem Mann blieb nichts an-

Veraltete Bezeichnung für ein Pult bzw. Podium (v.a. in Schulen)

deres übrig, als zu gehorchen. Er humpelte vorwärts. Jetzt spürte er wieder seinen Fuß. Es war ihm peinlich. Dann fiel ihm ein: sechs Schritt waren es vom Katheder* bis zur Tür. Die ganze Klasse sah auf seine Füße. Der Soldat auch. Er konnte ihm nichts erklären. 5

»Es ist ganz zwecklos«, versicherte er, »daß Sie mich aufhalten.«

»Überlassen Sie das mir!« sagte der Soldat. »Sie kommen jetzt mit in den Keller.«

Er wollte sich umdrehen. 10

In diesem Augenblick schlug ihm der Mann das Gewehr beiseite. Es fiel dem Soldaten aus den Händen, schepperte auf die Steine.

»Was fällt Ihnen ein?« fragte der Soldat verblüfft.

»Ich muß zum Bahnhof!« Der Mann wollte davon, doch 15 sein Gegner war schneller. Eine Faust stieß nach seiner Schulter. Der Mann stolperte über seinen Fuß. Er ging in die Knie. Ein Schienbein prallte aufs Pflaster. Der Schmerz durchzuckte ihn, und sofort darauf verspürte er die Mündung in seinem Rücken. 20

»Aufstehen!«

Der Mann erhob sich mühsam. Etwas Warmes rieselte über seine Wade. Er wollte überlegen. Ich muß zu meinem Kind; das war das einzige, was ihm einfiel. Vor dem Soldaten, den Gewehrlauf am Rücken, humpelte er einige Schritte. Der 25 Eingang eines düsteren Treppenhauses tat sich vor ihm auf. Er sah Stufen. Ein Pfeil zeigte nach unten. Bevor er hinabstieg, wandte er sich nochmals um. In seinen Augen lag der Ausdruck eines geschlagenen Tieres.

»Herr Soldat!« 30

»Geh zu, Mensch!«

Der Soldat schüttelte den Kopf. Er sah auf seine Brust. Das Blechschild an der Kette hatte sich verschoben. Er rückte es gerade.

Der Jäger huschte wie ein Schatten über die Dächer und zog plötzlich steil nach oben. Strenehen sah ihn. Es war ein Deutscher. Die Maschine verschwand in einer Rußwolke. Dahinter tauchte sie wieder auf. Von den Bombern hielt sie sich abseits. Sie flog ziellos. Oder sie suchte etwas Bestimmtes.

Sie zog eine Schleife und kam Strenehen entgegen. Ein Raubvogel, der sein Ziel erkannt hat.

Strenehen dachte: Das gibt es nicht. Ein Strich kam auf ihn zu. Über ihm bauschte sich der Schirm. Steif hing er in den Gurten. Sein Körper baumelte im Wind. Der Wind hob seine Beine. Er sah die eigenen Schuhe. An dem Leder klebte Blut. Dunkelbraune Streifen.

Der Deutsche hielt seinen Kurs. Er näherte sich von vorn. Um den Propeller wirbelte die Luft. Was will er, dachte Strenehen. Der Schmerz in seinem Arm verflog. Er hob den Kopf. Vom Bomberstrom war er zu weit entfernt. Zwischen ihm und dem Jäger schwebten ein paar Pulverwölkchen. Unaufhaltsam wurde die Maschine größer. Über dem Bug wölbte sich die Kanzel*. Hinter den Scheiben erkannte Strenehen die Silhouette* eines Menschen. Er starrte auf die Tragflächen. Von dort mußte es kommen. Die Kugeln aus den Maschinengewehren. Verzweifelt dachte er: Schießen wird er nicht.

Hier: Cockpit eines Flugzeuges

Umriss, Kontur, Schattenbild

Im gleichen Augenblick züngelten die Flammen. Sie spritzten aus der Kanzel.

»Schuft«, schrie Strenehen.

Er schloß die Augen. Den Luftzug spürte er unter seinem Körper. Er kam vom Propeller. Die Maschine zog bereits unter ihm hinweg. Jetzt würde es den Schirm zerreißen, und dann stürzte er in die Tiefe. Erst als nichts geschah, öffnete Strenehen die Augen. Es schien ihm unfaßbar. Ich, dachte er gekränkt. Auf mich hat er geschossen. Qualm hüllte ihn ein. Er schwebte durch ihn hindurch. Wieder hörte er den Motor des Jägers. Die Maschine zog über ihm einen Kreis, fiel tiefer. Hundert Fuß von ihm entfernt flog sie vorüber. Der Pilot wandte den Kopf. Drohend hob sich eine Faust. Das Bild huschte vorbei. Die Maschine drehte ab. Wenig später war sie ein Strich. Strenehen konnte ihren Flug nicht weiter verfolgen. Der Fallschirm verdeckte ihm die Sicht. In seinen Arm kehrte der Schmerz zurück.

Das Straßenpflaster knisterte wie Papier. An den Hausfassaden entlang hetzte der Bergungstrupp aus dem Hochbunker. Sie rannten in einer Reihe, jeder mit zehn Schritt Abstand. Zwischen den Männern die Frauen. Die nassen Decken wehten über ihren Köpfen. Der Priester hielt seine Spitzhacke wie ein Kreuz. Er spürte sein Herz schlagen. Der Sturm trieb Asche über die Fahrbahn. Auf dem Gehweg lag ein zerbeultes Auto. Es qualmte. Glassplitter bedeckten die Steine. Eine Tür war abgerissen. Zwischen der Karosserie und der Mauer sprangen sie einzeln hindurch. Hinter dem Wrack gähnte der Trichter. Ein verbogenes Rohr ragte heraus. Es kam aus der Erde. Am Ende war es zerfasert. Der Priester rannte daran vorbei. Er mußte an Gas denken, doch er roch nichts. Die Straße verengte sich zur Schlucht. Er sah Flammen. Aus Fensterhöhlen züngelten sie nach oben. Sie leckten nach dem Himmel. Unter ihnen verschwand der Bergungstrupp wie in einem Tunnel. Einer nach dem andern sprang in den Qualm. Der Priester sah das Loch unter den Flammen vor sich. Die Kette an seinem Hals rutschte über den Rock. Das kleine Kreuz baumelte vor seiner Brust. Mit einem Ruck riß er es herunter und steckte es in die Tasche. Er war der letzte. Wenn es ihn erschlug; keiner würde es merken. Er dachte: Auch Gott nicht. Ich bin zu unbedeutend. Dann verschwand er im Qualm.

Funken stoben über die Plattform. Der Geschützführer stützte sich auf ein Knie, entfaltete den Verband und legte

ihn dem Ladeschützen aufs Gesicht. Zwischen Stirn und Lippen klaffte eine Lücke. Inmitten rohen Fleisches schimmerte der Knochen. Er fragte: »Hast du Schmerzen?«
»Nein, ich spüre nichts.« Der Ladeschütze wollte in sein Gesicht greifen, aber der Geschützführer hielt ihn zurück. Detonationswellen fauchten über den Beton. Staub hüllte sie ein. Er wickelte die Binde um den Kopf.
»Muß ich sterben?« Etwas Blut rann dem Verwundeten aus dem Mund. Neben der Zerstörung im Gesicht wirkte das harmlos.
»Deswegen stirbt man nicht!« Der Geschützführer blickte zu den anderen hinüber. Sie lagen auf dem Beton und sahen auf. Einer kroch zum Geschütz. Sein Helm hing im Genick. Er hatte seinen Strick nicht mehr um den Leib, er hielt ihn mit den Händen fest. Der Ladeschütze brüllte plötzlich: »Meine Nase ist ab!« Es klang wie ein Witz. Sofort kam ein Schwapp Blut aus seinem Mund. Der Kanonier mit dem Strick in den Händen hatte das Geschütz erreicht und kroch an ihm vorbei. Er wollte zum Rand der Plattform. Dort war die Leiter.
»Ich kenne jemanden ohne Nase«, gurgelte der Ladeschütze. Er weinte. Die Tränen vermengten sich mit dem Blut. Er stieß es mit dem Atem aus dem Mund und fragte eindringlich: »Was ist mit meiner Nase?«
»Nichts! Sie blutet, das ist alles!«
»Zwei Löcher statt der Nase!« Der Ladeschütze schrie. »Ich weiß, wie das aussieht!«
»Quatsch!« Der Geschützführer beobachtete den Kanonier an der Leiter. Der Junge griff gerade nach den Sprossen. Als er den Strick wegwarf, sah er schnell herüber. Der Geschützführer ließ den Verband los, streckte einen Arm aus und winkte mit dem Zeigefinger. Da legte sich der Junge wieder auf den Bauch und begann zurückzukriechen. Mit dem Kinn schleifte er über den Boden. Sein Gesäß reckte sich in die Höhe. Er erinnerte an einen Hund, der Prügel erwartet.

»Ich spüre überhaupt nichts«, gurgelte der Ladeschütze wieder.
»Sei ruhig, oder ich kann dich nicht verbinden!«
Der Ladeschütze antwortete: »Ich werde jetzt mein ganzes Leben lang allein sein.«
Er sprach schon wie ein Mensch, der seine Zukunft einteilt.
»Rede nicht!« Der Geschützführer schüttelte den Kopf.
»Du bekommst das Verwundetenabzeichen. Das haben die Mädchen gern!«
»Ohne Nase!« brüllte der Ladeschütze.
»Du hast doch deine Nase!«
Der Ladeschütze antwortete vorwurfsvoll: »Dort liegt sie doch!« Mit der Hand wies er auf den Beton. Ein Stück Fleisch lag auf der Plattform. Es war seine Nase.

V

Liebe Mutter,
heute, an meinem zwanzigsten Geburtstag, nur einige Zeilen. Du brauchst Dich wirklich nicht zu sorgen, aber es ist unmöglich, daß Du mich besuchst. Ich muß an einem Vierlingsgeschütz Rekruten ausbilden. Ich hätte für Dich keine Zeit und bekomme auch nicht frei. Natürlich bin ich noch nicht frontverwendungsfähig. Beim Atmen spüre ich die Wunde noch, trotzdem glaube ich, sie ist gut verheilt. Zigaretten schmecken mir aber nicht mehr. Jetzt bleibt eben alles für Vater. Hast Du von ihm Nachricht? Der Brief im März war das letzte, was ich von ihm hörte. Das ist bestimmt nicht schlimm. Manchmal geht Post verloren, oder sie bleibt irgendwo liegen. Verlaß Dich auf mich, Vater ist bestimmt gesund, und bitte: Sieh nachts nicht mehr in die Sterne. Leg Dich schlafen, liebe Mutter, wir sind auch so in Gedanken immer vereint. Nun muß ich wieder schließen. Der Dienst beginnt.
Sei tausendmal gegrüßt und alles Liebe von Deinem Sohn.
N. S. Nein, wir liegen nicht in der Stadt, Mutter. Muß ich das immer wiederholen? Mutter!*

* Abk. für: Nachsatz (= Postskriptum, P.S.)

Es krachte über der Stellung, der Leutnant schloß die Tür, und die Geräusche wurden leiser. Pulvergeruch hing an den Wänden. Eine dünne Rauchschicht lag auf dem Boden.
Der Funker schrie: »Sie sollten einen Helm aufsetzen, Herr Leutnant!«
»Was schreien Sie denn?« Der Leutnant blickte auf den Tisch.
»Geben Sie mir eine Zigarette!«
Der Funker riß den Mund auf. »Ich dachte ...«
»Lassen Sie!« Der Leutnant sagte: »Ich habe selber Zigaretten.« Er faßte in seine Tasche. Morsetöne kamen aus dem Apparat in der Ecke. Sie klangen durch den Bunker. Der Rauch am Boden rollte sich zusammen.
»Wo ist der Lehrer?«
»Abgehauen!« Der Funker schüttelte den Kopf. »Er wollte unbedingt zum Bahnhof!«
»Den wird er lebendig nicht erreichen!«
»Wir können es nicht ändern!«
»Nein!« Der Leutnant steckte sich eine Zigarette in den Mund. Er strich ein Zündholz an, und es erlosch wieder. In dem Bunker war es jetzt wie in einer Waschküche. Brodem und Dämpfe. Er fragte: »Finden Sie das richtig?«
»Was?«
»Ach, nichts«, antwortete der Leutnant.
Der Funker brannte ein Zündholz an. Er reichte es hinüber. Mit der Zigarette im Mund beugte sich der Leutnant über den Tisch. Die Flamme verrußte das Papier, endlich brannte der Tabak. Der Leutnant atmete aus.
»Hier ist ein Befehl«, sagte der Funker. »Eine Feindbesatzung hängt in der Luft!« Er wies auf einen Zettel. Zusammengefaltet lag er auf dem Tisch.
»Telefonisch durchgegeben?«

»Ja!«

Der Leutnant nahm den Zettel. Seine Hand zitterte. Die Schrift verschwamm vor seinen Augen. Er blickte an die Wand, sah in den Spiegel und begann von vorn. Plötzlich warf er den Zettel auf den Boden.

»Kommt überhaupt nicht in Frage!« schrie er.

»Es ist ein Befehl!«

»Ein Befehl, dessen Ausführung ich ablehne. Während des Angriffs verläßt niemand die Stellung.«

»Jawohl, Herr Leutnant!«

»Wenn *hier* einer stirbt, kann ich das verantworten. Verstehen Sie, was ich meine?«

»Jawohl!«

»Dann wischen Sie sich mal den Dreck aus dem Gesicht!«

»Jawohl!« Der Funker griff nach seinem Taschentuch. Er schneuzte sich.

Der Leutnant fragte: »Wer hat das überhaupt befohlen?«

»Das habe ich auch gefragt! Es war der Kommandeur!«

»Der Kommandeur?«

»Man hat meinen Namen notiert. Ich glaube, Sie werden sich schwertun!«

Der Leutnant trat zum Spiegel. »Sie sind ein Idiot!«

»Was hätte ich tun sollen?«

»Mitten im Gespräch einhängen!«

»Daran habe ich nicht gedacht!«

»Also gut, dann gehen Sie jetzt nach oben, wählen ein paar Leute aus und schicken sie los!«

»Ich?« Der Funker riß den Mund auf.

»Ja, Sie!«

Der Funker griff nach dem Kopfhörer hinter seinem Rükken. »Ich bin hier unabkömmlich. Das wissen Sie doch!«

»Natürlich!« Der Leutnant lachte. »Sonst noch etwas?«

»Ja! Ein Anruf privat!«

Der Leutnant hob ruckartig den Kopf. »Jetzt?«

»Eine Mutter hat nach ihrem Sohn gefragt!«

»Jetzt?«
»Sonst rufen sie immer erst nach dem Angriff an!«
»Und?«
»Er heißt Fischer! Geschütz Saturn. Durch Rohrkrepierer gefallen!«
Der Leutnant zuckte zusammen. »Haben Sie ihr das gesagt?«
»Nein!«
»Was dann?«
»Ich sagte: verwundet!«
»Sind Sie verrückt?« schrie der Leutnant.
»Langsam!« Der Funker stotterte: »Ich – dachte ...«
»Was?«
»Man muß es ihr langsam beibringen!«
»Wie haben Sie das gemacht?«
»Eingehängt«, sagte der Funker. »Ich habe eingehängt!«
Der Leutnant schmiß die Zigarette auf den Betonboden. In einer Pfütze verzischte sie. »Jetzt können Sie sich auf was gefaßt machen!«
»Herr Leutnant?«
Das Telefon läutete. Ohne sich umzudrehen, hob der Funker den Hörer ab. »Bertha Drei, Befehlsstand!«
Einen Augenblick war Ruhe, dann reichte der Funker den Hörer über den Tisch. »Der Kommandeur ist am Apparat. Er will Sie sprechen!«
Der Leutnant schüttelte den Kopf.
»Aber, der Kommandeur verlangt Sie!« Die Stimme des Funkers schallte durch den Bunker. Der Leutnant biß die Zähne zusammen, dann griff er nach dem Hörer. »Berta Drei! Offizier vom Dienst, Leutnant Wieninger!«
»Sind die Leute unterwegs nach den Amerikanern?« klang es aus der Muschel.
»Herr Major!« Der Leutnant schwieg. »Nein, aber sofort, Herr Major!«
»Es ist wichtig, daß den Amerikanern nichts passiert! Ver-

stehen Sie das? Ich bin der verantwortliche Kommandeur in diesem Bereich!«
»Herr Major denken an Racheakte der Zivilbevölkerung?« fragte der Leutnant.
5 »Darüber möchte ich mich nicht äußern!«
»Darf ich Herrn Major darauf aufmerksam machen, daß der Trupp während des Angriffs schwer gefährdet ist. Die ganze …«
»Danach habe ich Sie nicht gefragt!«
10 »Herr Major, es handelt sich um meine Leute!«
»Schweigen Sie! Ich gebe Ihnen einen Befehl. Verstanden?«
»Jawohl!«
»Ich habe ja nicht verlangt, daß Sie selbst gehen!«
15 »Ende, Herr Major«, sagte der Leutnant und legte den Hörer auf. Er blickte auf den Funker. »Haben Sie das gehört?«
»Nein, ich habe nichts gehört.«
»Dann sind Sie zu beneiden!« Der Leutnant drehte sich um
20 und schritt zur Tür. »Jetzt stelle ich die Leute für den Trupp zusammen. Damit Sie es wissen!«
»Jawohl!«
Der Funker wischte sich mit dem Taschentuch über das Gesicht. Er rieb einen Rußfleck auf seiner Stirn auseinan-
25 der. Den ganzen Dreck verteilte er dabei gleichmäßig auf seiner Nase. Als der andere die Tür hinter sich geschlossen hatte, trat er zu ihr. Er riegelte sie ab.

Frau Cheovski flüsterte: »Man muß etwas mitnehmen.«
»Was?« fragte er und legte den Arm um ihre Schulter. Sie
30 hockten beide mit angezogenen Beinen an der Wand. Sein Anzug war voll Staub.
»Die Erinnerung«, sagte sie. »Es war schön, nun begleichen wir die Rechnung.«
»Sprich nicht davon.« Er drückte sie an sich. Ihr Atem

schlug in sein Gesicht. Als er sie ansah, blickte sie durch ihn hindurch. Etwas Rotes huschte über ihre Wangen. Nicht das Blut. Der Schein kam von draußen. Durch die Fensteröffnung spiegelte er sich in der Fassade gegenüber.
Er sagte: »Das Haus brennt.«
Sie lächelte. »Das ist doch unwichtig.« Mit der Hand streichelte sie seinen Arm. Durch den Stoff hindurch fühlte er ihren Ring. Der rote Schein wurde heller. Ein Unbehagen beschlich ihn. Mit einemmal wußte er, was Angst ist.
»Denk an Walter und Rudolf!« Sie blickte nach dem Tisch. »Ich sehe sie sitzen.«
Er gab keine Antwort und sah nur das leere Fenster. Feuerschein huschte darüber. Es leuchtete auf, verlosch, begann aufs neue. Holz prasselte entfernt. Vielleicht in einem Zimmer.
»Gehen wir nach unten«, schlug er plötzlich vor. Er sah sie an, aber sie hörte gar nicht zu.
»Ich bitte dich!«
»Er war immer ein gutes Kind, und Rudolf war so stolz«, sagte sie.

Es war ein Gang wie ein Tunnel. Nur schmaler. Nebeneinander konnte man nicht laufen. Feuchtigkeit rieselte von den Wänden. Ein saurer Geruch lag in der Luft. Auf dem Boden standen Pfützen. Am Ende des Ganges war eine Tür.
»Da hinein«, befahl der Soldat. Auf seiner Brust baumelte das Blechschild. Der Schein seiner Lampe huschte über den Boden.
»Ich bitte Sie!« Der Mann wandte sich um. »Ich hätte Zigaretten bei mir. Nehmen Sie Zigaretten?«
Der Soldat lachte auf und schwieg. Er sah auf das Gewölbe. Es knirschte. Das Rollen eines Donners lief durch den Gang. Der Strahl der Taschenlampe richtete sich nach oben. Spinnweben bewegten sich. Nach ein paar Sekunden wurde es wieder still.

»Öffnen Sie die Tür!«
Der Mann drückte auf die Klinke. Die Scharniere quietschten. Durch den Spalt fiel Kerzenschimmer. Weingeruch schlug ihm entgegen. Sie saßen auf den Fässern. Ein ganzer Trupp betrunkener Soldaten.
»Person festgenommen«, klang es hinter dem Mann. »Leistet Widerstand bei der Verhaftung!«
Ein Gewehrkolben knallte aufs Pflaster. Der Soldat hielt die Waffe am rechten Fuß. Sein Gegenüber baumelte mit den Beinen.
»Herr Leutnant«, begann der Mann. »Ich ...«
»Bin erst Fähnrich!«
Die anderen grinsten. Ihre Stiefel schlugen an die Fässer. Einer rauchte. Das Gesicht wie ein Kind. Sommersprossen auf der Nase. Der Mann sagte: »Verzeihen Sie, aber ich muß gleich weiter!«
»Schon verziehen!« Der Fähnrich rutschte von seinem Faß. Er war nicht älter als die anderen. Bedächtig griff er nach seiner Maschinenpistole. Sie lehnte an der Mauer. Er wog sie in der Hand.
»Sie haben es eilig?«
»Ja, sehr!«
»Wir auch!«
Kichern begleitete seine Antwort. Einer hustete absichtlich. Es begann ihnen Spaß zu machen.
Der Mann sagte: »Mein Kind.«
Da lachten sie alle.
Nacheinander blickte er sie an. Sie erinnerten ihn an seine Klasse.
»Hier ist mein Ausweis!« Er griff in seine Tasche. Die Tasche war leer. Erschrocken hielt er inne.
»Zeigen Sie ihn doch!«
»Ich habe ihn verloren«, antwortete der Mann verdattert.
Sie lachten laut. Der Soldat mit der Zigarette verbrannte sich die Finger. Er griff sich ans Ohr.

»Ich gehe!« Jählings wandte sich der Mann und wollte zur Tür. Seine Hand streckte sich aus, da schlug ein Gefreiter mit dem Gewehrkolben schnell nach seinem Arm. Es brannte wie Feuer.
»Meine Schule«, lachte der Fähnrich.
Der Mann drehte sich um. Tränen rannen über seine Wangen. Er blickte auf die Tür.
Eine Stimme sagte: »Wie der schon aussieht!«
Der Fähnrich ging um ihn herum, stellte sich vor ihm auf. Er hob den Arm, doch er schlug nicht zu. Der Mann bückte sich, und sie begannen wieder zu lachen.
»Hinken tut er auch«, sagte der Gefreite.
»Ich ...«
Der Fähnrich fragte gehässig: »Sie wollten wohl plündern?« Einer von den Soldaten auf den Fässern gab zu bedenken: »Man könnte ihn fesseln.«
Der Mann sagte: »Ich bitte Sie um alles in der Welt ...«
»Stellen Sie sich an die Wand!«
»Bei Gott!« Der Mann wischte sich die Tränen ab. »Ich bitte Sie!«
»Wir glauben nicht an Gott!«
Jetzt brüllten sie vor Lachen.
»An die Wand!« kommandierte der Fähnrich.
Der Mann gehorchte. Er hinkte an die Mauer.
»Mit dem Arsch zu uns!« Der Fähnrich zog sein Taschentuch, schneuzte sich hinein. »Oder muß ich Gesäß sagen?« fragte er. Der Mann starrte auf die Steine. Sie glitzerten vor Nässe. Er lauschte nach draußen, doch er hörte nichts.
»Mein Kind«, flüsterte er.
»Kusch dich!« schrie der Fähnrich.
Mit den Stiefeln schlugen sie an die Fässer. Es war ein Heidenspaß.

Die zweitausend Volt hatten ihn nicht getötet. In den Drähten war kein Strom. Gegen den Leitungsmast schlug Sergeant Strenehen wie ein Sack.

Er schlitterte an den Eisenschienen nach unten. Von der linken Hand hobelte es die Haut. Stacheldraht riß ihm die Hose ab, quer über das Gesäß. Dann berührte er die Erde. Fast zärtlich. Er brach sich zwei Rippen, ohne es zu bemerken. Sechs Meter über ihm flatterte der Schirm, zwischen den Kupferdrähten. In einem Sturm, den die Flammen entfacht hatten. Die Gurte waren gerissen. Rings um ihn war nichts als Feuer. Strenehen dachte: Ich verbrenne.
Er war in eine Umspannanlage gefallen, aber das wußte er nicht. Brodelndes Öl kochte in Transformatoren. Er bildete sich ein, das sei Wasser. Es stank nach Senf. Gummi knisterte wie Speck. Mit dem nackten Gesäß saß Jonathan Strenehen auf warmem Blech. Der Wind hatte es hergeweht, und es war die Nordseite von einem Dach. Das Halfter seiner Pistole schlug dagegen. Er zog die Waffe heraus, schleuderte sie von sich. Wenn er wehrlos war, konnten sie ihm nichts tun. Die Deutschen. Er sehnte sich nach Menschen.
Peitschend entlud sich die Pistole inmitten der Flammen. Über seinen Kopf surrte eine Kugel.
Und dann die nächsten, als wollten sie ihn töten. Er wartete auf die letzte, doch sie kam nicht. Vielleicht hatte er sich verzählt.
Als er in den Flammen eine Lücke erkannte, erhob er sich, taumelte darauf zu. Mit der linken Hand hielt er sein Hemd vor dem Bauch zusammen, denn er hatte Schamgefühl. Menschen, dachte er. Irgendwo muß noch jemand leben. Rauch hüllte ihn ein.

Quer durch den Friedhof führte die Straße. Die Bomben rissen sie auf wie einen Acker. Ein Reihenwurf legte Bäume um. Sie platzten aus der Rinde.
Im ⌜Splittergraben⌝ spürten sie nur das Zittern.
Chikin fragte: »Was ist das?«
Weißer Saft rann Nikolai aus dem Ärmel und tropfte auf die Erde.

»Eiter!«
Chikin verschluckte sich an seinem Riemen. Rauch quoll durch die nackten Sträucher, kam herüber. Eine Wolke. Er fragte: »Bei Rastjewa angesteckt?«
»Ja!«
Das Trommeln auf der Straße brach ab. Ein Baum brannte wie eine Fackel. Das Holz knatterte. »Wir hätten Rastjewa melden müssen«, sagte er. »Wir stecken uns alle an.«
»Zu spät für mich!«
Schmeißfliegen schwärmten über das Gras. Sie waren aufgescheucht und suchten neue Nahrung. Fett und schillernd summten sie über Chikins Bein. Er zog den Riemen durch die Zähne. »Was willst du tun?«
»Nichts!« Nikolai Petrowitsch hob die Schultern. »Nach der ärztlichen Untersuchung transportieren sie mich ab.«
Rauch rollte über den Graben. Ein schwarzes Tuch. Die Luft wurde trocken. Rastjewa begann zu husten. Blut und Schleim. Er übergab sich stöhnend.
»Es gibt eine Möglichkeit«, sagte Chikin. Der Saft von dem Riemen rann über sein Kinn.
»Welche?«
»Ausbrennen!«
Eine der Fliegen kroch über Chikins Mund. Sie saugte den Schleim auf. Er scheuchte sie fort.
»Und Rastjewa?« fragte Nikolai.
»Müssen wir melden!«
Krachend entlud sich ein Spätzünder* auf der Straße. Erde prasselte auf sie zu. Sie hagelte durch den Qualm. Als es vorüber war, trat überall Ruhe ein. Der Rauch verzog sich schlingernd.

Bombe mit Zeitzünder, die noch Stunden nach dem Abwurf explodieren kann

»Wir haben noch nie einen gemeldet!«
»Nein«, bestätigte Chikin.
Der brennende Baum stürzte um. Er fiel wie ein Mensch. Aufrecht. Dürres Laub stob davon. Jedes Blatt angesengt.
»Glaubst du«, fragte Nikolai, »daß es bald eine Untersuchung gibt?«

»Wer kann das wissen. Ich habe Deutsche gesehen, die sich vor einem Sturmangriff rasierten!«
Aus der Ferne kam Gesang. Es war wie das Blöken einer Kuhherde. Dazwischen die hellen Stimmen der Kälber.
»Hörst du's?« fragte Chikin.
»Ja!«
Der Wind brachte Schreie mit. Sie klangen durch das Summen der Bomber.
»Menschen!«
»Ganz in der Nähe«, fügte Nikolai hinzu. Er nahm das Brett und warf es Rastjewa auf die Füße. Sie lauschten. Chikin vergaß das Kauen. Der Riemen glitt aus seinen Zähnen. Zwischen dem Orgeln der Geschütze klangen die Stimmen.
Nikolai flüsterte: »Man muß etwas tun!«
»Sie sollen verrecken!«
Chikin nahm den Riemen und wickelte ihn um seinen Bauch. Er band einen Knoten.
Rastjewa drehte den Kopf zur Seite. »Vielleicht finden wir dabei etwas zum Essen!« Sein Kinn sank wieder auf die Brust.
»Gehst du mit?« Nikolai sah Chikin an. Der spielte mit seinem Riemen. Das Summen der Flugmotore wurde stärker. Bomben begannen zu zischen.
»Aber nicht wegen dem Essen!«
»Komm!«
Nikolai richtete sich auf. Er kletterte über den Grabenrand. Das Brett auf Rastjewas Füßen benutzte er als Stufe. Die Bomben zischten zweihundert Meter entfernt in die Erde. Detonationen krachten. Dreck spritzte herüber. Er rannte davon. Chikin packte Rastjewa am Ärmel. Er zerrte ihn empor. Sie halfen sich gegenseitig über die Brüstung.
»Jetzt gibt es Brot«, kicherte Rastjewa.
Auf der Wiese umschlangen sie sich wie Brüder. Mit untergehakten Armen wollten sie weiter. Etwas pfiff –: Die

beiden zerriß es auf der Stelle. Das Fleisch löste sich von ihren Knochen. Rastjewas Arm schnellte durch die Luft. Der abgekaute Riemen zerplatzte. Eine Sekunde später gähnte dort, wo sie vorher gestanden hatten, ein Trichter. Nicht einmal ihr Blut sickerte in die Erde, weil es zerstob. Nikolai Petrowitsch drehte sich um. Er sah es. Dann ging er weiter.

»Reden Sie mir jetzt nicht von Vernunft«, sagte die Witwe. »Mein Mann hat tapfer und treu seine Pflicht getan. Er ist ein toter Held. Dafür kann er sich nichts kaufen.«
»Sie reden zuviel«, antwortete der Mann.
Sie unterhielten sich im Dunkeln. Die Kerze war erloschen. Die Luft roch wie in einem Grab. Die anderen lauschten.
»Also bitte?« fragte der Mann. »Wollen wir uns jetzt ausgraben?«
»Natürlich«, klang eine Stimme aus der Finsternis. »Wir haben vier Stunden gewartet.«
Wie aus der Pistole geschossen fragte die Witwe: »Woher wissen Sie das?«
»Ich habe einen Wecker!«
»Sie hat einen Wecker«, sagte die Witwe. »Wir fragen hundertmal nach der Zeit, und sie hat einen Wecker.«
Der Mann befahl: »Zeigen Sie ihn!«
»Sie können ihn nicht sehen!« Die Stimme begann zu husten. Sie kicherte.
»Hören«, antwortete die Witwe. »Lassen Sie ihn hören.«
»Tick, tack«, sagte die Stimme. »Tick, tack!«
Der Mann griff nach einem Stein und warf ihn ins Dunkle. Er schlug gegen einen Körper. Die Alte aus der Ecke rief plötzlich: »Mein Fredi lebt wieder! Er hat sich bewegt!«
»Irrsinn«, sagte die Witwe. »Hier sind lauter Verrückte.«
»Bitte«, erklärte eine Stimme von der Bank. »Mäßigen Sie sich. Die einzige Verrückte hier sind Sie!«
»Wie meinen Sie das?« Die Witwe fragte es drohend.

»Keinen Streit«, sagte der Mann. »Es wurde bereits genug gestritten.«

Eine Zeitlang war Ruhe. Eine Stunde lang oder eine Minute. Durch das Dunkel drang rhythmisches Keuchen. Ununterbrochen. Nach einer Weile sagte jemand: »Das lasse ich mir nicht gefallen!«

»Was?«

»Dieses Atmen! Mit der Gasmaske verbraucht sie unsere Luft.«

»Nehmen Sie die Maske ab!« befahl der Mann.

Als Antwort ertönte Gurgeln, aber das mechanische Keuchen hielt an.

»Wenn sie die Maske nicht abnimmt ...«, behauptete die Witwe. »Ich reiße sie ihr herunter!«

»Tun Sie das!« Die Alte aus der Ecke erklärte es befriedigt. Sie sagte: »Fredi hat auch keine Maske!«

»Fredi!« äffte die Witwe. »Fredi!«

»Sie gemeines Weib«, zischte die Stimme, die vorher Mäßigung verlangt hatte.

»Meine Liebe!« Die Witwe rümpfte hörbar die Nase. »Ich weiß nicht einmal, wo mein Mann begraben liegt. Ich kann mir das leisten.«

»Dafür ist Krieg«, entgegnete der Mann.

Auf der Bank lachten sie plötzlich gehässig. Er schwieg.

Das Fauchen durch den Maskenfilter blieb das einzige Geräusch.

Auf einmal sagte jemand: »Sie haben das Mädchen umgebracht!«

»Unsinn!« Der Mann keuchte.

»Doch, doch!«

»Ich habe sie nur betäubt!«

»Seit Stunden betäubt. Das glauben Sie selbst nicht.«

Der Mann flüsterte: »Sie haben es gewünscht. Ich brachte sie zum Schweigen.«

»Niemand hat es gewünscht«, antwortete die Witwe.

»Natürlich!« Es klatschte. Der Mann schlug wütend auf die Steine.
Eine Stimme von der Bank versicherte lüstern: »Wenn sie tot ist, war es Mord.«
»Man wird Sie hinrichten«, fügte die Witwe hinzu. Sie erklärte stolz: »Ich bin Zeuge!«
»Gott verdammt!« schrie der Mann. »Ihr habt mich angestiftet!«
Sofort darauf fragte eine klare Stimme: »Wo bin ich?«
Es war das Mädchen. Alle hielten den Atem an. Nur die Frau mit der Maske nicht. Man hörte, wie sie sich bewegte. Das Mädchen richtete sich auf.
»Ich habe es gleich gewußt«, rief die Witwe befriedigt. »Sie lebt noch!«
»Fredi lebt noch!« Die Alte aus der Ecke sprang plötzlich auf und rüttelte an den Balken. Das Holz knackte.
»Aufhören!« Es war ein einziger Schrei, doch er kam zu spät. Die Wand, an der die Leiche lag, brach zusammen. Steine stürzten herunter. Das Gewölbe fiel ein.
»Rettet euch!« brüllte der Mann. Aufspringend prallte er mit einem Körper zusammen und dann gegen die Tür. Als sich die Steine beruhigten, lag er auf einem Menschen. Es war das Mädchen. Von den anderen hörten sie nichts mehr. Sie waren allein in einer Höhle.

Der Priester unterschied sich nicht mehr von den anderen. Er lag am Boden. Die Beine zerquetscht unter einem Eisenträger. Er spürte nichts. Sein Schmerz blieb gefühllos. In spätestens fünf Minuten würde er verbrennen. Er dachte: Das ist der Lohn für meinen Eifer.
Seine Stimme versickerte im Rauch wie in Nebel. Im Schreien hatte er keine Übung. Daß er jetzt betete, schien ihm sinnlos. Er dachte: Es hört mich doch keiner.
Seine Sünden fielen ihm ein. Darüber mußte er lachen. Er lachte laut und verzweifelt. Auf dem Pflaster lag er wie eine

alte Frau. Der Rock hatte sich verschoben, darunter trug er Hosen.
Wenn ich ein Heiliger bin, bekomme ich ein Hemd, dachte er. Plötzlich war er einfältig wie ein Kind. Er erinnerte sich an das Kreuz. Mit dem Kreuz in der Hand wollte er verbrennen. Ein Heiliger stirbt nach Vorschrift.
Er dachte: Wenn es einen Gott gibt, muß er sich jetzt melden. Vielleicht aus den Flammen heraus. Eine väterliche Stimme voller Liebe.
Der Priester lauschte in das Feuer. Holz knatterte. Das war alles.
Er begann wieder zu schreien. Diesmal schrie er aus Angst und nur um sich zu beruhigen. Er hatte einmal gehofft, er brauche nicht allein zu sterben.
Dem Priester schwollen die Adern über der Stirn, so schrie er. Viermal sechzig Sekunden hatte er Zeit. Er stellte einen Rekord auf im Schreien. Bevor er verbrannte.

VI

Ich wurde am 28. Juni 1932 in Freising zum Priester geweiht. Die Stationen meiner seelsorgerischen Tätigkeit waren bis jetzt: Augsburg, Kaplan in Barmen und Expositus in Köln. Vor einem Jahr wurde ich in diese Stadt versetzt. In meinen Predigten habe ich immer auf die Gefahren des Unglaubens hingewiesen. Vor allem von den Gebildeten verlangte ich, daß sie durch ihr Wort und Beispiel für den Glauben wirken. Vor vier Tagen schrieb ich an den Kardinal: Wenn Sie diesen Brief erhalten, gibt es meinen Körper vielleicht schon nicht mehr. Aber ich bin froh in Jesu!
So macht mich das Herz meines Meisters, des mir nahen liebenden Christus, so froh, daß er mich über alles tröstet. Ich bete und glaube. Mich läßt er nicht fallen.

Die amerikanische Maschine kam im Sturzflug. Aus ihren Tragflächen sprühte Mündungsfeuer. In einer Sekunde hämmerten acht starre Maschinengewehre 580 Geschosse auf die Plattform des Hochbunkers. Über den Beton
5 huschte ein Schatten. ⌜Querschläger⌝ zwitscherten durch die Luft wie Vögel. Luftsog riß den Staub in die Höhe. Der Geschützführer zuckte zusammen. Er spürte einen Schlag am Bein. Im nächsten Augenblick raste der Jäger bereits über die Dächer und verschwand.

10 Er schloß die Tür. Das Blech dröhnte. Eine eiserne Treppe führte nach unten. Auf den Stiegen hämmerten ihre Tritte. Es wurde kühl. Frische Luft schlug ihm entgegen. In dem Raum brannte eine Lampe. Hier war noch Frieden.
Der Ingenieur keuchte: »Mensch, wo kommen Sie her?«
15 »Thanks!«
Der Ingenieur schrie: »Stein, zu Hilfe! Ein Amerikaner!« Er sprang zur Mauer. Der Fremde sah auf die Decke. Es war ein Schaltraum. Kupferschienen liefen über die Wände. Eine Tür flog auf. Herein stürzte ein Mann mit einer Eisen-
20 stange. Er trug Monteurkleider.
»I have no pistol!«*
»Was hat er gesagt?«
»Ich verstehe nicht Englisch!« Der Ingenieur schloß den aufgerissenen Mund.
25 »Hände hoch!«
Der Amerikaner hob den rechten Arm, wedelte unbeholfen mit der linken Hand und zuckte die Achseln. Von den Schuhen bis zum Gürtel war er nackt.
»Sie sind gefangen«, sagte der Monteur. »Jeder Wider-
30 stand ist zwecklos.« Er setzte die Eisenstange auf den Boden. Es klirrte.

* (engl.) »Ich habe keine Pistole!«

»Thanks!«
Die Decke zitterte von einem Einschlag. Der Ingenieur riß den Mund nochmals auf, schloß ihn wieder. Gesagt hatte er nichts. Alle drei hoben den Kopf.
»Zigarette?« fragte plötzlich der Monteur.
»Do you understand me?«*

(engl.) »Verstehen Sie mich?«

Der Monteur zog eine Schachtel aus der Tasche.
»Thanks so la la!«
»Selbstgedrehte!«
»Prima!« sagte der Amerikaner.
»Er spricht deutsch, Chef!«
Der Ingenieur zog seine Krawatte gerade, warf den Kopf zurück. »Du sprechen German?«
»Krieg nix gut«, sagte der Amerikaner.
Der Monteur zeigte schnell auf die Decke. Er rief entrüstet: »Alles kaputt!«
»A lot!«* bestätigte der Amerikaner. Sein Gesicht bedeckte eine Rußschicht. Seine Augen leuchteten. Er nahm den rechten Arm herunter, bedeckte seine Blöße und spuckte auf den Boden.

(engl.) »Viel!«

»Hier dürfen Sie nicht spucken«, sagte der Ingenieur.
Der Monteur zog sein Feuerzeug, knipste es dem Amerikaner an seine Zigarette.
»Thank you!«
»Ich heiße Stein!« Der Monteur begann zu lächeln, da lächelte der Amerikaner auch. Sie setzten sich auf eine Kupferschiene. Über dem Schoß verschränkte der Amerikaner seine Arme. Am linken Knie klebte Blut.
»Vorsicht«, flüsterte der Ingenieur. »Vielleicht hat er eine Waffe!«
»Nein, das Halfter ist leer.« Auch der Monteur flüsterte. »Ich habe hineingesehen.« Plötzlich sagte er mit normaler Stimme: »Das Dringendste, was er braucht, ist eine Hose!«
»Wir dürfen ihm keine geben.«

»Warum nicht?«
»Das wissen Sie doch!«
Der Monteur zündete sich selbst eine Zigarette an, blies den Rauch zur Decke und schwieg. Oben an der Blechtür
5 entstanden Geräusche. Aber es geschah nichts. Der Monteur betrachtete den Amerikaner von der Seite.
Der Amerikaner zeigte auf seinen Arm. »It's broken!«*
»Stein«, sagte der Ingenieur. »Schlagen Sie ihn tot!«
»Can't be seen!«*
10 »Ich!?«
Der Ingenieur sagte: »Ich kann es nicht. Ich hatte einmal Kaninchen, aber zum Schlachten habe ich sie immer weggegeben.« Der Monteur starrte auf den Boden. Die Rauchwolken schwebten zur Decke. Der Amerikaner warf seine
15 Zigarette auf den Beton und trat sie aus. Er war ein Verschwender. Aber in seinen Schuhen trug er keine Socken.
»Ich habe einen Einfall«, sagte der Ingenieur.
»Welchen?«
»Ich gebe Strom auf die Schiene.«
20 »Und ich?«
»Sie bleiben hier und sorgen dafür, daß er nicht aufsteht!«
»Er ist doch ein freundlicher Mensch«, antwortete der Monteur. »Warum wollen Sie ihn töten?«
Der Ingenieur blickte zur Decke. »Weil er mitgeholfen hat,
25 meine Frau umzubringen; mit seinen Bomben!«
Der Monteur sah den Amerikaner an. »Der Herr spricht: Die Rache ist mein.«
»Sehr gut«, bestätigte der Ingenieur. »Die Rache ist mein. Der Herr bin ich!«

30 Der Geschützführer auf der Plattform des Hochbunkers wälzte sich zur Seite. Er befühlte sein Bein, dann hob er die rechte Hand. Die Hand war blutbeschmiert. Zwischen den Fingern klebte Blut, vom Gelenk lief Blut über den Ellenbogen in den Ärmel. Sein Arm fiel zurück. Die flache Hand

(engl.) »Er ist gebrochen!«

(engl.) »Man kann es nicht sehen!«

schlug auf den Beton. Mühselig drehte er seinen Kopf zur Seite. Die Sehnen am Hals spannten sich. Neben ihm lag regungslos der Ladeschütze. Seine Augen waren geschlossen. Er sah aus, als schliefe er. Unter dem Verband über seinem Gesicht rann noch Blut. Das Rinnsal kam hinter dem Ohr heraus, tropfte auf den Beton und vermischte sich dort mit Staub.

Der Geschützführer versuchte ein Bein anzuziehen, aber es gehorchte ihm nicht. Mit der linken Hand fühlte er nach seinem Kinn, langsam schob er den Kopf höher. Keine drei Meter entfernt lagen die Kanoniere. Er sah die bleichen Gesichter unter den Helmen, ihre aufgerissenen Augen. Sie starrten ihn an.

Er versuchte zu sprechen: Von seinen Lippen kam kein Ton. – Der Mund bewegte sich lautlos. Zweimal formten seine Lippen die Worte, da griffen plötzlich die drei Kanoniere nach den Seilen an ihren Körpern. Sie richteten sich auf. Sie lösten mit fiebernden Händen die Knoten. Fast gleichzeitig sprangen sie vorwärts. Sie stürzten zur Leiter am Rande der Plattform. Zwei Schritt vom Abgrund entfernt, riß der Stärkste von ihnen die beiden anderen zurück. Der Stärkste schwang sich auf die eisernen Sprossen. Hastig stieg er nach unten. Sein Kopf verschwand.

Willenlos blickten die beiden anderen ihm nach. Sie gingen zurück zu ihren Stricken, knoteten sich an und legten sich wieder auf den Beton.

Der Kopf des Geschützführers war vornübergesunken. Neben seinem Bein fiel ein Sonnenstrahl in eine Blutpfütze. Hauchdünner Dunst stieg nach oben. Eine Fliege, von Rauch und Pulverqualm betäubt, schwankte durch die Luft. Auf die Pfütze taumelte sie herab, in die dicke Masse fiel sie hinein, kippte zur Seite, und ihre Füße reckten sich nach oben. Hilflos bewegten sich die dünnen Fäden im Nichts.

Es war niemand da, der den beiden Kanonieren einen Befehl gab, deshalb schlossen sie die Augen.

Glut lag auf der Mauer. Durch die Fensterhöhlen drang sie ins Zimmer. Abendrot, dachte Herr Cheovski. Aber es war Feuer. Flammen beleuchteten die Fassade. Auf dem Rükken spürte er die Wärme. Seine Frau hockte am Boden. Er kniete vor ihr.

»Steh auf, Dessy!«

»Laß mich«, flüsterte sie.

»Komm. – Das dürfen wir nicht.«

Ihre Augen erinnerten ihn an Glaskugeln.

»Was?« fragte sie.

»Hierbleiben!«

Frau Cheovski sagte mit veränderter Stimme: »Wenn du nicht bleiben willst, dann geh!«

»Ohne dich nie!«

»Nein?«

»Niemals, Dessy«, sagte Herr Cheovski, stand auf und sah auf die Tür. Er sah die Tür, die Tür, die Tür ...

Der Unteroffizier zog den Riemen mit den Kopfhörern von der Schulter, gab sie einem Kanonier und sprang auf die Brüstung. Er fragte: »Was ist los?«

»Drei Mann«, sagte der Leutnant, »für einen Auftrag!«

Er blickte in den Himmel. Sein Hemd klebte am Rücken. Es war naß. Am Himmel sah er nichts. Die Dunstschicht lag über der Stellung. Da hinein starrte er.

»Für was?« fragte der Unteroffizier.

»Bitte!?«

Ein Blitz zuckte durch die Grube. Das Geschützrohr hob sich. Es krachte. Der Leutnant hielt schnell die rechte Hand vors Gesicht.

»Für was?« schrie der Unteroffizier.

»Schrei nicht so!«

Über die Stirn des Unteroffiziers lief eine Narbe. Er betastete sie mit den Fingern. »Ich dachte, du bist noch immer taub?«

»Das war ich!«
»Für was brauchst du die Leute?«
»Ein Befehl!«
»Ich denke, du befolgst diesen Befehl nicht?«
Der Leutnant senkte den Kopf und sah dem Unteroffizier in die Augen. »Woher weißt du das?«
»Man hat es gehört!«
»Im Sprechfunk?«
»Ja, dein Funker hat nicht abgeschaltet. Jeder Geschützführer hat es mitgehört.«
Der Leutnant blickte in die Stellung. Das Geschütz mit dem Rohrkrepierer sah aus wie ein Baumstumpf. Zwei Kanoniere trugen auf ihren Spaten die Teile von einem Menschen. Sie rannten damit und trugen es zwischen sich, als müßten sie balancieren. Beim Wall schaufelten sie es auf eine Zeltplane. Fleisch und Haare. Ein Stück Darm fiel daneben. Emsig kratzten sie alles zusammen. Der Unteroffizier wies auf die Stadt. »Glaubst du, ich gebe für so etwas Leute ab!«
Der Leutnant blickte zu Boden. »Befehl ist Befehl, was kann man da machen?«
»Wo sitzt der Kommandeur?«
»In seinem Bunker!«
»Drei Meter Beton«, sagte der Unteroffizier. »Seinen Krieg hat er gehabt, jetzt denkt er an den Frieden!«
»Wegen der Menschenleben ist es schließlich auch!«
»Eben!« Mit einem Satz sprang der Unteroffizier breitbeinig in die Grube. Er ging in die Knie und rief: »Auf die Ehre scheiße ich!« Es schallte eine Sekunde vor der Salve durch die Stellung, dann antworteten die Geschütze.
Dem Leutnant blieb nichts anderes übrig, er mußte zur nächsten Stellung. Ärgerlich wandte er sich um. Natürlich hat er recht, dachte er. Wer kann das ändern?

Funken prasselten auf sie nieder wie glühender Hagel. Mit eingezogenen Köpfen, die Hände vor dem Gesicht, liefen sie um ihr Leben. Auf einer Straße, die zusammengeschrumpft war zu einem Pfad, während ein Orkan tobte. Die nassen Decken wehten an ihren Schultern.
Es gab den Himmel nicht mehr. Rechts und links brannten vierstöckige Fassaden. Sie rannten durch Vorhänge aus Asche, sprangen über Flammen und wateten durch Glasscherben wie durch zersplittertes Eis. Es knirschte unter ihren Füßen.
Der Mensch an dem Schuttberg sah sie kommen und taumelte ihnen entgegen.
Seine Arme fuchtelten durch die Luft. Mit dem Kürassierhelm* auf dem Kopf glich er einem Fastnachtsnarren. In dem Messing spiegelte sich das Feuer.

Von 1805 bis 1914 Bestandteil der Uniformen, v.a. in dt. Armeen

Er brüllte: »Rettet sie!«
Die Lungen des Truppführers rasselten. »Wen?«
»Emma!«
»Wo?«
»Hier!«
Plötzlich winselte der Mann wie ein Hund. »Darunter liegt sie!«
Er wies auf den Schutt. Aus Ziegeln ragten schwelende Balken. Sturmwind fauchte darüber. Der Truppführer stieß den Mann aus seinem Weg.
»Weiter!«
Vermummte Gestalten, in Decken gehüllt, sprangen vorbei. Am Schutt entlang. Der Qualm verschluckte sie.
Breitbeinig stellte sich der Mann auf den Pfad. Die Arme wie Windmühlenflügel, wollte er die nächsten aufhalten. Doch es kam niemand mehr. Tränen zogen Rillen durch den Aschenstaub auf seinem Gesicht. Der Kürassierhelm wackelte. Der Mann schluchzte. Sein Körper drehte sich um die eigene Achse, und er kroch den Schutthaufen hinauf. Mit den Händen griff er in die rauchenden Trümmer.

Er begann zu scharren. Schneller und schneller. Glut stob empor. Der Sturm erfaßte das Feuer. Ringsum aus dem Schuttberg leckten die Flammen. Wie ein Clown, den Helm als Maske, so grub der Mann. Er suchte den Eingang zu einem Keller. 5

»Leben Sie noch?«
Er griff dem Mädchen ins Gesicht, berührte die Nase. Die Dunkelheit war undurchdringlich.
Er wiederholte: »Leben Sie noch?«
»Ja.« 10
Das Mädchen flüsterte. Die fremde Hand strich über ihre Lippen. Ein Finger fuhr in ihren Mund. Der Mann lag auf ihr. Durch ihr Haar wehte sein Atem. Sie fühlte seinen Körper.
Der Mann keuchte: »Ich will wissen, ob Sie noch leben!« 15
Er sagte zu sich selbst: »Sie ist noch warm. Wer warm ist, lebt noch.« Er schmiegte sich an sie.
»Hören Sie bitte ...« Das Mädchen drehte den Kopf. Ihr Hals schmerzte. Ihr Kinn drückte gegen seine Brust. Dort stand das Hemd offen. An den Lippen spürte sie die Haare. 20
Der Mann röchelte.
»Hören Sie auf«, sagte sie, »ich lebe!«
»Sie leben?« Der Mann tat erstaunt. Ruckartig griff er nach ihrer Stirn. Er fragte mißtrauisch: »Sie leben?«
»Ja!« 25
Plötzlich flüsterte er: »Wer sind Sie?«
»Sie erdrücken mich!« Sein anderer Arm lag zwischen ihrem und seinem Körper. Der Ellbogen preßte sich gegen ihren Magen.
»Wer sind Sie?« 30
»Mich kennen Sie doch!«
Sie griff ins Dunkle, berührte seine Schulter. Unter dem Stoff fühlte sie Knochen. »Verletzt?«
»Nein!« antwortete er hart.

Ein Tropfen Speichel aus seinem Mund fiel auf ihre Stirn. Er verschluckte sich. Die Bewegung drang bis in seine Brust.
Sie bat: »Stehen Sie auf!«
»Ich kann nicht!« Er bäumte sich, schlug zurück. Sein Gewicht fiel auf ihren Leib. Mit gewöhnlicher Stimme sagte er: »Wir sind eingeklemmt.«
»Hilfe!« schrie sie plötzlich: »Hilfe!«
Dann begann sie zu weinen.
»Nicht doch«, sagte er. »Man hört uns nicht.«
»Ruhe! Hören Sie was?«
»Was?« Er hielt den Atem an. Das Mädchen sog die Luft ein. Sie lauschten beide.
»Nichts«, sagte er.
»Müssen wir sterben?«
»Bestimmt nicht!« Lautlos begann er zu kichern. Sie spürte es an seinem Zittern. Es schüttelte seinen Körper. Er roch nach Tabak.
»Und die Luft«, fragte sie weinerlich.
»Es ist Luft da. Luft genug. Ich spüre es.« Er hauchte in ihr Gesicht.
Das Mädchen begann tiefer zu atmen.
»Langsam«, befahl er. Seine Stimme klang wie die eines Arztes.
»Können Sie sich bewegen?«
»Ich werde es versuchen!« Er hob den Kopf, zog langsam seinen Arm hervor. Unterhalb ihrer Brüste strich die Hand über den Leib. Ihr Kleid war zerrissen. Sie spürte seine Finger. Als der Arm nicht mehr zwischen ihnen lag, wurde es leichter. Sie griff nach oben, ins Leere. »Es ist Platz da.«
»Zu wenig, um aufzustehen!«
Auf ihr liegend, begann er sich zu schlängeln. Sie wartete. Sein Kopf rückte tiefer. Als sein Körper wieder still lag, atmete sie aus.
»Wissen Sie, als Junge«, begann er, »bin ich einmal durch eine Röhre gekrochen. Da war es genauso.«

»Und?« fragte das Mädchen.
»Natürlich bin ich nicht steckengeblieben.« Er schwieg, als müsse er sich etwas überlegen, dann begann er sich zu räuspern. Sein Körper wurde schwerer. Er lag auf ihren Brüsten wie ein Tier. Angst drohte sie zu ersticken. Sie fühlte plötzlich, daß er sie begehrte.
Sie fragte: »Ihre Eltern leben noch?« Sie schrie fast.
»Nein!«
»Ihre Frau«, sagte sie hastig.
»Ich bin Witwer.«
»Kinder?«
»Eine Tochter. Warum interessiert Sie das?«
»Ich«, antwortete sie schnell, »ich bin so alt wie Ihre Tochter.«
»Nein!« Er sagte ungerührt: »Meine Tochter ist älter.«
Sein Fuß spannte sich. Er preßte ihn an ihren Schenkel.
»Ich schreie!«
»Tu's doch!« Ein wenig wich er zurück, aber an seinem Keuchen hörte sie, daß er sich vorbereitete. Ich muß warten, empfand sie. Warten! Sie wartete auf das, was kam. In der Stille hörte sie dumpfes Murren, dann spürte sie auch Bewegung. Die Erde wurde gebombt.
Sie dachte: Wieviel Tage liege ich hier?
Sie wußte es nicht.

Die Tür ging auf. Der Ingenieur kam herein und sagte: »Es geht nicht!«
Der Amerikaner saß auf der Schiene. Er verstand kein Wort.«
»Nicht?« fragte der Monteur.
»Es ist kein Strom da. Sie müssen ihn erschlagen.«
»Kein Strom?« Der Monteur zeigte auf die Decke. »Wenn die Lampe brennt, ist auch Strom da.«
»Das ist die Batterie!«
Der Monteur blickte auf die Schiene und überlegte. Der

Amerikaner kniff schnell seine Beine zusammen. Die Schiene war schmal. Er wollte aufstehen, doch die Scham war größer. Im Sitzen ließ es sich ertragen. Um die beiden abzulenken, mußte er etwas reden. Er sagte: »I don't feel well.«*

(engl.) »Mir geht es nicht gut.«

»Was hat er gesagt?«

»Wie kann ich das wissen!«

Der Ingenieur lehnte sich an die Tür. Mit den Fingern trommelte er gegen die Füllung. Über seinem Kopf hing ein Schild. Der Amerikaner konnte es nicht lesen. Er beugte sich vornüber. Der Monteur betrachtete das Gesäß des Amerikaners. Es war dem Amerikaner lieber, wenn der Deutsche sein Gesäß betrachtete als das Geschlechtsteil.

»Hauen Sie ihm jetzt die Eisenstange über den Kopf«, sagte der Ingenieur. »Dann ist es schnell vorüber.«

Ein Stein klirrte. Die Stiege herunter sprang er mitten durch den Raum. In der Ecke blieb er liegen. Es war ein Kiesel. Die Eisenstange lehnte an der Wand.

»Muß das sein?« fragte der Monteur. »Überlassen Sie das anderen.«

»Auge um Auge! Zahn um Zahn!«

Der Monteur fragte: »Kamerad, wie geht's?«

Der Amerikaner hielt plötzlich eine Hand unter seinen Nabel.

»I don't like this!«* sagte er und spreizte die Finger.

(engl.) »Mir gefällt das nicht!«

»Kein Wort mehr! Ich gebe Ihnen den Befehl. Dienstlich!«

Mit drei Schritten trat der Ingenieur zur Mauer, nahm die Eisenstange in die Hand und reichte sie hinüber. »Beweisen Sie, daß Sie ein Mann sind!«

Das Kinn des Monteurs schob sich vor. Er wischte sich darüber, dann griff er nach der Stange. Er wog sie in den Händen. An ihrem Ende war ein Vierkant. Mit dem Daumen prüfte er eine Schneide.

»Los!« Der Ingenieur ging zur Tür, drückte die Klinke herunter. »Wenn Sie fertig sind« – er trat über die Schwelle – »klopfen Sie!«

Die Tür schlug zu. Aus der Füllung rieselte Kalk. Er stob auf dem Boden auseinander.

Der Monteur blickte auf das Schild an der Tür. Er las: *Das Betreten dieses Umschaltraumes ist nur den hier beschäftigten Personen gestattet.*

»Das ist unmöglich!« Der Obergefreite winkte ab. »Ich brauche jeden.«

Der Leutnant fragte wütend: »Sind Sie hier Offizier vom Dienst, oder bin ich das?« Qualm schlingerte um seine Füße.

»Natürlich Sie!«

»Dann gehorchen Sie mir!«

Mit der Hand griff der Obergefreite an seinen Helm. Der Leutnant bildete sich ein, er lache. Ladekanoniere rannten um sie herum. Sie schleppten Pulversäcke für die ⌜Kartuschen⌝.

Der Leutnant sagte: »Zwei Mann, aber sofort!«

»Bedaure!« Der Obergefreite hob die Schultern. »Dann hören wir auf zu schießen!« Jetzt sah er aus wie ein Kellner.

Der Leutnant fragte: »Was sind Sie von Beruf?«

»Artist.«

»Das verbitte ich mir!« Dem Leutnant traten die Adern an der Schläfe hervor. Er wurde rot.

»Feuer!« schrie der Obergefreite.

Der Blitz zuckte. Rauch hüllte sie ein und das Krachen. Als es sich verzog, kniete der Obergefreite auf dem Fundament und hantierte mit einer Ladung.

Der Leutnant trat mit dem Fuß gegen die Kartusche. Sie fiel um.

»Stehen Sie auf!«

»Ladung Zwei!« brüllte der Obergefreite. »Wer hat das befohlen?«

»Was?«

Der Obergefreite stand auf. »Sie sind nicht gemeint!«

Der Obergefreite drehte sich um. Der Leutnant sah seinen Rücken. Es verlockte ihn, zuzuschlagen, aber er ging trotzdem weiter. Mit dem, dachte er, rechne ich auch noch ab.

Der Fähnrich nahm die Feldflasche und setzte sie an seine Lippen. Er beugte den Kopf nach hinten, trank gierig. Es pulste durch seine Kehle, dann verschluckte er sich. Der gelbe Wein sprudelte unter seiner Nase hervor. Das ganze Kinn war klebrig. Im Lichtschein glitzerten die Tropfen. »Ha, ha!« Er lachte und wandte sich um. »Auch einen Schluck für den Delinquenten*?«
Der Mann an der Mauer stand regungslos und starrte auf die Steine. Auf den Quadern wucherte das Moos. Eine Spinne rannte mit unglaublicher Geschwindigkeit davon. Er hatte sie angehaucht. Auf ihrem Rücken war ein Kreuz. Der Mann dachte: Kreuzspinne. Es war ein mechanischer Gedanke.
⌜»Schnaps ist gut gegen die Cholera«⌝, grölte eine Stimme. Mit seinem Gewehrkolben schlug der Soldat gegen ein leeres Faß. Es dröhnte. Sofort lauschte der Mann. Dann bemerkte er seinen Irrtum, blickte wieder auf die Steine. Blaßgrünes Moos. Es erinnerte ihn an Ostern. Er hatte aus Papiergras Nester gebaut. Eines davon stand am Fenster. Die Sonne kam, die Schokolade schmolz, sein Kind weinte. Tränen um nichts. Darüber hatte er gelächelt. Hier gab es keine Sonne.
»Willst du jetzt einen Schluck, oder willst du keinen Schluck?« Der Fähnrich bückte sich trunken. Perlen glitzerten auf seiner Stirn. Er schwitzte trotz der Kühle im Raum.
Der Mann sagte: »Bitte, lassen Sie mich gehen!«
»Zum Teufel!« Ein Fuß des Fähnrichs stampfte aufs Pflaster. Von der Stiefelsohle löste sich der Steg. Das Eisen klirrte gegen die Mauer. Mit einem stieren Blick sah der Fähnrich ihm nach.

Delinquenten*: Verbrecher, Übeltäter

Eine Stimme erklärte: »Das ist ein Selbstmörder.«

»Mann Gottes!« Ein Soldat lachte. »Hier sind Sie sicher. Was glauben Sie, was oben los ist?«

»Sie müssen das verstehen. Mein Kind ...«

»Ruhe!« brüllte der Fähnrich.

»Schnaps ist gut für die Cholera!« Eine Stimme wie ein Mädchen. Sie war mitten im Bruch und klang nach Pubertät. Hoffnungslos kindlich. Das Bajonett klirrte.

Der Fähnrich sagte: »Ruhe jetzt! Wir sind im Dienst, Leute!« Dann übergab er sich. Wein und halbverdaute Speisen planschten auf den Boden. Sein Gesicht wurde käsig. Säuerlicher Duft breitete sich aus.

»Da haben wir's!« rief einer aus dem Trupp. Er saß auf seinem Faß und lallte anschließend unverständlich. Sie waren alle furchtbar fröhlich. Der Sicherungsflügel einer Pistole klappte ununterbrochen. Jemand spielte damit. Auf. Zu. Auf. Es klickte durch das Geplärr.

»Jetzt ist mir wohler!« Der Fähnrich zog den Schleim aus seiner Kehle hoch. Es gurgelte, er spie ihn aus. Am Ärmel wischte er sich den Mund ab. Als er fertig war, befahl er: »Aufwischen!«

»Wer?« fragte der Soldat mit dem Stimmbruch.

»Der Delinquent natürlich!«

An der Mauer zog der Mann die Luft ein. »Wenn Sie mich dann gehenlassen«, meldete er sich. »Ich wische es gern auf.«

»⌜Spekulant⌝!« Der Fähnrich lachte. »Wollen wir das Geschäft machen, Leute?«

»Ja«, grölten sie alle. Auch diejenigen, die nichts verstanden.

Der Mann wollte sich umwenden. Er drehte sich auf seinem kurzen Fuß.

»Halt!« befahl der Fähnrich. »So schnell geht das nicht.« Seine Hand führte die Feldflasche zum Mund. »Ich muß erst nachspülen!« Er stand mitten in seinem Auswurf,

wankte hin und her. Das Erbrochene wurde breit getreten.
Der Mann sah wieder auf die Mauer. Er rechnete sich aus: Bis zum Bahnhof vier Minuten. Eine Minute brauche ich für die Arbeit. In fünf Minuten bin ich dort. In dreihundert Sekunden weiß ich, ob mein Kind lebt. Es muß leben.
»Jetzt!« befahl die Stimme des Fähnrichs. Der Mann drehte sich um. Da standen sie alle. Der ganze Trupp um den Auswurf. Sie blickten darauf.
»Jetzt, mein Freund«, sagte der Fähnrich, »zeig, was du kannst.«
Der Mann sah die Pfütze. Sie war schleimig. Ein Stück halbverdaute Wurst lag in ihrer Mitte. Er trat zwei Schritt nach vorn. Eine Sekunde überlegte er, dann öffnete er seine Jacke. Er schlüpfte aus dem einen Ärmel, zog die Jacke über die Schulter, bückte sich, fiel auf die Knie und wischte mit der Jacke zusammen. Sie betrachteten fachmännisch seine Arbeit. Keiner sagte ein Wort, bis er fertig war. Er empfand nicht einmal Ekel, richtete sich auf.
Der Fähnrich begann zu blinzeln. »Meine Stiefel auch!«
Der Mann zog sein Taschentuch, bückte sich wieder und wischte auch die Stiefel ab. Als er sich diesmal erhob, trat er sofort zur Tür.
»Halt!« rief der Fähnrich. »Was soll das?«
»Ich muß zum Bahnhof!«
»Jetzt geht kein Zug!« Der Fähnrich fuhr sich mit dem Arm über den Mund. Er gähnte. »Außerdem muß ich mir alles überlegen. Wer plündert, wird erschossen. Wenn es keine Gerechtigkeit gäbe, was wäre das?«
Eine versoffene Stimme bestätigte: »Sehr richtig.«
Dem Mann flimmerte es vor den Augen. Er griff sich ans Herz.

VII

Ich, Viktor Lutz, geboren am 24. November 1921, Fähnrich in einem Sonderkommando, habe auf der Rollbahn zwischen Tschudowa und Nowo-Selje, einen Kilometer nach Tschudowa, meinen ersten Menschen erschossen. 5 *Von Tschudowa nach Nowo-Selje sind es sechs Kilometer. Es waren vierzig Gefangene. Sie konnten nicht mehr weiter, und ich war allein. Da es keine Sprache gab, in der wir uns verständigen konnten, zeigten sie stumm auf ihre Brust. So wurde jede Geste eine Aufforderung zum Mord.* 10 *Nach Nowo-Selje brachte ich nur einen. Der bestätigte, daß ich die anderen getötet hatte. Danach mußte ich ihn hinter einem Blockhaus erschießen. Er trug einen Arm in der Schlinge. Das war der Beginn meiner Karriere. Vaterland, Heldentum, Tradition, Ehre sind Phrasen**. *Mit Phra-* 15 *sen haben sie mich auf die Rollbahn von Nowo-Selje geschickt.*

* leere, nichtssagende Begriffe bzw. Redensarten

Der Monteur legte den Zeigefinger vor den Mund.
Strenehen hob die Schultern. Er wußte nicht, um was es ging.
Der andere Deutsche hatte die Tür mit dem Schild hinter 5 sich geschlossen. Die Lampe brannte schwächer. Es herrschte Ruhe. Das trübe Licht warf keine Schatten. Von oben kam ein dumpfes Murmeln.
»Steh auf!« flüsterte der Monteur. Er hob die Eisenstange vom Boden auf. Vorsichtig, als wolle er kein Geräusch ma- 10 chen. Strenehen sah ihn ratlos an.
»Steh auf!«
»What?«
Der Monteur winkte stumm.
Strenehen begriff. Er erhob sich.
15 Der Monteur warf einen Blick nach dem Schild an der Tür und ging mit schleichenden Schritten zur Treppe. Er lief wie eine Katze.
»What's the matter?«* Strenehen zog an seinem Hemd. Er beugte sich nach vorn. Dadurch wurde es länger.
20 »Pst!«
Der Monteur zeigte wieder auf seine Lippen. Er stieg drei Stufen hinauf. Dort blieb er stehen und drehte sich um. Er hob die Eisenstange. Es war einc cinladende Bewegung. Er winkte.
25 »Okay!« Strenehen trat vorwärts, aber plötzlich hielt er an. Im Hemd, mit entblößtem Unterkörper, stand er in der Mitte des Raumes. Das Gesicht voller Kratzer.
»Komm«, flüsterte der Monteur.
Er warf den Kopf herum. Seine Augen richteten sich nach 30 oben. Es dröhnte leise. Zögernd trat Strenehen näher. Ihn fror. Eine Gänsehaut war auf seinen Schenkeln.
»Los, los!«

(engl.) »Was ist los?«

Der Monteur stieg wieder eine Stufe höher. Strenehen wartete unter ihm. Der Monteur lehnte die Eisenstange an seine Schulter. Dort hielt er sie wie eine Waffe.
Strenehen hob den Arm. »No good!«*
Der Monteur zuckte zurück.

(engl.) »Das ist nicht gut!«

»Nothing!« antwortete Strenehen und schüttelte den Kopf. Er hatte nichts von ihm gewollt.
»Komm!« Der Monteur trat wieder einen Schritt höher.
Strenehen fragte laut: »What's the matter?«
»Still!« zischte der Monteur. Beschwörend winkte er mit der Hand, dann stieg er weiter.
Er hielt sich seitlich. Er achtete auf beides: auf Strenehen und die Treppe. Seine Tritte waren vorsichtig. Strenehen stieg ihm nach. Er trat behutsam auf. Vielleicht war die Treppe baufällig. Ohne Grund zählte er die Stufen. Es war Unsinn. Der Mann über ihm, mit der Eisenstange in der Hand, tat geheimnisvoll. In Strenehens Arm kehrte der Schmerz zurück. Während er saß, hatte er nichts gespürt. Der Monteur stieg immer weiter. Als er die Tür erreichte, drehte er sich wieder um. Deutlich hörte Strenehen Detonationen. Zwischen der Schwelle und der Tür drückte es einen Schleier weißen Rauches herein. Die Luft war warm.
»Komm jetzt!«
Strenehen trat hinauf. Er stand neben dem Monteur auf der gleichen Stufe. Unter ihnen lag der Raum. Es herrschte Halbdunkel. Die Hand des Monteurs legte sich auf die Klinke. Plötzlich stieß er die Tür auf.
Strenehen sah Qualm. Draußen, zwanzig Fuß vor ihm, brodelte etwas. Flammen zuckten empor. Er erhielt einen Stoß in den Rücken. Er taumelte nach vorn und hinaus. Bevor er sich umwandte, war die Tür hinter ihm versperrt. Es war eine Fläche aus grauem Eisen. Es war ein Betonsockel, der schräg aus der Erde herausführte. Die Tür verschloß den Sockel.

»God damned!«* schrie Strenehen. Er warf sich gegen die Tür. Trommelte mit den Fäusten. »Open the door! Open the door!«*
Er begriff nicht. Hinter ihm brannte es. Geschützdonner grollte.
»Fucking German!«* schrie er.
Erschöpft wandte er sich um, blickte in den Himmel. Der Schreck lähmte ihn, verzerrte sein Gesicht. Eine Meile schräg über sich sah er die Punkte eines Bombenteppichs auf sich zutrudeln. An der Eisentür stand er wie gekreuzigt.

(engl.) »Gottverdammt!«
(engl.) »Öffne die Tür!«
(engl.) »Verdammter Deutscher!«

Der Kanonier vom Vierlingsgeschütz stand auf der letzten Sprosse der Leiter. Das Eisen bebte. Er ließ die Holme* los. Sprang.
Neben dem Bunker hatte eine Bombe die Erde aufgerissen. In dem Trichter verschwand er wie in einer Grube. Das Kinn schlug gegen Steine. Er schlitterte nach unten. Sein Rücken prallte gegen Beton. Er spreizte die Beine. Gegen seine Genitalien* schlug das Wasserleitungsrohr wie eine Stahlrute. Der Schmerz nahm ihm den Atem. Er schnappte nach Luft. Eine Minute ritt er auf dem Rohr und konnte sich nicht rühren. Er röchelte.
Sein Haar war voll Asche. Den Helm hatte er verloren. Ein Sonnenstrahl leuchtete in dem Trichter wie ein Scheinwerfer. Qualm zog vorbci und verlöschte das Licht. Er wollte sich an den Wänden hochziehen, da begann das Pfeifen. Hundert Sirenen.
Es waren Brandbomben. Sie zischten durch die Luft. Sie rasten dem Bunker entgegen, auf die Straße, auf den Gehsteig. Im nächsten Augenblick zitterte die Erde. Es trommelte auf das Pflaster. Feuer spritzte. Plötzlich brannte alles. Zum Himmel fuhr eine Lohe.
Der Kanonier krallte sich an die Erde. Er flüsterte: »Mama.« Heiße Luft hüllte ihn ein. Weiter geschah nichts. Der Kanonier wimmerte: »Mama!«

Längsstangen der Leiter
Geschlechtsteile

Eine schöne Stadt, dachte Nikolai Petrowitsch. Über seinen kahlen Schädel strich der Feuerwind. Es war warm. Seine Pelzmütze hatte er weggeworfen. Er rannte nicht. Er ging wie ein Spaziergänger, Schritt für Schritt, dabei betrachtete er alles. Er dachte: Ein Mann, der nichts zu verlieren hat, läuft nicht. Ein Sprichwort fiel ihm ein: Wenn du Zeit verlierst, bück dich nicht danach, sonst verlierst du mehr. Es stammte von Sinaida Blinowa. Sinaida Blinowa war tot. Er dachte nicht an sie.
Die Straße mündete in die Häuser. Sie standen in Flammen. Holz prasselte. Die Straße war so breit wie der ⌜Newski-Prospekt⌝. Nikolai wollte sich einbilden, er liefe über den Newski-Prospekt. Die Deutschen hatten aus Ziegelwänden ein großes Becken für Löschwasser errichtet. Allerdings war das Becken trocken. Eine Mauer war zerplatzt, das Wasser ausgelaufen. In der Hitze war alles verdunstet. Keine schöne Stadt, dachte Nikolai und versuchte zu lachen. Es wurde nur ein Gurgeln. Er schrie plötzlich: »Verreckte Germanskis!« Er ballte die Faust und drohte in die Flammen, dann spuckte er aus. Es lohnte sich nicht. Kein Mensch war da. Sie hatten sich verkrochen.
Ein Denkmalssockel stand vor ihm. Das zerfetzte Tarnnetz lag umher und eine gestürzte Figur. Sie war aus Metall. Ein Mann mit einem Radmantel. Sein Arm hielt etwas. Das war abgebrochen. Nikolai trat näher, öffnete seine Hose. Sein Harnstrahl spritzte der Figur ins Gesicht. Die Hälfte davon drückte der Sturm gegen sein Bein. Innen lief es warm über seinen Schenkel. Als er fertig war, setzte er sich dem Metallmenschen auf die Füße. Der trug solide Stiefel. Nikolai dachte: Ein bißchen ausruhen. Eine halbe Werst* weiter explodierten Bomben. Das Schreien hörte er nicht mehr. Er blickte zum Himmel. Durch die Lücken der Rauchwolken sah er Flugzeuge. Ihre Motoren brummten. Ein Flaksplitter surrte durch die Luft. Eine Hornisse. Nikolai verrenkte sich den Hals danach. Seinen dünnen Hals.

Altes russ. Längenmaß; ein Werst entspricht 1,067 km

Die Sehnen traten heraus. Er erhob sich wieder. Gerade stürzte eines der Häuser zusammen. Das Gebäude stand allein. Es fiel auseinander wie eine Baracke mit vier Holzwänden. Jede Wand sechs Stockwerke hoch. Die Fassade fiel ihm entgegen. Eine riesige Wolke kam auf ihn zu. Er schloß die Augen. Es klang, als begänne ein Erdrutsch. Der Boden zitterte. Mauerbrocken rollten bis zu seinen Füßen, dann trieb der Sturm den Qualm schon weiter. Auf seinen Arm fielen nur Funken. Er schlug sie weg. Langsam schlenderte er über die Straße, über Trümmer und schwelende Haufen. Nikolai Petrowitsch war lebendig gestorben. Er träumte nicht mehr von Brot. Tote leiden keinen Hunger.

»Warum schließen Sie sich ein?« fragte der Leutnant. Er musterte die Wände. Es hatte sich nichts verändert.
Der Funker erwiderte: »Nicht mit Absicht.«
Statt der Lampe flackerte eine Kerze. Der Spiegel warf das Licht zurück, mißtrauisch sah der Leutnant auf den Tisch. Zigarettenstummel lagen in einem Teller. Das war alles.
»Nicht mit Absicht?«
»Nein!« Der Funker drehte an seinem Apparat. Eine Röhre glühte. Es pfiff, und die Röhre wurde heller. Draußen dröhnten die Geschütze.
Sie standen beide wie auf einem Schiffsdeck. Der Boden zitterte ununterbrochen.
»Schalten Sie den Sprcchfunk ab!«
»Jawohl!« Der Funker griff nach einem Hebel. Von der Decke lösten sich Tropfen, fielen in das Gerät. Es zischte.
»Kurzschluß?«
»Nein!« Der Funker zog sein Taschentuch. Im Halbdunkel wischte er herum, dann sah er nach oben. Am Beton hingen die Wasserperlen.
Der Leutnant flüsterte: »Schalten Sie doch endlich ab!«
»Es ist abgeschaltet.«
»Sicher?«

»Ganz sicher!« Der Funker blickte zur Seite. Im Spiegel sah er den Leutnant von hinten. An seiner Schulter klebte Gras.
»Haben wir noch Eiserne Kreuze?«
Wortlos griff der Funker unter den Tisch. Die Schublade klemmte. Mit einem Ruck riß er sie auf, dann legte er die Papiertüte auf den Tisch. Sie klirrte.
Der Leutnant las auf der Tüte: *Eßt Obst und ihr bleibt gesund.*
»Eines Erster Klasse hätte ich gerne getauscht!« Der Funker hustete künstlich, blickte auf den Boden und beobachtete dabei von unten herauf den Leutnant.
»Wieviel?«
»Acht Schachteln Zigaretten!«
Ein Schweigen entstand.
»Und eine Flasche Mosel!« verkündete der Funker triumphierend.
»Einverstanden. Aber ohne Urkunde, ich kann das nicht mehr machen.«
Der Leutnant griff nach der Tüte, nahm ein Kreuz heraus, ließ es auf den Tisch fallen.
»Das macht nichts!« Der Funker flüsterte: »Es geht über meinen Schwager, und der Betreffende ist Arzt. Wir haben das schon besprochen. Es wird ...«
»Ja!« Ungeduldig wandte der Leutnant sich ab.
Er klemmte die Tüte unter seine Prothese und ging zur Tür. Im Spiegel sah er das Gesicht des Funkers. Ihre Blicke begegneten sich für den Bruchteil einer Sekunde. Während er die Tür öffnete, löschte der Luftzug die Kerze aus. Im Dunkeln schob der Funker das Kreuz in seine Tasche. Es klebte. Nachdem er die Kerze wieder angezündet hatte, sah er, daß es Marmelade war. Er konnte sich das nicht erklären. Am Gesäß seiner Hose polierte er das Kreuz.

Strenehen begann zu lachen. Es wurde ein gefährliches Gelächter. Im ohrenbetäubenden Krachen verklang es. Der Bombenteppich war über ihn hinweggeflogen. Irgendwo zerfetzte er die Erde. Steine sausten vom Himmel, aber keiner traf. Sie hagelten auf das Blechdach. Der Orkan hatte es zusammengedrückt. Wie zerknittertes ⌜Stanniol⌝ lag es auf der Erde. Strenehen setzte sich vor die Tür.
Er war fertig. Die Gedanken bewegten sich im Kreis, sein Kopf glühte, er verdrehte die Augen. Ruß war überall. Im Gesicht, auf den Lippen und in seinem Mund. Er dachte: Ich habe Asche gefressen.
Sein nacktes Gesäß drückte auf Kiesel. Er faßte danach und hielt Nägel in der Hand. Kraftlos warf er sie von sich, dann blickte er auf die Tür.
Er kicherte: »You won't open?«*
Die Tür blieb stumm. Er dachte: Ich glaube an Gott, wenn sie jetzt aufgeht. Es muß nicht gleich sein, dachte er. Eine Minute. Die Tür stand unbeweglich. Das Blech schwitzte. Es bildeten sich Tropfen. Strenehen dachte: Gott, Gott. Wenn sich die Tür öffnet, gibt es einen.
Eine halbe Minute verstrich. Er dachte: Gott ist eine Erfindung. Und spie aus. Als sich kein Speichel bildete, würgte er. Rauch kam aus seinem Magen. Nur Rauch.
Er glotzte die Tür an, sah die Tropfen und bekam Durst. Mit herausgestreckter Zunge leckte er am Metall. Sie blieb kleben. Das Wasser war Ölfarbe. Durch die Hitze warf sie Blasen. Sein Mund pappte. Was an seiner Zunge hing, mußte er abkratzen. Er nahm die Fingernägel. Dann kroch Jonathan Strenehen davon. Es war sinnlos, daß er vor dieser Tür starb. Sterben konnte er überall.

* (engl.) »Du öffnest Dich nicht?«

»Dessy!«
Herr Cheovski wartete auf Antwort. Feuerschein zuckte über die Wände. Stärker wurde die Hitze. Als er zum Fenster blickte, glich er einem gehetzten Tier.

Es fiel ihm nichts ein. Er dachte an seine Söhne. Ihre Namen hatte er vergessen. Er versuchte, sich zu erinnern. Es verschwamm alles. Die Geburt, die Nachricht, das, was dazwischen lag. Stunden, Tage, Jahre. »Dessy, du mußt das verstehen!« Er sprach schneller. »Ich kann nicht sterben. Ich bitte dich; du mußt dich erinnern.«
»An was?«
»An das Leben!« Seine Stimme wurde schrill. »Ich habe noch nicht gelebt. Fünfzig Jahre. Ich lebe seit fünfzig Jahren von der Hoffnung.«
Sie blickte ihn plötzlich an. »Auf was hoffst du?«
»Auf was?« Er wußte keine Antwort. »Das weiß ich nicht. Aber von der Hoffnung leben wir doch!« Er rief mit weinerlicher Stimme: »Ich kann jetzt nicht sterben, nur weil meine Söhne tot sind.«
Die Flammen knisterten.
»War es notwendig, daß sie starben?«
»Natürlich! Du hast gesagt, wir bezahlen die Rechnung!« Er sah den Feuerschein an den Wänden und sprach noch schneller. »Du verstehst das nicht. Gott will das. Du glaubst doch an Gott?« Seine Stimme war voll Zweifel.
»Nein, ich glaube nicht mehr an Gott.« Sie legte ihren Kopf zurück und blickte zur Decke.
»Das ist schlimm!« Er wußte nicht, wie er sie überzeugen sollte. Er wiederholte: »Das ist schlimm, aber komm jetzt!« Er griff nach ihrer Hand. Seine Angst überschritt alle Grenzen. Das war es, was er noch fühlte. Mit dem Arm schob sie ihn behutsam beiseite. »Geh allein!«
»Aber?«
»Geh!«
Während er sich schon bereit machte, fragte er: »Das meinst du doch nicht wirklich?«
»Geh allein!«
»Dessy, komm mit!« Er stand vor ihr. Sein Blick fiel auf das Fenster. »Wirst du mir verzeihen?«

»Ja.«
»Dessy!« Es war sein letztes Wort. Er sprang zur Tür. Als er sie aufriß, verschwand sein Körper in einer Qualmwolke. Durch das Knattern des Feuers hörte sie seine Schritte nicht 5 mehr.

VIII

1892 *Hans Cheovski geboren.*

1911 *Nachdem Frau Geheimrat Wiesel mich gegenüber den anderen Bewerbern offensichtlich bevorzugt, werde ich jetzt offiziell um die Hand ihrer Tochter anhalten.* *gez. H. C.*

1913 *Dessy wurde auf dem Gardeball zweimal vom Adjutanten Seiner Exzellenz zum Tanz aufgefordert. Meine Tätigkeit findet also Beachtung.*

gez. H. C.

1914 *Unbeschreiblicher Heroismus, auch der einfachen Leute, anläßlich des Besuches Seiner Majestät. Ich habe mich freiwillig gemeldet, das Amt lehnt jedoch die notwendige Zustimmung ab.* *gez. H. C.*

1915 *Rudolf erblickt das Licht der Welt. Dessy wohlauf. Der Arzt versichert mir, es sei alles in bester Ordnung.* *gez. H. C.*

1917 *Walter geboren. Dessys Gesundheitszustand macht mir Sorgen. Es fehlt sehr an guten Lebensmitteln. Im Amt zu wenig Leute.* *gez. H. C.*

1919 *Der Stadtrat bestätigt meine alten Bezüge und den Verbleib in der gleichen Dienststellung. Sehr schwere finanzielle Verluste.* *gez. H. C.*

1932 *Rudolf besteht sein Abitur mit Auszeichnung.*

gez. H. C.

1933 *Der Oberbürgermeister bestätigt mich im Amt. Kollege Adler verübt Selbstmord. Völlig unbegreiflich. Dessy ist einige Tage ganz verstört.*

gez. H. C.

1936 *Rudolfs Wunsch geht endlich in Erfüllung. Das 171. Infanterie-Regiment übernimmt ihn als Fähnrich. Alte Traditionstruppe. Die Uniform steht ihm gut. Man hat mich im Amt von allen Seiten beglück-*

wünscht. Unsere Tätigkeit wird jetzt auch vom Reich großzügig unterstützt. *gez. H. C.*

1939 *Walter und mehrere Kollegen einberufen. Alles sehr zuversichtlich, nur Dessy ist von der Aufregung et-* 5 *was angegriffen. Im Amt müssen wir uns natürlich jetzt einschränken. Ich habe vorübergehend einige Herren abgegeben.* *gez. H. C.*

1942 *Rudolf auf dem Felde der Ehre gefallen. Eigenhändiger Brief seines Kommandeurs. Es war ein Brust-* 10 *schuß, und wir müssen uns trösten, daß er wenigstens nicht gelitten hat. Dessy ist unter der Last der Nachricht zusammengebrochen. Dabei habe ich im Amt nur noch eine Hilfskraft.* *gez. H. C.*

1943 *Gestern unser »Amt für Denkmalspflege« gänzlich* 15 *ausgebrannt.* *gez. H. C.*

1944 *Walter gefallen. Angeblich nicht gelitten. Gibt es denn keinen Gott?* *gez. H. C.*

Durch die Mauern klang es wie leises Donnern. Auf der Bahre lag der Kanonier vom Vierlingsgeschütz, und sie standen um ihn herum. Vier kahle Wände. Weiße Ölfarbe blätterte ab. Sie lag am Boden. Füße hatten sie zertreten. Ein Ventilator summte. 5
»Kollaps«, sagte der Arzt. »Wie geht der Puls?«
»Er kommt zu sich.« Die Schwester kniete nieder. Sie öffnete dem Kanonier die Bluse. Über ihren Kopf hinweg starrte der Junge mit den roten Haaren dem Kanonier ins Gesicht. Der Schein der Lampe fiel auf sein Kinn. Die Pikkel leuchteten. 10
»Als ich öffnete, wurde er bewußtlos«, meldete sich eine Stimme.«
Der Junge erklärte schnell: »Und ich habe ihn aufgefangen. 15
Er wandte sich um. Die Stimme gehörte einer Frau. Sie stand in der Tür. Zwischen ihren Lippen glänzte etwas. Ein Metallzahn. Graues Haar hing in ihre Stirn. Sie schloß die Tür und bestätigte: »Das ist richtig!«
»Ruhe!« Der Arzt griff in seinen weißen Mantel, nach dem Hörrohr. »Wenn ich untersuche, brauche ich Ruhe.« 20
Er sagte: »Absolute Ruhe!« In diesem Augenblick öffnete der Kanonier den Mund.
Der Arzt befahl: »Ein Glas Wasser und etwas Brom*!«
»Jawohl«, antwortete die Schwester. 25

Narkose- und Desinfektionsmittel

Der Kanonier schlug die Augen auf. »Sie müssen sofort aufs Dach!« Er sah den Arzt an. »Der Geschützführer, alle sind getroffen!«
Sein Mund und die Augen schlossen sich wieder. Der Kopf fiel zur Seite. Er lag regungslos. Das Summen des Ventilators schwoll an. Es klang wie ein Schwarm Hornissen. 30
Die Frau fragte: »Ist er tot?«

»Nein!« Mit einem Tuch wischte sich die Schwester über die Stirn.
»Nein!«
Der Junge rief: »Ich gehe mit, Herr Doktor!«
5 »Wohin?«
»Aufs Dach!« Der Junge griff sich ans Kinn. »Aufs Dach, Herr Doktor.«
»Es heißt, Herr Oberarzt«, flüsterte die Schwester.
»Lassen Sie nur!« Der Arzt schüttelte den Kopf. Er drehte
10 sich zur Tür. »Was willst du auf dem Dach?«
»Alle sind verwundet! Sie haben es doch gehört!«
»Ja, und?«
»Und?« Hilfesuchend blickte der Junge auf die Frau. Ihr Metallzahn blitzte. Sie nickte. Die Schwester stand auf.
15 Alle schwiegen. Nur der Ventilator brummte.
»Brom und Wasser!« Die Stimme des Arztes klang ärgerlich.
»Sofort!«
Der Junge riß seine Hacken zusammen. Es klappte. Er legte
20 die Hände an die Hosennaht. »Gehen wir, Herr Oberarzt?«
Der Arzt bekam einen roten Kopf. Eine Ader an seiner Schläfe schwoll an. Er fragte: »Ist es schon so weit, daß die Zivilisten einem Offizier befehlen?« Er schrie: »Raus, hier
25 hat niemand etwas zu suchen!«
Die Frau öffnete ihren Mund. Sie wollte etwas sagen. »Herr Doktor!«
»Raus!« schrie der Arzt. »Ich verbitte mir das! Ich verbitte mir das!«
30 »Bitte.« Die Schwester stand an der Mauer. Ein Glas Wasser in der Hand. Hilflos hielt sie es ihm entgegen.
»Raus!«
»Komm, Junge.« Die Frau öffnete die Tür. Verächtlich zog sie ihren Mund breit. Der Metallzahn blitzte wie ein Na-
35 gel.

Die Dunkelheit glich einem Vorhang. Er hatte ihren Rock hochgeschoben und zog an ihrer Hose.
»Tun Sie es nicht«, flüsterte sie. »Bitte, tun Sie es nicht.«
»Doch!« Seine feuchten Lippen preßten sich an ihren Hals. Sie saugten sich fest, und er grub die Zähne in die Haut. Mit dem linken Arm hielt er ihr die Hände hinter dem Kopf auf den Steinen fest. Sie waren eingehüllt in die Finsternis des Loches. Geröll, Schutt, der Rest von einem Gewölbe. Es umgab sie wie ein Panzer.
»Denken Sie an Ihre Tochter«, bat sie. »Wenn man Ihre Tochter ...«
Er keuchte: »Du bist nicht meine Tochter.«
Sie fühlte seine Finger an ihrem Nabel. Die Hose zerriß. Mit Verbissenheit kämpfte sie gegen sein Knie. Aber er drückte ihre Beine langsam auseinander. Sein Körper war halb nackt, die Wärme drang auf sie ein. Ekel stieg in ihr auf bis zum Mund.
»Ich habe mich besudelt«, stöhnte sie. »Fühlen Sie nicht, daß ich mich besudelt habe?«
»Das macht nichts!«
»Sie Schwein«, rief sie. »Sie Schwein!« Etwas mußte ihr jetzt einfallen. Blitzschnell durchzuckte sie alles, was sie wußte. Sie wußte nichts. Es gab kein Mittel. In der nächsten Sekunde würde es geschehen. Aus Verzweiflung riß sie ihren Arm los. Mit der Hand fuhr sie zwischen ihre Leiber. Sie berührte ihn. Klebriges geriet zwischen ihre Finger, da biß er zu. Sie schrie auf. Der Schmerz an ihrem Hals war unerträglich.
»Nimm die Hand weg!«
Automatisch fuhr ihr Arm zurück. Es blieb ihr nichts mehr übrig.
Seine Zähne begannen sich zu lockern, dann durchfuhr der Ruck ihren Unterleib. Es brannte wie Feuer.
»Bewege dich!«
Alles vermischte sich: Schmerz, Ekel, Abscheu. Sie dachte

nichts mehr. Im Rhythmus mit den Leibern begann sie zu wimmern. Das Keuchen seiner Lust in den Ohren, seine Schwere auf sich. Geröll drückte sich in ihre Schultern. Die Luft roch nach Exkreten*. Sie bewegte sich. Sie bewegte sich. Über ihr gurgelte er wie ein Tier.

(lat.) Ausscheidungen, z.B. Kot oder Urin

»Hier sehen Sie«, schrie einer der betrunkenen Soldaten, »die ganze Welt als Panoptikum*!« Sein Gewehrkolben schlug Dauben aus dem Faß. Wein planschte auf den Boden. »Hier sehen Sie den heroischen Todeskampf eines Volkes, das Geschlechtsleben der Amöben, eine Hure, die sich badet, Trambahnbilletts, Kinokarten und zwanzig leere Fässer!«

Sammlung von Sehenswürdigkeiten, Wachsfigurenkabinett

»Ruhe!« brüllte der Fähnrich.
»Schnaps ist gut gegen die Cholera!«
»Still gestanden!«
Gewehrkolben und Stiefel knallten auf die Steine. Die Horde fuhr in die Höhe. Sie wankten, aber sie standen alle.
»Was hat er geplündert?«
»Nichts«, sagte der Gefreite. »Er wollte erst!«
Der Oberkörper des Fähnrichs schwang hin und her. Er stolperte auf ein Faß zu, dort hielt er sich fest. Seine Finger krallten sich in die Dauben*. Er fragte: »Was wollte er plündern?«

Seitenbretter eines Fasses

»Die Kasse vom Bahnhof«, erklärte die versoffene Stimme.
»Gut!« Der Fähnrich lachte.
Einer fragte: »Wird er erst erschossen, dann gehängt? Oder umgekehrt?«
»Alles nach der Reihe.« Der Fähnrich wandte sich an den Mann. »Sie geben zu, daß Sie zum Bahnhof wollten?« Er würgte. Der Mann stand zwischen dem Fähnrich und den Soldaten. Er starrte ihn an, schwieg. Die Wände und sein Gesicht hatten die gleiche Farbe.

»Reden Sie, Mann!«

Es schallte durch den Keller. Von den Soldaten spuckte einer aus. An die Mauer planschte Speichel.

»Sie Schuft!« sagte der Mann.

»Was?«

Der Mann sagte: »Meine Frau wollte mit unserem Kind wegfahren. Der Angriff begann, und sie sind am Bahnhof. Ich hielt die Ungewißheit nicht länger aus. Sie werden das nie verstehen!«

»Haben Sie Schuft gesagt?« Die glasigen Augen des Fähnrichs begannen sich zu verdrehen. Er blickte zur Decke.

»Ja!« Der Mann hörte den Atem des Soldaten. Er dachte: Das ist das Ende.

»Ich!« Der Fähnrich wankte wieder. Mit der Hand fuhr er in sein Gesicht. Schweißperlen rannen über seine Schläfen.

»Wie alt ist Ihr Kind?«

»Sechs Jahre!«

Dumpfes Dröhnen drang durch die Mauern. Wein tropfte durch die Stille des Kellers auf die Steine.

»Ich!« wiederholte der Fähnrich. Mit der Hand bedeckte er seine Augen. Er nahm die Hand herunter. Das Gesicht hatte sich verändert.

»Drei Freiwillige vortreten!«

Hinter dem Rücken des Mannes erklang plötzlich der geschlossene Schlag von sechzehn Stiefeln. Erschrocken drehte er sich um. Da standen sie alle. Jeder hatte einen Schritt nach vorn gemacht. Ihre Augen waren gerötet.

Der Fähnrich sagte: »Drei Mann, Unsinn! Wir gehen alle mit ihm zum Bahnhof!« Er bückte sich nach seinem Koppel. Sofort setzten die Soldaten ihre Helme auf.

Die versoffene Stimme rief: »Er soll meinen aufsetzen!«

Jemand ergriff den Mann bei der Hand, zog ihn herum. Er verstand nicht, was geschah. Auf seinem Kopf war ein Stahlhelm. Aus einem Hahn spritzte Wasser. Der Fähnrich hatte ihn aufgedreht. Sie hielten ihre Gesichter unter den

Strahl. Einer öffnete die Tür. Triefend, den Mann in ihrer Mitte, drängelten sie hinaus.

Pulverdampf hüllte sie ein wie Watte. Die Geschütze röhrten. Die Erde zitterte.
5 »Für besondere Tapferkeit!« Der Leutnant griff unter die Prothese nach der Tüte. »Ich bin beauftragt, Ihnen das zu verleihen!«
Eine Detonation krachte. Er schrie: »Ich gratuliere! Sie warten sofort auf mich vor meinem Bunker!«
10 »Jawohl, Herr Leutnant!«
Der Junge machte kehrt. Hinten hing sein Hemd aus der Hose. Qualm schob sich zwischen sie. Blitze zuckten. Der Leutnant hob den Arm, bedeckte seine Augen. Dann rannte er durch eine Lücke. In dem Dampf begegnete ihm
15 bereits der nächste.
»Halt!«
Der Junge legte die Hand an den Helm. »Kanonier* Brink, als K Fünf bei Geschütz Mars, auf dem Weg zum Korbstapel!«

Unterster Dienstgrad bei der Artillerie

20 »Für besondere Tapferkeit!« Er griff unter seine Prothese in die Tüte. An dem Band zog er eines von den Kreuzen hervor, hängte es dem Jungen in das Knopfloch. »Ich bin beauftragt, Ihnen das zu verleihen!«
Mit einem Ruck reckte der Junge seine Brust vor.
25 »Danke!«
»Ich gratuliere! Sie warten sofort auf mich vor meinem Bunker.«
Rauch kam auf sie zu. Feuerschein erhellte ihre Gesichter.
»Zu Befehl, Herr Leutnant!«
30 Der Junge machte kehrt. Mit steifem Rücken lief er geradeaus in die Schwaden. Seinen Stolz trug er durch den Lärm, durch Krachen und das Gebrodel einer Waschküche, in der mit Pulver gekocht wurde. Der Leutnant blickte auf die Tüte. Aufgedruckt sah er: Weintrauben, eine Ba-

nane, zwei Äpfel. Darunter war die Inschrift. Aber in der Tüte Kreuze …
Von den Kreuzen hatte er genug.

Die Lampen brannten düster. Eine Frau erhob sich. Sie sagte: »Ich halte das nicht mehr aus.«
Dreihundert Menschen drehten ihre Köpfe. Sie saßen auf den Bänken, standen dazwischen und lehnten am Geländer der Treppe. Die Tür stand offen. Ventilatoren summten. Die Luft war zum Schneiden. Ein Kind weinte. Es war ein Stockwerk höher, und man hörte es bis herunter. »Unterhaltet euch«, empfahl ein Mann. »Das Schweigen macht nervös.« Er begann zu pfeifen. Alle hörten ihm zu, keiner sagte ein Wort. Der Mann pfiff falsch. Als er fertig war, klatschte jemand, und die Frau drängelte zur Treppe.
Eine Stimme fragte: »Wo wollen Sie hin?«
»Das geht Sie gar nichts an!«
»Halt!« Bewegung entstand. Jemand packte die Frau am Arm, führte sie zurück und setzte sie auf ihren Platz.
Dreihundert Menschen starrten auf die Frau. Tränen rannen über ihr Gesicht. Sie schluchzte lautlos.
»Das Schlimmste ist, daß man überhaupt nichts hört«, flüsterte eine Stimme. »Hier ist es wie in einem Sarg.«
»Na, hören Sie mal!« Eine Frau lachte. »Vorhin hat es ganz schön gebumst.«
Beifälliges Gemurmel kam aus einer Ecke, verstummte wieder. Eine Männerstimme rief: »König sticht Bube. Ich bin dran!« Spielkarten fielen auf den Boden. Der Mann, der gerufen hatte, bückte sich. Es wurde gewispert.
»Erzählt Witze!« befahl ein Jüngling. Auf seinem Schoß lag ein Koffer. Das Hemd war über der Brust geöffnet. »Einen guten Witz«, sagte er.
»Wir«, rief es von der Treppe, »wir gewinnen den Krieg!«
Alles kicherte, und das Kind vom oberen Stockwerk hörte auf zu weinen. Als es wieder ruhig wurde, meldete sich jemand: »Junger Mann!«

»Sie wünschen?«
»Ich beobachte Sie die ganze Zeit. Wollen Sie nicht mal stehen? Andere sitzen auch gern!«
»Natürlich!«
Der Jüngling nahm seinen Koffer vom Schoß, griff unter die Bank, zog zwei Krücken hervor und schwang sich auf.
»Entschuldigung«, sagte die Stimme.
»Da gibt es nichts zu entschuldigen.« Der Jüngling lächelte. »Wenn ich mir genügend Bewegung mache, werde ich nach der Meinung des Stabsarztes hundert Jahre alt.«
Er setzte sich wieder. Die Krücken fielen unter die Bank. Eine Frau neben ihm griff in ihre Tasche und zog einen Apfel hervor.
»Nehmen Sie ihn!«
»Danke!« Der Jüngling öffnete den Koffer. Das Gipsmodell eines Fußes wurde sichtbar. Er legte den Apfel dazu und schloß den Koffer wieder. Die Ventilatoren summten.

In den brodelnden Qualm rannte der Truppführer vom Hochbunker wie eine Maschine.
Er atmete ein, preßte die Lippen aufeinander, schloß seine Augen.
Mit dem Kopf prallte er gegen eine Verkehrstafel. Taumelte. Fiel mit ausgebreiteten Armen vom Gehweg. Auf die Fahrbahn. In den flüssigen Asphalt.
Es zischte. Der Teer warf Blasen.
Von Schmerz gepeinigt, wälzte er sich als schwarzer Klumpen in zäher Masse.
Er schrie nicht, kämpfte nicht. Seine Bewegungen dirigierte die Hitze.
Sie krümmte ihn zusammen, warf seinen Kopf hoch. Sie breitete seine Glieder auseinander, als umarme er die Erde.
Er glich keinem Menschen mehr, er glich einem Krebs.
Er starb nicht nach einer Todesart, die bereits erfunden war. Er wurde gegrillt.

Sie betraten die leere Schleuse. Die Frau mit dem Metallzahn und der Junge. Alles roch nach Rauch. Im Licht der Lampe glänzten seine roten Haare. Die Ventilatoren summten. Er lehnte sich an den Bottich, und sie stellte sich vor die Tür.
»Gehen Sie weg von da!«
Die Frau fragte: »Warum?«
Der Junge beugte sich über den Bottich, tauchte sein Gesicht hinein, richtete sich wieder auf. »Weil ich jetzt aufs Dach muß!« Wasser rann aus seiner Nase, über das Kinn, die Pickel. Er sah aus wie gebadet.
»Du kletterst nicht aufs Dach.«
»Wer bestimmt das?«
Die Frau sagte: »Ich!«
»Auf dem Dach sind sie verwundet!«
»Das geht dich nichts an!« Die Frau legte die Hand auf den Riegel. »Du bist kein Arzt.«
»Der Arzt geht nicht!«
»Ich weiß!« Die Frau sagte: »Schließlich bin ich nicht taub.«
»Sie werden mich nicht aufhalten!« Der Junge schlug zornig in den Bottich. Das Wasser spritzte.
Die Frau zuckte mit den Schultern. »Versuch es!«
»Gehen Sie von der Tür weg.«
»Ich habe deine Mutter gekannt, da warst du noch nicht geboren.«
»Ich weiß, Sie sind die Milchfrau!«
»Von der Ecke«, fügte die Frau hinzu.
Der Junge trat einen Schritt nach vorn. »Lassen Sie mich raus. Ich will zu meinen Kameraden!«
»Kameraden? Seit wann bist du Soldat?«
»Das verstehen Sie nicht.«
Die Frau sagte: »Ich verstehe mehr als du.«
»Warum?«
»Weil ich älter bin.«

Der Junge lächelte verlegen. Vorsichtig schob er seinen Fuß vor. Er überlegte, wo er hinschlagen sollte. Mit der Faust in ihren Bauch oder ins Gesicht.

»Wenn du dich noch einen Zentimeter von der Stelle rührst«, sagte die Frau, »dann haue ich dir eine auf deinen dummen Kopf, daß du denkst, Pfingsten und Ostern fällt auf einen Tag.«

Der Junge trat vor Überraschung zwei Schritte zurück. Mit dem Gesäß stieß er an den Bottich. Er blickte auf den Metallzahn. Der Zahn wirkte bösartig.

»Sie sollen mich rauslassen!« schrie er plötzlich.

Er duckte sich. Seine Augen blitzten, dann sprang er.

Auf seiner Backe landete ein Schlag. Sein Kopf flog zur Seite … Er rieb sich das Kinn. Wortlos ging er zurück zu dem Bottich, lehnte sich an die Dauben und beobachtete die Frau.

Der Orkan pfiff. Rußwolken jagten über die Flammen, drückten sie nieder und entfachten sie aufs neue. Sergeant Strenehen tastete sich durch eine Ruine. Eingestürzte Mauern umgaben ihn wie die Felsen einer Grotte. Dahinter prasselte das Feuer. Er bewegte sich ohne Ziel. Als Motorengeräusch an sein Ohr klang, hob er den Kopf.

»Hello, Boys?«

Er bekam keine Antwort. Trotzdem starrte er nach oben. Was er sah, war die Sonne. Ihre flammende Scheibe stand inmitten eines Quadrates. Seine Gedanken kreisten um eine Leiter. Danach senkte er den Kopf wieder und erblickte Glasscherben. Er bückte sich, zog seine Schuhe aus. Er lief barfuß darüber. Man darf sich nicht beschmutzen, dachte er. Die Schuhe baumelten an den Riemen. Ihre Enden hielt er in der Hand. Als er die Scherben hinter sich hatte, zog er die Schuhe wieder an. Die Riemen verknotete er nicht mehr. Das Hemd bis zum Nabel, taumelte er breitbeinig vorwärts. Er lief vornübergebeugt. Die Arme hingen

zwischen seinen Schenkeln. An seinem Gesicht flog ein Ziegelstein vorbei. Der streifte seine Wange.
»What you want?« fragte er. »You want to kill me?«* Er kicherte. Mit dem linken Fuß gab er dem Stein einen Stoß. Sein rechter Fuß stand auf den Schuhriemen, und er schlug der Länge nach auf den Boden. Er fiel wie ein Pfahl. Schimpfend erhob er sich. Dann begann er die Nationalhymne. Seine Stimme krächzte. Detonationen überdröhnten alles. Jählings hielt er inne.

(engl.) »Was willst Du? ... Willst Du mich töten?«

Er schrie im Takt: »One, two, three, four!«
Er marschierte.
Mit nacktem Unterleib. Aber auf der Stelle. Schweiß brach aus seinen Poren. Er gab nicht nach. Er wollte sein Ziel erreichen. Der Sonne im Quadrat entgegen. Ununterbrochen brüllte er.
Er bewegte sich. Plötzlich gab er es wieder auf. Weiter wankte er durch die Trümmer. Es störte ihn, daß die Sonne nicht hell genug brannte. Er wollte sie anzünden. Über einen Haufen Steine erreichte er die Straße. Flammen prasselten vor ihm. Mit gespreizten Fingern hob er den Arm. Seine Zunge schob sich aus dem Mund. Sergeant Jonathan Strenehen bleckte das Feuer an. Ein schrilles Kichern kam aus seiner Kehle. – – –
Als ihm die Luft ausging, rannte er davon. Er rannte die Straße entlang, dreißig Schritt nur, bis ein neuer Brandherd ihn reizte.

Das Mädchen bäumte sich auf, fiel zurück. In ihren Rükken drückten sich Steine. Mit den Leibern kämpften sie in der Dunkelheit wie Feinde. Plötzlich hielt er inne.
»Laß mich los!«
Das Mädchen erstarrte. Nichts geschah. Tränen rannen über ihr Gesicht. Sie war hilflos.
»Laß mich«, sagte er.
»Aber ...«

»Hure!« Er begann zu brüllen. »Laß mich los, Hure!«
»Ja!« rief sie. »Ja! Ja!« Aber sie konnte nicht. Es war fremd für sie. »Hilfe!«
Sein Gebrüll war schrecklich.

Sie konnten nicht hinaus. Brandbomben zerplatzten auf der Straße. Die Soldaten lehnten in der Einfahrt an der Mauer, den Mann in ihrer Mitte. Kinder hatten etwas an die Wand gekritzelt. Es war lange her. Die Männer verdeckten es mit ihren Körpern. Am Eingang stand der Fähnrich. Draußen brannte es.
»Immer mit der Ruhe!« Der Soldat, der den Schnaps gegen die Cholera empfohlen hatte, legte dem Mann seine Hand auf die Schulter. »Wenn wir es nicht mit Gewalt schaffen«, erklärte er, »dann gebrauchen wir Vernunft!« Alkoholgeruch kam aus seinem Mund.
»Herhören!« rief der Fähnrich. »Ich brauche einen. Aber das ist eilig!«
»Ich!« Der Soldat mit der versoffenen Stimme hob die Hand. »Ich bin Zeuge! Was ist los?«
»Eine Frau dort drüben!« Der Fähnrich zeigte über die Fahrbahn. »Sie steht im zweiten Stock am Fenster, und das Haus brennt ab. Hol sie herunter, bring sie in den Keller!«
Der Soldat trat vor. »Geht in Ordnung!«
»Ihren Helm!« rief der Mann. »Nehmen Sie Ihren Helm mit!«
Er griff sich an den Kopf. Qualm stob in den Gang, hüllte ihn ein. Er sah nichts mehr. Seine Augen tränten.
Als es vorüber war, rannte der Soldat bereits über die Straße. Der Fähnrich befahl: »Wir gehen hintereinander. Immer an den Häusern entlang. Gerannt wird überhaupt nicht. Macht euch fertig!«
Seine letzten Worte gingen unter im Krachen einer Detonation. Er hängte seine Maschinenpistole über die Schulter, trat hinaus. Sofort mußte er sich bücken. Funken stoben in sein Gesicht. Der Orkan stürmte.

»Daß mir keiner schlappmacht!« schrie er in die Einfahrt. Der Mann hörte es. Er dachte: Das ist ein Befehl.

IX

Ich, Maria Sommer, geboren am 3. März 1891, hatte an der Ecke Schmiedinger- und Dammstraße einen Milchausschank. Den dritten Schneidezahn rechts hat mir mein Mann ausgeschlagen. Er kam am 7. August 1917 mit einem Kopfschuß ins Lazarett und wurde am 24. Dezember 1918 als Epileptiker entlassen. Sie brachten ihn im Rollstuhl in unsere Wohnung, und er wälzte sich eine Viertelstunde später schon auf dem Fußboden.
Am 13. November 1928 starb er an einer Gehirnerschütterung in meinen Armen, und ich hatte ihn zwölf Jahre geliebt. In all dieser Zeit war ich drei Wochen glücklich, und das war die Zeit vor unserer Hochzeit. Als wir von der Kirche nach Hause kamen, lag der Einberufungsbefehl im Briefkasten.

»Sechs Mann!«
Der Leutnant schleuderte die Tüte auf den Tisch. Das Papier zerplatzte. Dem Funker fiel ein Kreuz vor die Füße. »Sechs Mann«, wiederholte der Leutnant. »Ich habe sie dekoriert, das Begräbnis kann stattfinden.« 5
Der Funker bückte sich. »Wollen Sie mitgehen?«
»Ja!«
»Aber Sie brauchen nicht?« Der Funker tauchte hinter dem Tisch auf und legte das Kreuz wieder auf die Platte.
»Nein.« 10
Die Kerze flackerte. Ihr Schein zitterte an den Wänden, warf Schatten. Der Leutnant griff in seine Tasche, zog eine Zigarette heraus, steckte sie in den Mund. Sein Schatten an der Mauer tat dasselbe.
»Ich bin fertig!« Der Leutnant sprach durch die Zähne. 15
Ein Einschlag krachte draußen. Er lauschte. Die Geschütze feuerten weiter.
Mit dem Rücken stellte er sich an die Wand, zündete die Zigarette an. Seine Hand wies auf den Tisch, auf die Kreuze. 20
»Rauschgift für den Soldaten!«
Er nahm die Zigarette aus dem Mund, ließ sie fallen. Seine Stiefelspitze trat sie breit. Die Glut erlosch an der Erde. Ein Funken stob. Er sagte: »Aber es gehört dazu. Es soll Leute geben, die das brauchen. Der Zweck heiligt die Mittel.« 25
»Immer«, antwortete der Funker und blickte nach der Tür.
Draußen pfiffen Bomben.
»Ich kann einen Befehl verweigern und mich dafür an die Wand stellen lassen. Ich kann aber keinen Befehl erteilen, 30 wenn ich nicht selbst den Mut dazu habe, ihn auszuführen«, versicherte der Leutnant.

Der Funker sagte: »Mir brauchen Sie nichts zu erklären.«
»Generäle«, erwiderte der Leutnant zerstreut. »Generäle …«
»Ich bin kein General!«
Der Leutnant sagte: »Früher erschossen sich die Generäle, wenn sie eine Schlacht verloren hatten.«
»Heute schreiben sie ein Buch darüber!«
»Man sollte das wieder einführen!« Der Leutnant wandte sich zur Tür. »Ich muß gehen!« Jählings hielt er inne. Der Boden zitterte unter seinen Füßen. Rings um den Bunker begann ein Erdbeben. Die Wände wankten.
»Bombenteppich!« rief der Funker. Erschrocken duckte er sich. Die Kerze fiel um.
»Unter den Tisch!« Das Krachen begann. Schlag auf Schlag dröhnte. Er sprang näher. Der Beton ächzte.
»Jetzt!«
Der Funker hielt sich die Arme vors Gesicht. Er kroch unter den Tisch. Mit einem Schlag fuhr die Tür aus den Angeln, flog herein. Dreck spritzte durch die Öffnung. Es prasselte gegen die Decke. Rauch kam.
So plötzlich wie das Krachen begonnen hatte, hörte es wieder auf. Auch das Erdbeben klang ab. Der Funker erhob sich und warf dabei den Tisch um. Die Kreuze sprangen auf den Boden. Durch den Qualm tastete er sich zu seinen Apparaten. In eine Muschel hinein schrie er: »Sonne melden!«
Eine Stimme sagte: »Sonne ohne Verluste, feuerbereit!«
»Mond melden!«
»Mond ohne Verluste, feuerbereit!«
Der Funker kratzte sich am Kopf. »Jupiter melden!«
»Küß mich, wir leben noch!« brüllte jemand.
»Mars melden!« sagte der Funker.
Eine vorwurfsvolle Stimme erklärte: »Hör mit der blöden Fragerei auf. In der Stellung ist doch gar nichts passiert!«
»Nein?«

Dampf, Dunst, Nebel, Rauch

Die Schwaden wurden dünner. Das Tageslicht fiel durch die Türöffnung herein. Es begann zu dämmern. Der Kopf des Funkers ragte aus dem Brodem*. Er rief: »Keine Verluste, Herr Leutnant. Niemand ist getroffen, und sie schießen wieder!« Seine Stimme klang erleichtert. 5
»Niemand!« Der Leutnant stieß es hervor wie einen Schrei.
»Niemand! Sehen Sie doch!«
Der Funker wandte sich um. Er machte zwei Schritte zur Tür. Ein Trichter gähnte vor ihr. Der Krater eines Vulkans. 10
Die Erde dampfte noch. Luft flimmerte in der Sonne.
Mit seiner Prothese wies der Leutnant hinaus. »Da lagen sie! Da lagen sie!«
»Wer?«
»Die sechs Mann!« 15
»Wo?«
Der Leutnant trat durch die Öffnung. Seine Stimme lallte: »Ich habe es befohlen.« Er sagte in normalem Ton, als gäbe er einen Befehl: »Legt euch hin, wartet hier.«
»Wo wollen Sie hin, Herr Leutnant?« 20
»Die Amerikaner! Ich muß ...« Der Leutnant sprang auf den Erdwall des Kraters. Er lief auf ihm entlang.
»Aber!« Der Funker rief: »Herr ...«
Der Leutnant warf die Arme hoch, blickte auf den Boden hinter dem Wall. Er brüllte: »Wollt ihr euch gefälligst melden!« Dann flüsterte er vor sich hin. »Ich dachte jetzt, ihr seid tot.« 25

Auf der Straße prasselten die Flammen. Die Frau unter der Decke griff sich an die Brust. Es war die theatralische Gebärde einer tödlich Getroffenen. Noch zwei Schritte wankte sie, und dann sank sie nieder. Langsam auf die Knie. Mit einer Hand stützte sie sich auf die Steine. Sie ließ den Spaten fallen. Über die Schulter hinweg blickte sie nach hinten, aber es war niemand hinter ihr. Sofort richtete sie 30 sich wieder auf. Die Decke glitt von ihren Schultern. Sie ließ sie liegen, sprang über einen verkohlten Balken und rannte quer über die Fahrbahn. Unterwegs streifte sie den Helm vom Kopf. Er rollte davon. Das Haar wurde vom Sturm zerzaust. Sie erreichte die andere Seite. In einem Hauseingang verschwand ihre Gestalt. Niemand vom Bergungstrupp sah sie. Sie war die letzte.

Steine sprangen die Stufen hinab, rollten in der Dunkelheit über den Boden, durch den Schaltraum.
Der Ingenieur fragte: »Warum sagen Sie nichts?«
»Ich habe keinen Grund!« Mit der Spitze seines Schuhes fuhr der Monteur über den Boden. Es kratzte. Er saß auf der Schiene. Das Kupfer war kalt.
»Sie verachten mich?« fragte der Ingenieur.
»Nein!«
»Ich fühle es.«
»Ich verachte niemanden.« Der Monteur sprach leise. Fortwährend schlug etwas oben gegen die Tür. Dumpfe Schläge.
»Über uns brennt es!«
»Ja.«
Der Ingenieur fragte: »Unterhaltung gefällig?«
»Wenn es Ihnen Spaß macht.«
»Es war einmal ein Russe, ein Deutscher und ein Amerikaner ...«
»Hören Sie mit Amerikaner auf!« schrie der Monteur.
»Dann nicht«, sagte die Stimme des Ingenieurs in der Finsternis. »Ich wollte Sie nur ermuntern.«
»Ich verzichte.«
»Vergessen Sie nicht, daß ich Ihr Chef bin!«
Der Monteur flüsterte: »Das habe ich nicht vergessen. Sie waren deutlich.«
»Wann?«
»Die Sache mit dem Befehl, vorhin!«

»Ach, ja!« antwortete der Ingenieur. »Der Krieg braucht Männer.«
Der Monteur erhob sich. Seine Schuhe knirschten. »Ich will Ihnen eine Geschichte erzählen.«
»Dabei können Sie sitzen bleiben!«
Der Monteur sagte: »Es waren einmal zwei Männer allein in einem Keller.«
»Eine Erfindung?«
»Nein, Tatsache!« Der Monteur trat lautlos einen Schritt nach vorn. Er sprach langsam: »Die zwei Männer standen im Dunkeln, und einer von ihnen war zuviel.«
»Hören Sie, wie es brennt?« fragte der Ingenieur. Der Monteur gab keine Antwort.
»Hören Sie es?«
»Ja.«
»Was brennt eigentlich?«
»Die Isolierung von den Kabeln!«
»Richtig«, erklärte der Ingenieur. »Wenn der Angriff vorüber ist, müssen wir auf Niederspannung umschalten. Dann kann nichts passieren.«
»Jawohl!«
Der Monteur setzte sich wieder.

Der Fähnrich bewegte sich im Schutze der Fassade. Er ging vornübergebeugt. Mit dem rechten Arm schleifte er immer an der Mauer. Seine Tritte federten. Während er lief, beobachtete er den Himmel. Der Helm saß im Genick. Am nächsten Hausflur blieb er stehen. Das Geschwader einige Kilometer schräg über ihnen flog in Keilform. Die Spitze zeigte die Straße entlang. Er wußte, was das bedeutet.
»Halt!«
Mit dem Fuß stieß er die Tür auf. Die Klinke flog in die Gangwand. Verputz sprang ab. Er trat hinein.
Sie kamen Mann für Mann, hielten die Gewehre in den Händen und warteten auf den letzten. Der Fähnrich zählte

sie lautlos. Durch den Gang fegte Luftdruck. Hinter dem Friedhof röhrten die Geschütze. An der Wand hing eine Tafel mit Namen. Die Mauer zitterte. Ununterbrochen schlug die Tafel dagegen. Der Fähnrich las: Fischer, und daneben Wassermann. Sie wohnten im ersten Stock. Ein gewisser Blechschmid war Rentner.

»Alles in den Keller!« Er wandte sich um, lief voraus. Fliesen bedeckten den Boden. Ihre Stiefel klirrten. Die Farbe an den Wänden war blaßgrün. Eine Tür stand am Ende des Ganges offen, durch das Getrampel ihrer Tritte tönte eine Stimme:

»Er will nicht!«

Der Fähnrich blieb stehen. »Was ist los?«

»Er will nicht in den Keller!«

Zwei Soldaten hielten den Mann an den Armen fest. Er stand in ihrer Mitte. Die Beine in den Boden gestemmt und zurückgelehnt. Schweißtropfen rannen über seine Nase. Die anderen Soldaten machten Platz.

»Sie müssen mitkommen!« rief der Fähnrich. »Ob Sie wollen oder nicht!«

»Aber!« Der Mann antwortete: »Sie haben mir versprochen, daß ich zum Bahnhof komme!« Er keuchte.

»Ja! Lebendig, nicht als Toter!« Der Fähnrich rief: »Los, los, macht schon!« Seine Stimme schallte. Um die Handgelenke des Mannes schlossen sich Finger wie aus Eisen. Sie rissen ihn mit. Zwischen den zwei Soldaten stolperte er vorwärts. Das Kindergesicht mit den Sommersprossen war an seiner Seite. Vor ihm trampelten die Stiefel die Steintreppe hinab. Der Fähnrich rief: »Ich verspreche Ihnen, daß wir nur den Anflug abwarten!« Es klang dumpf. Auf der Straße krachte es. Glassplitter flogen durch den Gang. Der Mann wäre die Stufen hinuntergestürzt, wenn die beiden Soldaten ihn nicht gehalten hätten. Die warme Luft, die ihm entgegenschlug, roch nach Brot. Warmem Brot.

Herr Cheovski saß auf den Stufen. Hitze hüllte ihn ein. Er warf die Arme in die Höhe. »Zurück!«
»Warum?«
»Das Haus brennt!«
»Das merke ich!« Der Soldat stürzte an ihm vorbei. Er dachte: Was macht der hier? Er rannte die Treppe hinauf. Mit dem Stiefel blieb er hängen, fiel hin. »Verdammt!« Er polterte weiter. Qualm nahm ihm den Atem. Er dachte: Frau retten! Durch ein Fenster kam Hitze. Er sprang aufwärts. Türen brannten. Luftdruck hatte sie herausgerissen. Er sprang weiter. Sie lagen in den Gängen. Drei Stufen nahm er auf einmal. Durch seine Poren schwitzte Alkohol. Er keuchte. Am Geländer entlang rasselte der Gewehrkolben, blieb hängen. Sein Atem pfiff. Er riß sich los. Das zweite Stockwerk war unversehrt. Er blickte sich um. Eine Tür stand angelehnt. Er hatte es nicht bemerkt, stolperte hinein. In dieser Wohnung mußte die Frau sein. Er hatte es im Gefühl. Der Gang war voller Qualm. Er rieb sich die Augen. Schwaden quollen durch die Spalten einer Tür. Er riß sie auf. Ein Spiegel zerbarst. Das ganze Zimmer stand in Flammen. Er schloß die Tür sofort. Die nächste ließ sich nicht öffnen. Er schlug mit dem Gewehrkolben zu. Etwas zersplitterte. Er trat durch den Rahmen und sah sie. Ein Kronleuchter lag auf dem Tisch. Zertrümmert. Die Frau stand am Fenster.
»Was wünschen Sie?«
»Ich?«
»Was wünschen Sie?!«
Er brüllte: »Keine Angst! Ich werde Sie retten!«
Mit zwei Sprüngen war er bei ihr. Hinter ihm flog der Tisch zur Seite. Er nahm die Frau bei der Hüfte und umschlang sie. Er machte kehrt. Das Gewehr hing auf seinem Rücken. Der Kolben schlug einen Fensterrahmen auseinander. Die Frau schloß ihre Arme um seinen Hals. Sie schluchzte.
»Nicht mehr weinen!« Seine versoffene Stimme. Ihr Ge-

sicht war vor seinen Augen. Er wollte zärtlich sein. »Mütterchen!« Er flüsterte. Die Frau hing willenlos an seiner Brust. »Mütterchen!« Vorsichtig schob er sie durch die Öffnung. Das Gewehr schlug an den Türrahmen. Er dachte: Sauferei! Wenn ich noch eine Mutter hätte. Er trug die Frau. Sein Schädel brannte. Er dachte: Hitze! Wie schütze ich sie vor der Hitze? Das Haar und seine Augenbrauen waren versengt. »Mütterchen!« Seine heisere Stimme wimmerte vor Wut.

Ein Krachen übertönte sein Gebrüll. Der Boden hob sich, fiel nieder. Steine knirschten. Das Mädchen zuckte zusammen.
»Aaaa«, gurgelte der Mann. Plötzlich wurde er still. Doch er war nicht tot. Mit der Hand schloß er seine Hose. Ein Fingernagel kratzte dem Mädchen über die Haut.
»Bitte!« Sie sagte: »Bitte«, und fühlte, wie er sich zurückzog.
Ihr wurde leichter. »Bitte, hören Sie jetzt auf!«
»Hure!«
»Lassen Sie mich gehen!«
Der Mann antwortete gehässig: »Natürlich.«
»Danke!«
Seine Stimme meckerte: »Ja, bedanke dich.«
»Danke«, wiederholte das Mädchen.
»Du redest nur, wenn du gefragt bist!« befahl der Mann.
Er rollte sich zur Seite. Etwas verfing sich in ihrem Kleid. Der Stoff zerriß.
Er fragte: »Warum hast du das getan?«
»Was?«
Der Mann rief drohend: »Du!«
»Ich weiß nicht!«
Sie öffnete ihre Augen, doch sie konnte nichts sehen. Die Finsternis war undurchdringlich. Von oben rieselte Sand. Er fiel zwischen ihre Brüste. Rollt über die Haut. Eine zärtliche Berührung.

In der Ferne grölte ein Gewitter durch die Trümmer. Der Boden vibrierte. Einen Augenblick hielt der Mann inne, dann versicherte er: »Dafür wirst du büßen.«
Seine Hand legte sich auf ihren linken Schenkel. Die Finger umschlossen das Fleisch. 5
»Mitleid«, flüsterte das Mädchen. »Haben Sie doch Mitleid, ich blute doch.«
Der Mann fragte neugierig: »Wo denn?«
»Zwischen meinen Beinen.«
Er fuhr mit der Hand über ihren Nabel, tastete sich tiefer 10 und berührte sie. »Das ist kein Blut«, stellte er fest.
»Ich blute inwendig.«
»Das gibt es nicht.«
Das Mädchen antwortete schnell: »Aber ich spüre es doch.« 15
»Du spürst es!« Die Hand des Mannes fuhr zurück. »Wie spürst du es?«
»Es rinnt in meinem Bauch.«
Der Mann richtete sich auf. »Wie rinnt es? Warm?«
»Heiß«, flüsterte das Mädchen. 20
»Einbildung.«
»Nein!« Das Mädchen erklärte: »Es rinnt davon, ich fühle es deutlich.«
»Du!« Der Mann griff in ihr Gesicht, in die Haare. Er zog daran. 25
»Bitte!«
Der Mann rief entrüstet: »Du darfst nicht sterben!«
Er zog ihren Kopf zur Seite, als wolle er ihn ansehen. »Du darfst es nicht!«
»Aber ...« 30
»Ich will nicht mit einer Leiche allein sein«, sagte der Mann. »Das geht nicht!«
»Sterben«, flüsterte das Mädchen. »Muß ich sterben?«
Der Mann schrie: »Nein!«

Sie hetzten durch den Friedhof. Eine Schützenlinie. In der Mitte der Leutnant. Drei Kanoniere rechts von ihm, drei Kanoniere links von ihm. Der Himmel war schwarz. Von den Fallschirmen keine Spur. Nur die Gräber brannten. Es ging vorwärts. Bäume wie Fackeln, Kreuze! Kränze aus Asche. Sie rannten zehn Schritt. Wenn die Bomben pfiffen, warfen sie sich nieder. Finger in die Erde gekrallt. Sie lagen an den Boden gepreßt. Das Herz schlug. Hämmer auf einen Amboß. Vor Angst wagten sie nicht zu atmen.
Ich bin ein Mörder, dachte der Leutnant. Gott liebt auch Mörder. Lieber Gott, liebe mich! Die Kanoniere dachten nichts. Einer hatte ein Pfund Kot zwischen seinen Beinen. Zwei andere ließen den verdauten Morgenkaffee in ihre Hosen rinnen. Die Bomben schlugen ein. Fontänen spritzten. Der Leutnant sprang auf. Die Kanoniere riß es mit. Unter den Splittern rannten sie hindurch. Was auf sie herunterstob, war nur Dreck. Die Luft kochte. Da hindurch stürzten sie. Wieder pfiff es. Sie lagen. Es krachte, und sie hetzten weiter. Ein Splittergraben tat sich auf. Sie warfen sich hinein. Jeder, der hinabsprang, sprang auf einen Menschen. Es waren Bündel aus Lumpen, aber keine Leichen. Erschrocken taumelten sie beiseite.
»Es ist nichts!«, keuchte der Leutnant. »Nur Russen!«

Die Luft war stickig.
»Eine Geschichte!« rief die Frau. »Ich beginne!« Sie hielt einen Blumentopf mit Schnittlauch im Arm. Lichtschein fiel auf ihre Haare. Das Gemurmel brach ab. Auf der Treppe begannen sie zu drängeln. Die Mutter mit dem weinenden Kind sagte in die Stille: »Sei doch ruhig, Liebling.«
Ventilatoren summten. Eine Stimme befahl: »Also los!«
»Ruhe!«
Das Kind hörte erschrocken auf. Es wurde still, und die Frau mit dem Schnittlauch sprach:
⌜»Es war einmal ein Geisteskranker, der von gelehrten

Männern aufgefordert wurde, vor ihnen eine Rede zu halten. Es war ein ...«
»Das ist gut!«
»Ruhe!«
Die Frau fuhr fort: »Es war ein wissenschaftlicher Versuch, und der Geisteskranke, noch normal genug, um sprechen zu können, entledigte sich seiner Aufgabe mit viel Beredsamkeit, aber ohne jeden Sinn. Nur am Schluß wurde er zweideutig und erreichte fast die Logik eines Weisen. Er sagte: Meine Herren, ich bin mit meinen Ausführungen am Ende. Nach allem, was Sie gehört haben, halten Sie mich für einen Narren. Aber sind Sie sicher?«
Jemand kicherte.
»Ich bin leider nur ein einziger, Sie aber sind viele. Denken Sie immer daran, wie leicht sich das durch eine Laune der Natur ändern könnte. Menschen wie ich würden die Erde bevölkern. Sie aber bildeten dann jene hoffnungslose Minderheit. Wissen Sie, was dann passiert?«
Die Frau nahm ihren Schnittlauch unter dem Arm hervor und stellte ihn zwischen die Beine. Sie fuhr fort: »Mit dieser Frage schloß der Vortragende seine Rede, trat mit einer abfälligen Geste vom Pult und setzte sich wieder auf seinen Stuhl. Neben diesem Stuhl stand sein Wärter.«
Die Frau schwieg, und die Ventilatoren summten.
»Ist das alles?«
»Ja!«
»Aber!« rief jemand. »Wir sind doch gar nicht in der Minderheit!«
Alles lachte. Auf der Treppe erklangen Pfiffe. Sie kamen aus dem Lautsprecher.
»Ruhe!«
Das Lachen brach ab. Zweihundertsiebzig Köpfe drehten sich zur Tür.
Aus dem Lautsprecher tönte eine wohlklingende Stimme: »Im Norden und Westen unserer Stadt weiterhin Feindtä-

tigkeit. Luftkämpfe über den Vororten. Neuer Kampfverband im Anflug. Ende!«
Die Ventilatoren summten. Das Kind begann zu weinen. Eine von den Glühbirnen ging aus. Es wurde schattig.

Jemand fragte: »Wer hat hier geheizt?«
Es klang entrüstet. Stiefel trampelten auf Steine. Die Tür ging auf. Lichtschein fiel heraus, und die Soldaten drängelten hinein. Es war ein Backraum.
»Ach!« rief der Gefreite. »Wie gemütlich!«
Von einer kleinen Plattform führten drei eiserne Stufen nach unten. Die Glühbirne an der Decke bestrahlte alles. Kahle Tische, Mehlstaub, die Geräte und eine Gestalt vor einem Eimer.
»Guten Tag!« Der Fähnrich nahm die Maschinenpistole von der linken Hand in die rechte Hand. Die Gestalt am Eimer wandte sich um. Teig quoll aus ihrem Mund, klebte an den Händen, tropfte vom Kinn auf die Brust. Die Gestalt sagte kein Wort. Ihre Augen starrten auf die Soldaten. Die versperrten die Tür.
»Guten Tag!« Der Fähnrich lachte heiser. An einem Gewehr klickte der Sicherungsflügel. Summen drang durch die Mauern. Es waren Detonationen. Sie kamen näher. Jeder begann zu warten. Der Fähnrich zeigte auf den Eimer. »Du Rabotnik?«*
Die Gestalt gab keine Antwort. Der Schädel war rasiert. Sie trug keine Uniform. Aus Lumpen bestand ihre Bekleidung.
»Er arbeitet nicht«, sagte der Gefreite, »er plündert!«
Bomben krachten auf der Straße. Von der Decke kam Mehlstaub. Er schwebte herunter. Auf die Tische, auf die Geräte und die Gestalt. Das Licht begann zu flackern. Über die Wände huschten Schatten. Alles begann zu zittern. Die Gestalt, die Soldaten, die kleine Plattform und die Mauern.

(russ.) Arbeiter

Der Fähnrich fragte: »Was du machen?«
»Der Kerl frißt Sauerteig«, erklärte eine Stimme.
Jemand kicherte. Die Gestalt stand regungslos. Das Licht fiel in ein hohlwangiges Gesicht. Es verschwand. Der Boden neigte sich wie auf einem Schiff. Er erhob sich wieder. Eine Kanne fiel um. Sie schepperte über die Steine. Rutschte in eine Ecke.
»Spielen wir Standgericht«, flüsterte ein Soldat. Es sollte ein Scherz sein. Keiner lachte. Die Stufen hinab stieg der Fähnrich. Er befahl: »Geht auf den Gang, ich will ihn ...«
Eine Explosion krachte. Er beendete: »umlegen!«
Blechern rasselte seine Maschinenpistole. Er zog den Schloßhebel an der Waffe nach hinten. Die Soldaten an der Türe drehten sich um. Sie verließen nacheinander die Backstube. In ihrer Mitte war ein Mann in Zivil. Jemand murrte. Der letzte schloß die Tür. Ununterbrochen fielen die Bomben.
⌜»Wri tot stena!«⌝ befahl der Fähnrich.
Die Gestalt blieb stehen. Von ihrer Brust fiel ein Stück Teig auf den Boden. Im Schatten sah der Fähnrich zwei Füße. Das Leder klaffte an den Schuhen. Aus den Fetzen ragten Zehen. Er wiederholte: »Wri tot stena!« Schneidend klang seine Stimme. Der elektrische Strom fiel aus. Die Lampe glimmte nur noch. Aus der Gestalt wurde eine schwarze Silhouette. Sie regte sich, ging zur Mauer. Einen halben Schritt vor ihr drehte sie sich um. Sie hob den Kopf, blickte starr auf die Lampe. Ein Gewitter tobte auf der Straße. Es trommelte ununterbrochen.
»Kehrt!« Die Hände des Fähnrichs schwitzten. Er hob die Maschinenpistole bis zur Hüfte.
Die Silhouette schüttelte ihren Kopf.
»Gut!« Der Fähnrich schob den Kolben in seine Schulter. Langsam hob er die Mündung von unten nach oben, drückte plötzlich ab. In die Mauern prasselten Kugeln. Mörtel stob davon. Ein Querschläger klirrte. Es klang, als zerrisse die Saite einer Geige.

»Du kaputt!«
Der Fähnrich nahm die Maschinenpistole aus der Schulter.
Dann zeigte er unter einen Tisch. Die Lampe flackerte, wurde wieder hell. Er blickte auf die Gestalt. Sie rührte sich nicht. Er befahl ungeduldig: »Los, los!«
»Du schießen mich!« Die Gestalt hob ihren Arm, schob den Ärmel zurück, zeigte vereiterte Geschwüre. Es schwärte vom Handgelenk bis zum Ellbogen. »Du schießen mich!« Die Gestalt ließ den Arm fallen. Mit der linken Hand riß sie ihr Hemd auf. Unter schwarzen Haaren lagen die Brustwarzen.
»Nix verstehen?« fragte der Fähnrich.
»Ich verstehen!« Die Gestalt blickte nach dem Eimer. Auf die Spuren vom Teig. Der Strahl der Lampe warf Ringe. Die Mauern zitterten. Eine Hand der Gestalt hob sich, zeigte auf die Brust mit den Haaren.
»Bum, bum! Bittä«, sagte die Gestalt.
Der Fähnrich schüttelte den Kopf. »Net!«
»Bittä!«
»Net!«
Das Licht wurde wieder schwächer. Die Mauern verdeckten Schatten. Aus der Dunkelheit kam die Stimme. »Bum, bum! Bittä, bittä!« Da riß er die Maschinenpistole herum und schoß aus der Hüfte. Kugeln spritzten. Durch die Garbe klang ein Aufschrei, dann kam die Gestalt aus der Dämmerung. Sie trat zwei Schritt nach vorn, drehte sich um die eigene Achse, stürzte auf den Boden. Aus dem Hals tropfte Blut. Es vermischte sich mit Mehlstaub.
Der Fähnrich machte kehrt, ging durch die Backstube. Er stolperte über die Kanne, schob sie beiseite. Er stieg die drei Stufen hinauf. Er öffnete die Tür.
»Er ist tot!« sagte eine Stimme.
Der Fähnrich blickte auf den Boden. Finsternis blendete seine Augen. Er sah nichts. »Natürlich!«

»Ich meine nicht den Russen!« Die Stimme sagte: »*Er* ist tot!«
An den Wänden standen die Soldaten. Ihre Waffen klirrten.
Der Fähnrich schrie: »Das ist nicht möglich!«
»Doch, es ging zu schnell!«
»Jawohl!«
Der Gefreite erklärte: »Plötzlich rannte er die Treppe hinauf. Wir ihm nach. Er springt durch den Hausflur, kommt auf die Straße. Ein Splitter reißt ihm die Stirn auf. Von der Schläfe bis zum Mund.« Der Gefreite machte eine Pause.
»Aber ...«
»Was, aber?«
»Er starb schmerzlos!«
»Ist das alles?«
»Ja!« Der Gefreite räusperte sich. »Sicher war es das Beste, sein Kind lebt ja doch nicht mehr!«
»Scheiße! Ich lasse euch eine Minute allein, und schon passiert was«, antwortete der Fähnrich. »Wo liegt er?«
»Im Hausgang!«
»Und!«
Der Soldat mit den Sommersprossen sagte: »Und? Ist das nicht genug? Ich schlage vor, wir verziehen uns!«
»Wohin?!«
Eine Stimme rief: »In den Hochbunker!«

X

Ich, Heinrich Wieninger, Leutnant in einer Flakabteilung, geboren am 9. September 1911, bin gelernter Koch und sollte am 65. Geburtstag meines Vaters unser Hotel übernehmen. Als Siebzehnjähriger schnitt ich mit meiner rechten Hand Zwiebeln. Als Zwanzigjähriger streichelte ich mit meiner rechten Hand die nackte Schulter eines Mädchens. Vor drei Jahren hackte ich mit der gleichen Hand einem Toten die Beine ab.

Er lag im Schnee, war erfroren und besaß Pelzstiefel. Den ganzen Körper konnte ich nicht auftauen. Da nahm ich die Stiefel mit den abgehackten Beinen und stellte sie in unseren Unterstand. Als sie warm wurden, fielen die Beine heraus. Das war ganz einfach.

Zwei Jahre später zog ich mir mit einer Hand aus Pappmasse die Hose an. Wenn ich betrunken war, schlug ich damit auf den Tisch. Falls ich in zehn Jahren noch lebe, stehe ich in der Halle eines Hotels. Mit dem Kopf nicke ich den Gästen zu. An meiner rechten Seite hängt eine Hand aus Pappmasse. Mich wird keiner fragen, wo meine richtige Hand aus Fleisch liegt. Wen interessiert das? Mich!

Der Leutnant duckte sich. Erde spritzte über seinen Kopf. Einer der Russen taumelte auf ihn zu, warf sich nieder. Er faltete die Hände.
»Nehmt die Gewehre herunter!«
Der Leutnant drehte sich um und schrie: »Ihr seht doch, daß sie Angst haben!«
Die Kanoniere hockten im Graben, die Mündungen ihrer Waffen auf die Russen gerichtet. Sie setzten die Gewehre auf den Boden. »Haben Amerikaner gesehen?!« brüllte der Leutnant. Er hob die Prothese zum Himmel. Zeigte in den Qualm. Der Russe am Boden drehte den Kopf. Die anderen kamen zögernd näher. Aber der Leutnant erhielt keine Antwort. Die Haut in ihren Gesichtern glich Leder.
»Flieger!«
Der Leutnant breitete die Arme aus. Mit einer Gebärde des Schwebens trat er unter sie. Die Gestalten zuckten sofort zurück. Als er den vordersten Russen anlächelte, zeigte der Mann seine Zähne. Er war mißtrauisch wie ein Tier.
»Nix!« Der Leutnant hob die Schultern. »Nix?«
Er griff in seine Tasche, zog Zigaretten hervor und warf sie ihnen entgegen. Sie bückten sich nicht. Nur der Russe am Boden erhob sich. Er zeigte über den Graben. Bomben pfiffen.
»Zwei kaputt!« schrie er. »Einer nix kaputt!«
»Amerikaner?«
Eine Steinfontäne spritzte zum Himmel. Die Detonationswelle fegte über die Erde. Sie prallten zusammen. Der Russe und der Leutnant. Sie duckten sich. Dreck rauschte vom Himmel. Als sie sich erhoben, hielten sie gegenseitig ihre Hände. Einer der Kanoniere griff nach seinem Gewehr.
»Es ist nichts«, sagte der Leutnant. Er zog dem Russen den

Arm mit der Prothese schnell aus der Hand, und der Kanonier senkte die Gewehrmündung.
»Amerikaner?«
Der Russe hob die Schultern. Er spuckte aus. Sein Kopf wackelte. Um die Füße trug er Säcke. Als der Leutnant über den Graben sah, erblickte er einen Trichter. Ein nacktes Bein lag am Rand. Über dem Knie war es abgerissen. Geschwüre bedeckten die Wade. »Der kommt nicht aus Amerika«, sagte er verwirrt.
»Kamerad!« Der Russe nickte. »Gut Kamerad!«
»Ja!« Ärgerlich drehte der Leutnant sich um. Ein Kanonier stand im Graben. Breitbeinig. Die Hose geöffnet, griff er zwischen seine Beine. Seine Hand angelte Kot hervor und schmierte ihn an die Grabenwand.
»Mensch!« Der Leutnant schrie: »Sie Schwein, behalten Sie wenigstens Menschenwürde!« Ein Gesicht sah ihn an, verzerrt vor Angst. Ohne zu verstehen. Da brüllte er: »Auf, marsch, marsch! Vorwärts!«
Den eigenen Befehl befolgte er als erster.

Auf dem Boden verdunstete das Wasser. Die Schleuse war voll Dunst. An der Tür stand die Frau mit dem Metallzahn. Sie rührte sich nicht. Schwarze Wollsocken reichten bis zu ihrem Rocksaum. Ein Stück vom Unterrock sah hervor. Das war zerrissen.
»Wenn ein Offizier im Bunker wäre«, flüsterte der Junge, »da könnte ich ihn melden.« Er warf über die Schulter einen Blick zur Tür des Sanitätsraums.
Die Frau faltete ihre Hände. Sie stand im Zwielicht.
»Wen?«
»Den Arzt, natürlich!«
»Und mich?«
»Milchfrauen werden nicht gehängt«, antwortete der Junge. Mit dem Finger bohrte er in seiner Nase. Plötzlich kratzte er hastig wie ein Affe an seinen Pickeln. Über das Kinn lief ein Rinnsal Blut. Er wischte es ab.

»Du glaubst doch nicht wirklich«, fragte die Frau, »daß man ihn hängt. Nur weil er nicht aufs Dach geht?«

»Natürlich!« Der Junge erklärte großmütig: »Das ist nur gerecht! Die Kanoniere sterben doch.«

»Gerechtigkeit.« Die Frau rümpfte den Mund.

»Früher hat man gevierteilt!«

Der Junge trat zum Bottich. Mit der Hand griff er ins Wasser. Er trieb eine Welle gegen die Dauben. Es spritzte. Seine Hand fuhr langsam zurück und dann wieder vorwärts. Dunst von den Wänden setzte sich auf sein Gesicht. Es glänzte. Zu jeder Bewegung flüsterte er: »Hängen! Hängen! Hängen!«

»Sei ruhig!«

»Hängen!«

Die Frau schrie: »Sei ruhig!«

»Wenn es Sie stört!« Der Junge zog seine Hand aus dem Bottich. An der Hose wischte er sie ab. Er zuckte mit den Schultern. »Schließlich ist Krieg!«

Die Ventilatoren summten.

»Du brauchst mir nicht erklären, daß Krieg ist. Das weiß ich selbst!«

»Nach dem Krieg werden noch mehr gehängt!« Der Junge griff wieder nach dem Bottich. Befriedigt nickte er mit dem Kopf.

»Wer?«

»Die Besiegten! Was dachten Sie? ⌜Das steht in jedem Lesebuch⌝. Ist Ihnen das noch nie aufgefallen?« Er lächelte altklug.

»Wo ist eigentlich deine Schwester?« fragte plötzlich die Frau.

»Unterwegs zum Bahnhof!«

»Was?«

»Hoffentlich zerbröselt es sie nicht«, antwortete der Junge nachdenklich. »Die Luft ist verdammt eisenhaltig.« Er warf sich in die Brust und machte ein abweisendes Gesicht.

Aus dem Rauch führten Stufen. Stiefel wurden sichtbar. Etwas Schwarzes schob sich heraus. Brennendes Holz flog durch die Luft. Es zerbarst auf den Fliesen.
»Fassen Sie zu!« Eine Stimme keuchte: »Ich kann nicht mehr.«
Herr Cheovski lehnte an der Mauer. Seine Hose war zerrissen. Er zitterte. Seine Augen tränten. »Das ist meine Frau!« Er trat nach vorn, griff nach einem Bündel.
»Vorsicht!«
Der Soldat ging in die Knie und setzte sich auf die letzte Stufe. Die Gestalt lag regungslos zwischen seinen Beinen. Über ihrem Kopf hing eine Feldbluse. Der Soldat war im Hemd. Der Stoff angesengt. Blasen bedeckten seine Arme. Er stöhnte: »Tragen Sie die Frau in den Keller. Ich kann nicht mehr.«
»Dessy!« schrie Herr Cheovski. »Komm, Dessy!«
»Sind Sie verwandt?« Der Soldat blickte auf. Sein Gesicht war blau. Wo andere Menschen Haare haben, war bei ihm Asche. Auf dem Schädel, über den Augen, an den Lippen. Auf dem Gesicht gab es keine Haut mehr. Die Backen bestanden aus verbranntem Fleisch. Er keuchte: »Schnell, Mann! Rette sie!«
Herr Cheovski umklammerte seine Frau. »Natürlich, natürlich!« Er lallte sinnlos. Er nahm den Körper in seine Arme, drehte sich um und wankte mit ihr davon. Auf dem Boden schleifte die Feldbluse entlang. Im Qualm verschwanden beide.
Der Soldat blickte ihnen nach. Als er sie nicht mehr sah, griff er hinter sich. Das Gewehr lag auf den Stufen. Im Schmerz verkrampften sich seine Muskeln. Er biß auf die Zähne. Feuer war rings um ihn. In seinem Gehirn, vor seinen Augen, unter der Haut. Er schrie auf.

Der Wind pfiff. Das Vierlingsgeschütz zeigte mit den Rohren auf die Plattform. Durch die Streben der Lafette jagte der Rauch. Er preßte sich hindurch. Wütend wie Giftgas.

Sonnenstrahlen richteten sich auf den Beton. Die vier Gestalten lagen auf den Bäuchen. Am glatten Boden klebten ihre Leiber. Einer hatte die Arme ausgestreckt und rührte sich nicht. Seine Rechte hielt ein weißes Tuch. Er lag da, als wolle er sich ergeben. Den Ladeschützen hielt der Geschützführer an der Hand. Unter ihnen hatte sich der Beton verfärbt. Schweiß lief über ihre Schläfen. Sie lagen in der Wüste. Ein heißer Sturm fegte über eine unendlich glatte Fläche. Die Seile, an denen sie hingen, spannten sich darüber. Eines davon flatterte über den Rand der Plattform. Rings um ihre Insel brannte die Erde, und ein Gewitter tobte. Jeder Einschlag bewegte ihre Körper. Zittern durchlief sie wie Stromstöße. In der Luft segelte brennendes Papier. Splitter klatschten gegen Steine. Schrill! Vögel aus der Urwelt. Sie zischten gehässig wie Reptile.
Fünfzig Meter entfernt sprangen Bretter in die Luft. Die Vernichtung raste überall.
Es wurde gebombt.

Das Mädchen wimmerte leise. Der Mann lag neben ihr und lauschte. Er konnte sie nicht sehen, aber er fühlte sie. Das Gemäuer ächzte. Er hörte, daß es knackte. Sand rieselte ununterbrochen. Er fiel ins Bodenlose. Kein Anfang und kein Ende.
Der Mann fragte vertraulich: »Wie fühlst du dich?«
»Mir ist heiß.«
»Mir auch«, sagte der Mann. Er blickte ins Dunkle. Das Hemd klebte am Rücken. Er lag zwischen ihren Körper und Trümmer eingeklemmt. Etwas drückte gegen seine Hüfte. Eine Eisenstange. »Hör mal«, sagte er.
Es gluckste.
»Das bin ich«, sagte das Mädchen. »Inwendig.«
Er flüsterte: »Spürst du es immer noch?«
»Ja.«
»Es geht vorüber.« Er sagte laut: »Es geht bestimmt vorüber.«

Sie schwiegen.
Ein Stein löste sich. Er klirrte gegen andere Steine. Aus der Stille kam ein Kratzen.
»Mir läuft etwas übers Bein«, sagte das Mädchen.
»Blut?«
»Nein, ein Tier.«
»Das sind Kellerschaben«, erklärte der Mann. »Soll ich sie suchen?«
»Bitte nicht.«
Es gluckste wieder. Plötzlich platschte Wasser von der Decke. Nur eine Handvoll. Zwischen ihren Leibern zerspritzte es.
»Was ist das?«
»Wasser!«
»Wir ertrinken!«
»Nein.«
Das Mädchen fragte: »Können Sie mir nicht helfen? Ich habe Angst.«
»Wie helfen?«
»Das Blut«, flüsterte das Mädchen. »Ich verblute doch.«
Zittern lief durch die Erde. In großer Entfernung dröhnte ein Schlag.
Der Mann rief: »Du müßtest aufstehn.«
»Aber ich kann nicht.«
»Setz dich.«
Zwei Hände tasteten dem Mädchen über den Hals. Sie griffen hinter ihren Rücken und zogen sie hoch. Mit der Stirn schlug sie gegen Mauerwerk. Sie sagte: »Das geht nicht.«
Die Hände ließen los, und sie legte sich wieder zurück.
»Klopfen Sie!« befahl sie.
»Was?«
»Klopfen Sie, man muß uns hören!«
Der Mann tastete den Boden ab. Ein Stück Ziegel geriet in seine Finger. Damit schlug er nach dem Eisen an seiner Hüfte. Es war ein Rohr. Er hörte es am Ton. Kiesel fielen aus dem Geröll.

Er sagte: »Es geht nicht!«
»Bitte, klopfen Sie!«
»Während des Angriffs hört man uns nicht«, erklärte der Mann.
»Es ist kein Angriff mehr.«
»Horch doch!«
Das Mädchen lauschte. Feines Summen drang durch die Steine.
»Hörst du es?«
»Ja!« sagte das Mädchen. »Aber ich will nicht sterben.«
Der Mann lachte.
»Wenn Sie klopfen«, sagte das Mädchen, »werde ich schweigen über alles, was geschehen ist.«
»Ich klopfe nicht!«
»Bitte!«
»Nein!« Der Mann grunzte. »Uns findet kein Mensch mehr. Wir ersticken oder verhungern hier. Besser, ich mache selbst mit mir Schluß.«
Er wälzte sich zur Seite. Seine Hand suchte im Dunkeln. Er betastete das Geröll, die Stirn des Mädchens, dann seinen eigenen Körper.

Ein Engel breitete die Arme aus, um sie zu segnen. Ein Flügel fehlte. Er bestand aus Marmor. Den Jungen zerrten sie an ihm vorbei.
Der schleifte mit dem Rücken über die Erde. An seinem rechten Arm zog der Leutnant, einer von den Kanonieren am linken, und die anderen rannten ihnen nach. Am Weg lag eine Kapelle, sie stolperten mit ihm hinein. Es war ein Grabmal.
»Legt ihn auf die Platte«, befahl der Leutnant. Aus seiner Tasche zog er ein Verbandspäckchen. Inzwischen hoben sie ihn hinauf. Eine Inschrift verkündete: *Hier ruht in Frieden* … Der Verwundete bedeckte sie mit seinem Körper. Von der Wand spritzte Mörtel auf sein Gesicht. Die Mau-

ern wankten. Eine Urne fiel um. Am Boden zersprang sie. Asche wurde fortgeblasen wie Staub. Rings um die Kapelle heulte es. Pfiffe schrillten. Etwas knallte draußen. Gegen die Wand. Es zerbrach singend. Der Leutnant blickte nach oben. Das Dach fehlte. Im Sonnenschein glitzerte die Tragfläche eines Bombers. Er schrie: »Zieht ihm die Hose aus!«
»Jawohl!« Sie schrien auch.
Bomben zerkrachten wie riesige Ballons mit Knallgas. Am Eingang fegte der Luftdruck vorbei, riß Blumen mit. Vorüber rollte ein Kranz. Die Lorbeerblätter aus Messing.
»Aufwickeln!« schrie der Leutnant. Eine Hand griff nach dem Verband, riß ihn auseinander. Plötzlich trat Ruhe ein. Stille! Der Leutnant atmete auf.
»Schreiben Sie«, flüsterte der Verwundete, »meiner Mutter, daß ich das ⌜EK⌝ habe.«
»Du darfst nicht ...« Ein Schatten. Vor dem Altar zerplatzte ein Phosphorkanister. »Sprechen!« schrie der Leutnant. Vor seinen Augen war Feuer. Die Wände brannten. Seine Prothese zischte. Sie stand in Flammen. Er zerschlug sie auf der Grabplatte. Er riß sie ab. Einer wälzte sich am Boden. Im prasselnden Phosphor. Fleisch knackte. Auf der Platte lag die Hose des Verwundeten. Damit hieb der Leutnant auf den Boden. Kot flog davon. Verbrutzelte in der Hitze. Die Hose brannte. Uringestank verpestete alles. Der Leutnant schrie: »Raus hier! Raus!«
Zum Eingang sprang er. Vier Kanoniere standen vor ihm. Hinter ihm verbrannten zwei.
»Herr Leutnant!« Sie schrien. »Herr Leutnant!« Einer weinte. »Herr Leutnant!« An ihren Brüsten baumelten die Kreuze.
»Zurück!« brüllte er sie an. »In die Stellung!«
Der Scheiterhaufen war in seinem Rücken.

»Ich bitte Sie«, erklärte ein Mann. »Das muß vergolten werden!«

Die Ventilatoren summten. Auf der Treppe drehten sich die Menschen um. Unten klappte eine Tür. Jemand räusperte sich.

»Mit allen verfügbaren Mitteln«, bestimmte eine Frau.

Die Lampen warfen Kreise über ihre Köpfe. Manche bewegten sich. Ein Schuh scharrte über Beton. Die Tür klappte wieder. In einer Ecke begannen sie zu wispern.

»Es ist menschlich«, versicherte eine singende Stimme.

»Das kann ich mir vorstellen!«

Der Lautsprecher auf der Treppe stieß einen Pfiff aus. Sofort brachen alle ab. Aber als nichts folgte, unterhielten sie sich weiter.

Ein Mann sagte laut: »Konstruktiv gesehen, ist es nur der Mittelpunkt von einem Dreieck. Teilen Sie den Kegel. Das Produkt ist abstrakt.«

»Sehr richtig.«

»Natürlich ist der Begriff symbolisch.«

»Gerade das, auch meine Meinung.«

Plötzlich redete alles durcheinander. Jemand pfiff. Eine Frau erklärte: »Rauchvergiftungen sind bei Katzen unheilbar.«

»Gestern!« sagten zwei Männer gemeinsam, und eine Stimme rief: »Wenn meine Tochter eines normalen Todes gestorben wäre, würde ich auch noch an Gott glauben!«

Die Gespräche schwollen an. Ein leises Brummen kam aus den Mauern. Ruckartig verstummten alle. Dreihundert Menschen atmeten im Takt.

XI

Ich, Jonathan Strenehen, geboren am 8. Februar 1918, half meinen Eltern, die an der Autostraße von Fort Worth nach Dallas eine Tankstelle besitzen, bei der Arbeit.
Sonntags nahm ich den alten Ford und fuhr mit Mary zu dem See hinter den Hügeln. Der kleine Stoffbär baumelte an einer Gummischnur über der Windschutzscheibe. Wenn ich Mary küssen wollte, schob ich ihn vorher hinter das Sonnenschutzschild. Der kleine Teddy war immer sehr neugierig. Manchmal fiel er heraus und erschreckte Mary. Sie trug gern Kleider mit breiten Trägern. Am See malten wir den Grundriß unseres zukünftigen Hauses in den Sand oder träumten von anderen Dingen.
Nachmittags knallte Vaters Gewehr, wenn er nach den Vögeln schoß. Einmal beobachtete er uns mit dem Fernglas. Eine halbe Stunde stand er regungslos im Schilf. Wir taten, als sähen wir ihn nicht, und es wurde ihm dann zu langweilig.
Sonntags lud Mama Mary abends zum Essen ein. Im Sommer holten wir dazu Bananeneis aus Bardly. Vater röstete am offenen Feuer vor der Veranda seine Jagdbeute. Während Mary den Tisch decken half, lag ich im Lehnstuhl und blinzelte ihr zu, und wir freuten uns schon auf die Fahrt mit dem Ford zurück zu Marys Eltern.

Auf die Fliesen schlug der Kolben des Gewehrs. Von den Stufen kroch der Soldat zur Mauer. Es qualmte überall. Prasselnd stürzte die Treppe zusammen. Ein glühender Balken sprang herüber. Vor den Füßen des Soldaten blieb er liegen. Durch den Gang tanzten Funken wie Glühwürmchen. Der Soldat ächzte. Auf allen vieren rutschte er über den Boden. Seine Waffe zog er am Gewehrriemen hinter sich her. Glassplitter schoben sich in seine Handballen. Der linke Stiefel begann zu schwelen. Die Ohren brausten. Er hielt den Schmerz nicht aus. Sein Kopf schien sich aufzublähen. Er kroch auf die Treppe zu. In einen Abgrund führten Steinstiegen. Auf die Hände stützte er sich und sank wieder nieder.

Mit dem Oberkörper hing er über den Stufen, rutschte, den Kopf voraus, hinunter. Dämmerung kam auf ihn zu. Seine Knie schlugen auf Kanten. Das Gewehr schepperte hinter ihm. Der Abgrund gähnte. Er rutschte schneller, schlitterte über eine Fläche, schlug plötzlich gegen eine Wand. Auf der linken Seite blieb er liegen.

»Helft mir doch«, wimmerte er. »Helft mir doch!«

Gestank von versengtem Leder verbreitete sich um ihn.

»Bitte helfen!«

Er jammerte durchs Dunkel. Die Silhouette einer Gestalt kam auf ihn zu. Blech von einem Eimer dröhnte.

Plötzlich goß man Wasser über ihn. Es planschte. Dann zischte es. Das Hemd zerfiel wie Zunder. Auf den Armen platzten die Blasen auf. Dampf bildete sich über seinem Schädel. Mit einem Aufschrei riß er das Gewehr an sich. Der Riemen schlug durch die Luft. Er steckte sich die Mündung in den Mund. Gegen seine Zähne schlug Stahl. Die rechte Hand tastete nach dem Abzug. Sein Zeigefinger krümmte sich. Nein. Das Gewehr war gesichert. Er legte zitternd den Hebel um. Das Korn* schnitt seinen Kiefer auf wie ein Messer. Er griff noch einmal nach dem Abzug. Schob ihn nach hinten.

*Teil der Visiereinrichtung eines Gewehrs

Die Schwester stand mit dem Rücken zur Bahre an der Mauer. Das Wasserglas hielt sie in ihrer Hand. Der Arzt lehnte an der Tür. Er rauchte. Auf einem Stuhl saß der Kanonier. Seine Arme hingen herab. Er starrte auf den Boden.
»Aufstehn!«
Der Kanonier erhob sich wankend. Sein Helm lag neben dem Stuhl. An der Stirn klebten Haare. Vom Licht geblendet, blickte er zur Seite.
»Setzen Sie den Helm auf!«
Der Kanonier bückte sich, stülpte den Helm auf seinen Kopf. Er zog den Sturmriemen übers Kinn. Schatten fielen über seine Augen. Er ließ die Arme baumeln. Die Hände waren geballt.
»Stillgestanden!«
Die Absätze des Kanoniers klappten. Seine Fäuste öffneten sich. Er preßte die Hände an die Hose, zog sein Kinn an und blickte geradeaus. Eine Rauchwolke von der Zigarette des Arztes zog an seinem Gesicht vorbei. Sie geriet in den Sog der Ventilatoren. Wie ein Gespenst verschwand sie in einem Loch der Mauer.
»Daß Sie es wissen! Für Soldaten, die ihre Sinne nicht beisammenhalten, habe ich nichts übrig!«
Der Arzt stieß den Atem in seine Zigarette. Zur Decke schwebten Kringel. Spurlos verdunsteten sie.
»Klettern Sie wieder hinauf! Ob ich Sie melden werde, hängt von Ihnen ab!«
»Herr …«
»Schweigen Sie!«
Die Schwester drehte sich um. Sie sagte: »Er hat einen Kollaps gehabt!« Ihre Hände zitterten. Das Wasserglas preßte

sie an ihre Brust. Eine Nadel blitzte. Gläserne Steine auf Kleeblättern.
»Hatten Sie den Kollaps oder er?«
»Herr Oberarzt!« Aus der Hand der Schwester fiel das Glas. Scherben spritzten. Sie riß einen Wandkasten auf, zog ein Paket heraus, schritt zur Tür. Das Licht der Lampe fiel auf ihr Gesicht. Es war gepudert. Sie hatte geschminkte Lippen. Die Tür flog auf, knallte wieder zu. Der Arzt war mit dem Kanonier allein. Er schüttelte den Kopf.
»Machen Sie Kniebeugen!«
Der Kanonier rührte sich nicht.
»Sie sollen Kniebeugen machen!«
Der Kanonier streckte seine Arme aus, beugte seine Beine und erhob sich. Er wollte die Arme herunternehmen.
»Weiter!«
Wieder hob der Kanonier seine Arme, beugte die Beine.
»Schneller!«
Der Kanonier fuhr hoch, ging in die Knie. Sofort rann Schweiß über sein Gesicht. Er keuchte.
»Halt!«
Mit ausgestreckten Armen kauerte der Kanonier in der Schwebe.
»Wollen Sie das noch fünfzigmal machen oder gleich aufs Dach gehen?«
»Zu Befehl!«
»Was heißt das!«
»Ich gehe sofort!«
»Hauen Sie ab!«
Der Kanonier stand auf. Er schlug seine Stiefelabsätze zusammen, legte die Hand an den Helm. »Zu Befehl!«
Auf dem rechten Absatz drehte er sich um. Stolperte. Als er in der Tür stand, flog ihm ein Koppel an den Rücken.
»Vergessen Sie immer Ihre Uniform?«
Hinter dem Kanonier reckte sich der Arzt. Er blickte auf seine Armbanduhr. Unermüdlich lief der Sekundenzeiger über das Zifferblatt.

Der Kanonier draußen trat nicht in die Schleuse. Er ging die Treppe zum Keller hinab. Unten legte er sich auf eine der Pritschen. Sein Nachbar war das zwölf Jahre alte Menschenfleisch.
Die Stimme eines Sanitäters sagte: »Daß dich der Alte hier runtergeschickt hat, verblüfft mich.«

Sergeant Strenehen betrachtete ein Haus aus Beton. Es hatte keine Fenster. In den Himmel hob es sich wie ein Denkmal. Schlitze waren in den Mauern. Aber es schoß niemand heraus. Das war ein Wunder.
Strenehen kicherte. Er hob einen Ziegel auf, warf ihn gegen den Stein. Der Ziegel zerbarst. Im Rauch blieb er liegen.
»... the door!« schrie Strenehen.
Er dachte: Jedes Haus hat eine Tür. Wenn es keine Tür hat, ist es kein Haus. Ist es kein Haus, braucht es keine Tür.
Über seinen Kopf surrten Splitter. Er duckte sich langsam und verlor das Gleichgewicht. Taumelte wie ein Betrunkener. Dann setzte er sich nieder. Fletschte seine Zähne. Plötzlich begann er zu weinen. Eine Träne rann von seiner Wange über den Hals bis zur Brust, die sich schluchzend hob und senkte. Seine Haare zerzauste der Sturm. Strenehen weinte bitterlich. Einsam hockte er in der Hölle.

Feuchte Luft stieg nach oben. Von den Mauern in der Rauchschleuse rann das Wasser. Die Pfützen auf dem Boden wurden größer. Der Junge wischte sich mit dem Arm über die Nase. Schleim geriet auf seinen Ärmel. Mit dem Handballen rieb er ihn in den Stoff, da öffnete sich die Türe vom Gang her, und die Schwester trat herein.
»Haben Sie einen Helm da?«
»Warum weinen Sie?« antwortete die Frau mit dem Metallzahn. Der Junge drehte sich um. Das Summen der Ventilatoren schwoll an. Sie sogen die warme Luft ein.
»Ich weine nicht!« Die Augen der Schwester glitzerten.

»Ich brauche einen Helm!« Unter dem Arm hielt sie eine Schachtel. Ihr Blick fiel auf den Jungen. Die Frau an der Tür zog die Lippen hoch. Der Zahn blitzte. »Für den Herrn Oberarzt?«
»Nein, für mich!«
»So.«
»Ja, bitte!«
»Wir haben keine Helme«, sagte die Frau.
»Dann muß!« Die Schwester trat schnell zur Tür, legte die Hand auf den Riegel. »Dann muß es so gehn!«
»Nicht unbedingt!« Von unten schlug die Frau der Schwester mit der Hand gegen den Arm. Der Arm rutschte ab, und die Schwester drehte überrascht den Kopf. Ihr Lippenrot war verschmiert.
»Möchten Sie hinaus?« fragte die Frau.
»Natürlich!«
»Das geht nicht.«
»Warum?«
»Weil ich vor der Tür stehe!« Die Frau lächelte.
»Ich bin Gräfin Baudin. Ich muß aufs Dach zu den Verwundeten. Öffnen Sie die Tür!«
Der Junge flüsterte plötzlich: »Ich gehe mit, Schwester.«
»Angenehm!« sagte die Frau. »Mein Name ist Sommer. Die Tür kann ich nicht öffnen!« Sie blickte zur Decke und erklärte: »Hier kann jeder herein, aber nur einer hinaus!«
»Reden Sie nicht!«
Der Junge flüsterte: »Die Alte ist verrückt, Schwester!«
»Bürschchen!« Zwischen den Lippen der Frau blitzte ihr Zahn.
Die Schwester sagte: »Ich bitte Sie!« Ihr Kopf legte sich zur Seite, aber es erfolgte keine Antwort. Sie wartete.
»Gehen Sie zurück zu Ihrem Arzt!«
»Meine liebe Frau!«
Die Frau nahm die Beine auseinander und stemmte die Arme in die Hüften. »Meine Dame!«

Der Junge flüsterte: »Milchtrampel.«
»So begreifen Sie doch!« rief die Schwester. »Die Soldaten auf dem Dach verbluten.«
»Hat Ihnen das der Arzt verordnet?«
»Nein!«
Die Frau rief: »Gehen Sie zurück in den Verbandsraum!« Etwas zischte in ihrem Mund. Auf die Nase der Schwester sprühte feiner Speichel.
»Vorsicht!« rief der Junge. Er sprang hinter dem Bottich hervor, aber die Frau blickte ihn plötzlich an. Da blieb er stehen.
»Hier!« Die Schwester griff an ihre Brust, öffnete eine Nadel, zog sie heraus und hielt sie der Frau entgegen. »Nehmen Sie das!« Sie sagte hastig: »Es sind echte Steine!«
»Wie lange machen Sie das schon?« Verächtlich blickte die Frau auf die Nadel.
»Heute ist mein erster Einsatz!«
»Also dann gehen Sie zurück!«
Der Junge rief vorwurfsvoll: »Mich hat sie sogar geschlagen!«
»Begreifen Sie doch«, erklärte die Schwester gehetzt. »Um mich ist es nicht schade. Mein Mann lebt nicht mehr. Unser Junge ist vermißt! Lassen Sie mich hinauf!«
»Wenn Ihr Junge vermißt ist, müssen Sie auf ihn warten!«
»Nein!«
»Doch!«
Die Schwester sagte: »Er war Matrose!«
»Trotzdem!«
»Schwester!« rief der Junge. »Zu zweit werden wir mit ihr fertig!«
»Na warte!« antwortete die Frau.
Die Schwester verzog plötzlich ihr Gesicht. Sie schluchzte auf, und mit einemmal legte die Frau ihr den Arm um die Schulter. Sie sagte leise: »Nun, erzählen Sie mal. Ich verstehe das. Ich verstehe alles.« Von der Tür weg führte sie

die Schwester an die Mauer. Der Junge riß die Augen auf. Sein Mund begann sich zu öffnen. Er vergaß, daß die Tür nicht mehr bewacht war. Voller Erregung strich er über seine Pickel. Jetzt würde er die Geschichte eines Helden hören. Mehr bedurfte es für ihn nicht.

Der Mann in Zivil lag im Hausflur. Das Gesicht der Erde zugekehrt. Die Beine gespreizt.
Über die Fliesen lief eine Blutspur. Tropfen, wie die Tritte von einem Vogel. Pulvergeruch hing in der Luft. Vor der Tür brodelte es. An den Wänden standen die Soldaten. Eine Reihe aus zwei Gliedern. In der Mitte war der Gang.
»Gehen wir in den Backraum zurück!« bestimmte der Gefreite. Er blickte auf den Fähnrich. »Besser dort gewartet als unterwegs gestorben, und wir versäumen nichts!«
Eine Stimme stöhnte: »Mir brummt der Schädel.«
»Auf in die Backstube!« schrie jemand.
»Halt!«
Der Fähnrich nahm seine Maschinenpistole von der Schulter und legte sie an die Hüfte. »Hört mit dem Gerede auf. Ihr wolltet in den Hochbunker. Jetzt gehen wir.«
»Das habe ich mir nicht überlegt!« rief eine Stimme.
»Was?«
Der Fähnrich trat von der Wand in die Mitte des Ganges, stellte sich mit dem Gesicht zum Eingang. Rechts und links von ihm lehnten die Soldaten. Mit dem Stiefel berührte er die linke Hand des Toten. Hastig zog er den Fuß zurück.
Die Stimme erklärte etwas leiser: »Das mit dem Hochbunker. Ich dachte, der Angriff ist vorüber!«
»Jawohl«, bestätigte der Soldat mit den Sommersprossen eifrig.
»Wir dachten alle das gleiche!«
Ein Gewehrlauf klirrte. Rauch schlingerte über die Fliesen.
»Nein!«

Gereizt sagte eine messerscharfe Stimme: »Den Krampf mit dem Mann haben wir mitgemacht! Es ist genug. Jetzt sind wir nüchtern!«
Alle Köpfe drehten sich dem Toten zu. Sie taten es präzis wie eine Maschine, und der Fähnrich trat langsam drei Schritt zurück. Als die Soldaten wieder aufblickten, sahen sie in die Mündung seiner Waffe.
Einer reckte sich. Er fragte: »Was soll das?«
»Wir gehen zum Hochbunker!«
»Nein!«
Von der Treppe hörte man ein Knacken. Das Holz warf sich in der Hitze.
Der Fähnrich trat noch einen Schritt zurück. »Wer bestimmt hier? Ich oder du?« Alle blickten ihn an.
Von der Wand löste sich ein Fladen Verputz und klatschte auf die Fliesen.
»Lutz!« Der Gefreite räusperte sich. »Wir haben immer zusammengehalten. Mach jetzt keine Dummheit!«
Wieder klirrte der Gewehrlauf. Der Fähnrich zog den Schloßhebel der Maschinenpistole nach hinten.
»Wer noch eine einzige Bewegung macht«, sagte der Gefreite, »bekommt eigenhändig von mir Ohrfeigen.«
Auf der Straße splitterte Glas.
»Ganz meine Meinung!« bemerkte der Soldat, dem der Kopf brummte.
»Lutz«, fragte der Gefreite, »warum willst du nicht mehr in den Backraum?«
Der Fähnrich blickte auf seine Waffe.
»Sag uns das!«
»Wegen dem toten Iwan!«
Der Soldat mit dem Gewehr antwortete: »Du hast ihn umgelegt! Nicht wir.«
»Wir haben ihn gemeinsam getötet!«
»Quatsch!«
»Redet nicht mehr!« rief der Soldat mit den Sommerspros-

sen. »Gehen wir in den Hochbunker!« Er trat einen Schritt nach vorn, zögerte und blickte auf den Fähnrich.
Der Gefreite griff mit beiden Händen nach seinem Helm. Er rückte ihn gerade. »Geh voraus, Lutz!«
Der Fähnrich rührte sich nicht.
Der Gefreite sagte: »Du mußt vorausgehen!«
»Fünf Schritt Abstand!« Vorsichtig ließ der Fähnrich die Maschinenpistole einschnappen. Er legte die Sicherung um. »Ihr lauft hinter mir her. Es sind nur dreihundert Meter!«
Durch die Reihen der Soldaten hindurch trat er vorwärts, und sie schlossen sich ihm an.

Gleichmäßig summten die Ventilatoren. Aus der Mauer kam ein Knirschen. Dreihundert Menschen stockte der Atem. Das Knirschen verstummte. Dreihundert Menschen atmeten aus. Durch sie hindurch wehte ein Luftzug.
Eine Frau sagte: »Unser Viertel ist dran.«
Der Jüngling mit den Krücken nahm seinen Koffer vom Schoß. Er setzte ihn zwischen die Beine. Um die Lampe neben der Tür schwebte eine Fliege. Sie zog Kreise. Ihr Schatten glitt über die Wand. Ein schwarzer Punkt. Plötzlich prallte sie gegen die Decke und taumelte zu Boden. Eine Bank knirschte.
»Über uns steht ein Flakgeschütz«, flüsterte jemand fast unhörbar.
Jetzt knirschte die Mauer.
»Tiefflieger?!«
Jemand zischte: »Reden Sie nicht.«
An der Wand verschlossen eiserne Klappen die Luftschlitze im Beton. Krachend schlug eine zurück. Aus dem Spalt dahinter kam ein Zischen. Gellend schrie eine Frau auf. Alles sprang von den Bänken. Dreihundert Menschen duckten sich. Von den Wänden wollten sie zur Tür. Bänke fielen um. Auf der Treppe entstand Bewegung.

»Ruhe!« brüllte der Jüngling.
Stille trat ein. Dreihundert Menschen ordneten ihre Kleider. Sie hoben die Bänke auf.
»Nichts ist passiert«, sagte der Jüngling. »Der Luftdruck
5 hat eine Klappe aufgerissen. Das ist alles.« Er schüttelte den Kopf. Die Ventilatoren summten. Die Menschen blickten verlegen zu Boden. Alles schwieg, da rief ein Mann: »Die verdammten Amerikaner sind an allem schuld!«
Eine Frau kreischte: »Sehr richtig!«
10 »Lynchen«, versicherte aus der Ecke eine Stimme. »Jeder abgeschossene Terrorflieger muß gelyncht werden!«

Der Altar des Vaterlandes bestand nicht aus Stein, sondern aus Geröll. Das Mädchen hatte auf ihm die Unschuld und einen Liter Blut verloren.
15 Der Mann schlug vor: »Sterben wir gemeinsam!«
Er drehte sich um. Seine Hände fuhren durchs Dunkle. Sie strichen dem Mädchen über die Stirn, bedeckten die Augen. Wie liebkosend berührten sie die Kehle.
»Fassen Sie mich bitte nicht mehr an«, bat das Mädchen.
20 Sie dachte: Er will mich töten. Der Gedanke verlieh ihr Kraft zum Reden. Müdigkeit lähmte ihre Glieder. In den Muskeln war Schwäche. Der Kopf sank zur Seite. Die Hand des Mannes fiel auf ihre Schulter. Seine Stimme sagte: »Wenn du willst.« Er war apathisch* wie sie.
25 Etwas Nasses kroch vom Boden herauf durch ihre Kleider. Sie streckte den Arm aus, berührte die Erde, griff in eine Pfütze. »Wasser«, flüsterte sie. »Woher kommt das Wasser?«
»Ich weiß nicht.«
30 Sie fragte: »Schlafen Sie?«
»Nein«, antwortete der Mann. »Ich bin bloß müde.«
»Bitte, schlafen Sie nicht ein.«
Der Mann gab keine Antwort. Er atmete kurz. Als sie nach seinem Gesicht griff, stand der Mund offen. Ihre Finger

* (griech.) teilnahmslos

stießen gegen Zähne. Sie rief schwächlich: »Wachen Sie auf!«
Der Mann schwieg. Das Atmen war abgebrochen. Wie bei einer Uhr, die plötzlich verstummt. Sein Körper schmiegte sich an. Die Hand sank von ihrer Schulter.
»Aufwachen!« Sie bildete sich ein, sie habe geschrien, aber es war nur geflüstert. In den Trümmern verklang ihre Stimme.
Steine knisterten durch die Finsternis. Mühselig drehte sie sich zur Seite. Der Boden war glitschig. Unter ihre Fingernägel schob sich Erde.
Sie wiederholte: »Aufwachen.«
Röcheln erklang. In die Lücke zwischen ihre Leiber rollte der Körper des Mannes. An ihr Bein drückte sein Arm. Als sie ihn wegschob, berührte sie sein Handgelenk. Vom Daumen bis zum Puls lief ein Schnitt. Die Nässe kam von dort.

XII

Ich, Anna Katharina Gräfin Baudin, geboren am 9. September 1900, hatte einen Sohn:
Sie fuhren durchs Eismeer. Der Flottenverband lief in Kiellinie. Es war U-Boot-Alarm, aber die See lag ruhig. Schiff um Schiff, mit einer halben Meile Abstand, durchschnitt das Wasser. Alles fröstelte, und es herrschte die Ruhe eines Friedhofes. Nur am Heck rauschten die Wellen. Gischt glitzerte im Polarlicht. Niemand war da, der sah, wie es geschah. Erst als er im Wasser schwamm – die Luftweste hielt ihn aufrecht –, bemerkten sie es.
Ein Maat pfiff.*
Es waren jene langen Töne, die hohl über das ganze Schiff klingen. Das Signal hieß: Mann über Bord.
Sie waren das Führungsschiff des Verbandes, und er trieb bereits hinter ihnen. Mit einem Scheinwerfer blinkten sie das Signal weiter. Der Kreuzer danach gab Antwort. Sieben Schiffe entlang liefen die Zeichen. Stumme Lichtblitze über eine kalte See. Sie entschieden sein Schicksal. Keine Hand durfte sich für ihn rühren. Wegen der U-Boote wollte der Admiral nichts riskieren. Das einzige, was sie taten: Jene unheimlichen gefühllosen Signalpfiffe gellten. Freiwache auf Backbord! In Paradeformation stellten sie sich auf. Immer wenn ein Schiff vorüberzog, grüßten sie ihn. Jedesmal legte eine Reihe von hundert Männern die Hände an ihre Mütze. So erwiesen sie ihm die letzte Ehre, und er lebte noch. Im eiskalten Wasser hing er hilflos. Diesen starren schwimmenden Festungen blickte er nach. Sechsmal zog die Hoffnung an ihm vorüber. Den Gischt am Kiel konnte er erkennen, und wie sie die Köpfe nach ihm drehten. Gleichmäßig und gehorsam. Aber er war nur ein winziger Punkt auf einer regungslosen Fläche, und er blieb zurück, bis ihn keiner mehr sah.
Das war mein Sohn.

* Unteroffizier auf Schiffen

»Woher wissen Sie das?« fragte die Frau mit dem Metallzahn.
»Ein Kamerad hat es mir erzählt!« Die Schwester schwieg. Das Summen der Ventilatoren klang wie immer. Am Bottich lehnte der Junge, griff nach seinem Kinn, legte die Finger auf die Zähne und blickte in die Ecke. Er lauschte. Von der Tür kamen dumpfe Schläge. Es pochte.
»Es ist jemand draußen«, sagte die Schwester.
»Meinen Sie?«
»Ja.«
Der Junge nahm die Hand aus dem Mund, und die Frau trat zur Tür. Sie zog den Riegel zurück. Die Scharniere knarrten, durch den Spalt drückte Rauch, und dann kam er:
Ein Tier, das aufrecht lief. Glitzernde Augen unter einer Rußschicht, der Unterleib nackt. Er taumelte herein, erblickte den Bottich und stürzte sich auf ihn. Im Wasser verschwand der Kopf. Der Mann gurgelte.
Mit einem Schrei sprang der Junge zur Seite. Angst griff nach seiner Kehle wie eine Hand. Die Gestalt über dem Bottich begann zu schlürfen.
»Das«, sagte die Frau verdattert, »ist ungesund.« Aber der Mann trank weiter. Sie starrten ihn an. Das Gesäß, die bloßen Beine in den Schuhen, um die nackte Hüfte ein Gurt. Von der Pistolentasche schlug ein geflochtener Lederriemen gegen seine Schenkel.
Der Junge flüsterte: »Ein Amerikaner.«

Nach oben stieg feuchte Luft. In dem Unterstand rann das Wasser von den Wänden. Pfützen bildeten sich am Boden. Mit dem Arm wischte sich der Funker über die Nase. Auf seinen Ärmel geriet Schleim. In den Ärmel rieb er ihn mit

den Handballen. Da verdunkelte sich der Eingang, und eine Frau trat herein. Über ihr Gesicht rann Schweiß.
»Wo ist mein Junge?«
»Was?«
Der Funker fragte verblüfft: »Welcher Junge?« Draußen jagten die Salven in den Himmel. Er schrie fast.
»Fischer!« Die Frau rief: »Mein Name ist Fischer!«
»Ja!«
»Wo ist mein Junge?«
Der Funker brüllte: »Ja, Frau Fischer!« Das Blut stieg in seinen Kopf. Er blickte die Frau an. Fetzen eines Mantels hingen an ihrem Körper. Sie trug Handschuhe. Die Finger bohrten sich durch den Stoff. An ihrem rechten Fuß fehlte der Schuh. Diese Frau hatte er noch nie gesehen.
»Wie kommen Sie jetzt hierher?« stieß er hervor.
»Mit dem Fahrrad!«
Sein Mund wurde trocken. »Nehmen Sie Platz!«
»Wo«, keuchte die Frau, »wo ist mein Junge?«
»Der Kanonier Fischer?«
Das Gesicht der Frau verzerrte sich. »Habe ich mit Ihnen telefoniert?«
»Nein!«
»Aber es war Ihre Stimme. Er ist verwundet!«
Die Frau lehnte sich an die Wand. Arme fielen herab. Vor Anstrengung begann sie zu zittern. Der Fuß im Schuh knickte um. Sie ging in die Knie. Sofort richtete sie sich wieder auf. Schwächlich fuhr sie mit der Hand durch die Luft. An ihrer Stirn hingen Dreckspritzer. »Wo ist er denn?« jammerte sie. In der Stellung knallten die Geschütze. Gehetzt blickte sie zum Eingang. »Wo ist er?«
»Ich! Wir!« Der Funker rief: »Beruhigen Sie sich, es ...!«
»Was?«
»Ist nicht so schlimm, wie Sie denken!«
»Gott sei Dank!«
Die Frau begann zu schluchzen. Sie hielt die Hände vors

Gesicht, fuhr sich in die Augen. Schmierte den Dreck breit. Er rann über ihre Wange. »Kann ich ihn sehen? Es ist mein Einziger!« Mit der Hand knotete sie ihr Kopftuch auf, trocknete sich den Schweiß und die Tränen damit ab. »Wie ist er denn verletzt?«
»Frau Fischer!« Der Funker blickte auf den Boden. »Ihr Sohn ist ...«
»Was?« schrie die Frau.
»Ist nicht mehr hier!« Der Funker griff nach einem Knopf an seiner Bluse. Er sah seine Finger. Die Nägel hatte er abgebissen. »Ist nicht mehr hier.«
»Wo ist er?«
Der Funker hob den Kopf. Die Frau blickte ihn an. Angst im Gesicht. An ihrem Hals lag die Haut in Falten. Er flüsterte: »Er ist ...«
»Wo?«
»Abtransportiert!«
»Wohin?«
»Das ...« Der Funker schüttelte den Kopf und wandte sich ab.
»Das kann ich Ihnen nicht ...« Sein Blick fiel auf die Ecke mit den Apparaten. Ein Stück Papier lag blutig neben dem Empfänger. Schnell trat er hinüber, stellte sich davor und breitete die Arme aus. Er tat, als müsse er das Papier verteidigen.
»Wohin?« Der Frau traten die Augen hervor.
»Das weiß ich doch nicht.«
»Telefonieren!«
»Was?«
»Telefonieren!« Die Frau stürzte auf ihn zu. Neben seinem rechten Arm stand der Fernsprecher. Sie griff nach dem Hörer. Er schlug schnell auf die Gabel. Ihre Hände berührten sich. Sie starrten sich an, dann atmete er aus und sagte: »Das geht nicht.«
»Warum?«

»Verboten!«
Seine Hand umklammerte den Hörer.
»Dann rufen Sie doch an!« Ein Hauch warmer Luft schlug in sein Gesicht. Auf der Stirn der Frau sah er kleine Kratzer. Am Ohr hing ein goldenes Blättchen. Aus der Fassung war der Stein gefallen. Er fragte: »Ich?«
»Ja!«
Er drückte die Hand der Frau beiseite. »Gehen Sie zum Eingang!«
»Warum?« Die Frau war mißtrauisch.
»Geheim!«
Die Frau schluckte. »Mein Sohn war nur Kanonier!« Ihr Mund blieb offen. »Ist! Ist! Ist!« stotterte sie.
»Gehen Sie zum Eingang!«
»Herr Soldat!«
»Ich!« Der Funker hob den Arm. »Sie machen mir Ungelegenheiten, wenn Sie hier stehenbleiben!« Sein Kopf wakkelte. »Geheim, geheim!«
Die Frau trat schnell zum Eingang, und er hob langsam den Hörer ab. Während er ihn an sein Ohr legte, sah sie forschend herüber. Ihr Gesicht lag halb im Schatten. Er schrie in die Muschel: »Zentrale?!«
»Ja, hier«, klang es leise. Er preßte den Hörer sofort an seinen Kopf. »Wo sind die Verwundeten hingekommen?« fragte er laut.
»Was für Verwundete?«
»Ja!« schrie er. »Ja, sehr richtig!«
»Falsch verbunden!« Es knackte.
»Jawohl!« Er sah die Silhouette der Frau am Eingang. Seine Hand klebte. »Zwei Mann!« schrie er. Er schrie: »Vom Geschütz Saturn!«
»Du Depp«, sagte eine Stimme. »Hast du deine Tassen noch alle im Schrank?« Er zog sofort die Feldbluse hoch und schob sie über den Hörer.
»Soldat Fischer!« rief ihm die Frau zu. »Kanonier Fischer!«

Er brüllte in die Muschel: »Fischer ist sein Name!«
»Er hat«, rief die Frau, »blonde Haare!«
Der Funker brüllte: »Ja, danke!«, und legte schnell den Hörer auf. Schweiß lief über sein Gesicht. »Hilfslazarett Bauderstraße!« rief er. 5
»Bauderstraße!« Die Frau wollte sich umdrehn.
»Halt!«
Am Eingang stand sie und wandte den Kopf. Draußen krachte eine neue Salve. Er schrie: »Nehmen Sie das!« Aus seiner Hosentasche zog er das Kreuz hervor, hielt es ihr 10 entgegen. »Ihr Sohn wurde damit ausgezeichnet. Erster Klasse!« pries er es an und drückte es ihr in die Hand. »Geben Sie es ihm!«
»Ja!«
Die Lippen der Frau bewegten sich. Er glaubte etwas zu 15 hören, aber er hörte nichts. Sie stieg die Stufen hinauf. Um ihre Beine flatterte der Mantel. Am Fuß ohne Schuh hing der Strumpf herunter. Er rang die Hände. Sie rutschten aneinander ab.
Das Gefühl, er hätte in Schmierseife gegriffen, konnte er 20 nicht abschütteln.

Er flüsterte: »Dessy.«
Das Gewölbe knirschte. Ratten huschten durch den Gang. Doch es waren keine. Am Boden schleifte nur ihr Kleid. In Fetzen. Sie taumelten beide. 25
»Dessy!«
In der Finsternis leuchtete das Auge einer Katze. Erleichtert trat er ihr entgegen und stieß gegen ein Fahrrad. Es fiel um. Das Rücklicht platzte aus der Fassung. Über die Steine kollerte es davon. 30
»Dessy!« Er befahl ärgerlich: »Gib doch Antwort!«
»Wo ist der Soldat?«
»Kümmere dich nicht um den Soldaten. Wir müssen hier heraus.« Seine Hand berührte ihren Arm. Süßlicher Ge-

ruch strömte durchs Dunkle. Deutlich spürte er's. Dem Luftzug tastete er sich entgegen. Heftig umklammerte er ihren Arm. Die andere Hand ausgestreckt.
»Ich glaube nicht.«
»Was?«
»Daß es hier hinausführt.« Ihre Stimme klang matt.
Er antwortete laut: »Aber bestimmt!«
Über den Tonfall erschrak er. Es schrillte. Der Boden summte. Beim nächsten Schritt stieß die Hand gegen eine Mauer. Er flüsterte: »Wir sind falsch gegangen.«
Die Steine waren kalt und glitschig. Aber er hatte weniger Ekel als Furcht.
»Hier entlang!«
»Nein.«
Frau Cheovski sagte: »Doch, du mußt mir folgen.«
Mit dem Fuß trat er auf ihr Kleid. Stoff zerriß. Sie zog ihn davon.
»Dort!«
Luftzug strich über sein Gesicht. Plötzlich stieß er an Holz. Jetzt kam Kälte von der Seite. Tastend strich er über eine Mauer. Er fragte: »Findest du den Weg?«
»Nein, hier ist eine Wand.«
»Dann zurück!«
Über ihnen rauschten Bomben. Sie pfiffen vorbei. Wenn es krachte, bewegte sich nicht einmal die Erde. In der Ferne mahlten Räder.
»Komm!«
Hand in Hand schritten sie dem Luftzug entgegen. Er wurde lauter. Zischte. Sie stießen gemeinsam gegen die Mauer.
»Falsch!«
»Aber was zischt?«
Es war ein Rohr. Als er danach griff, fand er auch die Öffnung. Etwas klaffte. Da heraus strömte es.
»Gas?«

»Nein!«
»Doch, ich rieche es!«
Er drehte sich um und zog sie mit sich. Ihre Füße schritten über Schotter. Steine summten wie Bienen. Sein Kopf prallte gegen Holz. Ringsum und dahinter lagen Trümmer. Eine Grille zirpte. Das kam aus der Decke.
Er sagte: »Ich führe dich, verlaß dich nur auf mich.«
»Ja.«
Nach genau sechs Schritt stürzte er über das Fahrrad und riß sie mit sich.

»Damit ist bewiesen ...« Der Arzt lachte schallend. »... daß es vom Himmel nicht nur Bomben regnet, sondern auch ⌜Lemuren⌝!« Er ergriff die Gestalt bei der Hand, stieß sie von sich. Sie stürzte aufs Rückgrat. Strenehen fiel auf die Bahre. Er dachte: Ich habe meinen Vater gefunden. Endlich.
Seine Züge veränderten sich zu einem Lächeln. Feuer und Rauch vergaß er. Hier war er zu Hause.
»Hello there!«
Der Arzt stieß mit dem Fuß die Bahre um. Strenehen kugelte über den Boden. Glück war um ihn wie Traum. An der Mauer stand seine Mutter. Er dachte: Die verläßt mich nicht.
»Gentleman!« rief der Arzt. ⌜»Hier wird nicht geschlafen, aufgestanden und den Traum der Nacht vergessen! Frei nach Shakespeare!«⌝
Mit dem Fuß stieß er gegen einen Stuhl. Der Stuhl kippte. Strenehen ins Gesicht. Vor seinen Augen flimmerten Sterne. Er erhob sich. Schwerfällig wie ein Bär.
»Was ich jetzt brauche!« flüsterte der Arzt, »das ist eine Peitsche!«
Eine Stimme schrie: »Nein!«
Es war die Schwester. Sie stand an der Tür. Wände drehten sich rings um sie. Hinter ihr lugte der Junge hervor. Augen wie Lichter. Er flüsterte: »Totschlagen.«

Die Schwester riß ihren Mantel auf, zog ihn von sich. Sie trat auf Strenehen zu und hüllte ihn ein. Er dachte: Ich danke dir, Mutter. Freundlich lächelte er sie an. Eine Grimasse unter einer Rußschicht. Die Schwester wich zurück.
»Eine Peitsche«, sagte der Arzt. »Her damit!«
»Herr Doktor!« Von der Tür kam der Junge. In den Händen trug er einen Schürhaken. Stolperte über seine Beine, raffte sich auf, überreichte ihn dem Arzt.
»Prima!«
Der Arzt hieb mit dem Schürhaken nach Strenehens Schulter. Ein Knochen knackte. Der Junge dachte: So wird es gemacht.
»Herunter mit der Unschuld!«
Das Eisen verfing sich im Mantel. Er zog ihn Strenehen vom Körper. Stoff sank zu Boden wie eine Hülle. Vater, dachte Strenehen, wenn ich nur bei dir bin!
»Gangster!«
Der Schürhaken berührte Strenehens Geschlechtsteil.
»Welch edles Wild hast du damit schon erlegt?«
Das Eisen war kalt. Strenehen kicherte. Töne wie Blech.
»Aufhören!«
»Nein!« Auf den Lippen des Arztes stand Schaum. »Hat niemand ein Lätzchen? Der Affe soll servieren!«
»Zu Befehl!« Licht fiel auf die roten Haare des Jungen. Sein Kopf verschwand hinter der Tür.
Die Stimme der Schwester sagte: »Alles, was ich hier gesehen habe, werde ich melden.«
»Wem?!«
Gelächter klang zur Decke. Der Arzt und Strenehen lachten gemeinsam. Über Strenehens Bauch spannte sich die Haut. Zwischen Nabel und Geschlechtsteil war nichts als Falten. Hier ist meine Heimat, dachte er. Ich bin glücklich.
Der Arzt brach ab. »Amischwein!«

»Aufhören!«
Der Schürhaken flog auf Strenehens Beine. Es klirrte.
»Hier ist eine Schürze!« Am Eingang stand der Junge. In den Händen hielt er ein weißes Tuch.
»Binde sie ihm um!«
Der Junge trat vor. Er stellte sich hinter Strenehen und legte ihm die Schürze vor den Bauch.
»Höher!« befahl der Arzt. »Jeder soll seinen Schwanz sehen!«
»Aufhören!«
»Nein!«
Der Junge gehorchte.
»Gib mir die Pistolentasche. Das Andenken an diese Begegnung soll mir wertvoll sein!«
»Jawohl!« Der Junge nahm Strenehen den Riemen ab und reichte ihn hinüber.
»Brav gemacht! Dreh ihn jetzt um!«
Der Junge zog Strenehen am Arm, bis sein Gesicht zur Tür zeigte. »Aufgepaßt!« Wollust erregte den Arzt. Er hob seinen Fuß. Die Schwester legte ihre Hände vor die Augen.
»Ein freier Bürger der Vereinigten Staaten«, sagte der Arzt, »begrüßt euch!« Mit diesen Worten trat er Strenehen ins Gesäß. Die Gestalt flog zur Tür, taumelte hinaus.
»In die Aufenthaltsräume!«
Der Junge brüllte: »Achtung, ein Amischwein!«
Vater, dachte Strenehen, was tust du mir?

XIII

Ich, Egon Michael, Dr. med., geboren am 30. Januar 1901, studierte in Tübingen.
Der Vater, Konsul in Hamburg, ließ uns Kindern eine gute Erziehung angedeihen. So erinnere ich mich, daß er sich jeden Tag nach dem Essen ein wenig mit uns unterhielt. Dabei behandelte er besonders mich immer wie einen Erwachsenen. Eine Züchtigung, im Sinne von Strafe, kannten wir überhaupt nicht. Es entsprach unserer gesellschaftlichen Stellung, daß wir mehrere Sprachen lernen mußten, Klavier spielten und im übrigen natürlich die guten Umgangsformen zu beachten hatten. Zu den Freunden unseres Hauses gehörten damals, außer einflußreichen Persönlichkeiten des öffentlichen Lebens, auch bekannte Wissenschaftler und Künstler. Mein Vater war in jeder Beziehung ohne Vorurteil. Während sich meine Geschwister mehr einfacheren Genüssen ergaben, las ich bereits als Fünfzehnjähriger medizinische Abhandlungen. Heute bin ich überzeugt, daß sich bereits damals in mir der Wunsch äußerte, auf diesem Gebiet etwas zu leisten. Nur meine Mutter beobachtete jederzeit meine Neigungen etwas mißtrauisch. Ich darf behaupten, sie war eine einfache stille Frau, die vielleicht nicht ganz in die Umgebung, in der sich unsere Familie bewegte, hineinpaßte. Sie starb zeitig, und wurde dies natürlich von mir sehr bedauert.

»Jetzt«, erklärte der Gefreite, »werde ich meinen müden Arsch einmal an die Wand lehnen.« Hinter sich schloß er die Tür. Die Soldaten standen in der Schleuse. Einer spuckte aus. Der Schleim traf direkt in die Mitte des Bottichs. Ehe er im Wasser verschwand, drehte er sich im Kreise.
»Mensch, bist du eine Sau!«
Der Soldat, der gespuckt hatte, lachte verlegen. Stahlhelme rollten über den Boden. Ihre Waffen klirrten. Nacheinander hockten sie sich nieder.
»Mir könnten sie jetzt ein nacktes Weib auf den Bauch binden«, sagte die Stimme, die nach Pubertät klang, »ich wäre nicht daran interessiert. Ich bin zu müde.«
Die Ventilatoren summten. Streichhölzer wurden angezündet. An den Wänden leuchtete die Tünche. Eine Zigarette wurde weitergegeben.
»Mutter, gibt es hier ein Klosett?« rief der Soldat mit den Sommersprossen. Er stand wieder auf. »Ich muß dringend!«
»Aha«, antwortete jemand triumphierend. »Jetzt weiß ich wenigstens, warum es hier so stinkt!«
»Ruhe!«
Die Stimme kam aus der Ecke. Eine Frau trat vor. Sie öffnete den Mund. Die Köpfe der Soldaten drehten sich ihr zu. Interessiert betrachteten sie den Metallzahn. Die Frau fragte: »Wo ist euer Offizier?«
»Lutz!« Das Kindergesicht verzog sich lächelnd. »Du wirst am Telefon verlangt!« Kichern klang auf und brach ab. Einer von ihnen rülpste. Der Fähnrich drehte den Kopf: »Was wollen Sie von mir?«
»Sie sind kein Offizier«, antwortete die Frau. »Sie sind betrunken!«

»Hallo!«
Gewehrkolben schlugen gegen den Beton. Jemand knallte seinen Stahlhelm an die Wand. Eine Stimme grunzte: »Offizier oder nicht. Ein Wort von ihm! Wir veranstalten ein Schlachtfest.«
Die Frau blinzelte: »Sind Sie der Anführer von diesem Haufen?«
»Ja«, sagte der Fähnrich, »wenn Sie nichts dagegen haben.«
»Dann stehen Sie auf! Ich muß mit Ihnen reden.«
»Habt ihr's gehört«, lachte der Gefreite. »Sie hat uns Haufen genannt.«
Der Fähnrich legte seine Maschinenpistole auf den Beton und erhob sich. Durch die Sitzenden hindurch trat er zu der Frau. Seine Haare klebten am Kopf. Am Boden lag noch der Helm. Als er vor ihr stand, begann die Frau zu flüstern.
Es wurde gekichert. Einer der Soldaten rief leise:
»Schäferstündchen gefällig?« Jemand streckte seine Beine schief in den Raum hinein.
Die Frau wisperte weiter. Während sie sprach, drehte sich der Fähnrich ruckartig um und blickte auf die Tür, die in den Bunker führte.
»Deutlicher!« forderte der Gefreite.
Zigarettenrauch zog zum Eingang. Hinter dem Bottich begann einer zu schnarchen.
»Verdammt!« rief der Soldat mit den Sommersprossen. »Ich möchte jetzt endlich wissen, wo hier das Klosett ist.« Er hielt sich die Hände vor den Bauch und blickte zur Decke.
Der Fähnrich fragte plötzlich laut: »Ist das wahr, was Sie behaupten?«
Die Frau antwortete ebenso laut: »So wahr mir Gott helfe!«
»Eine Pistole!«

Der Gefreite fragte: »Was hast du gesagt?«
»Gib mir deine Pistole!«
Der Gefreite griff nach der Hüfte, zog seine Waffe hervor und hielt sie in die Luft. Zwischen den anderen hindurch kam der Fähnrich auf ihn zu. Er nahm sie ihm aus der Hand.
»Vorsicht!« Der Gefreite warnte: »Das Ding ist geladen!«
»Ihr wartet hier, bis ich zurück bin!« In der Pistole klirrte das Schloß. Der Fähnrich stieg über zwei Paar Beine, trat auf ein Gewehr und gelangte endlich zur Tür.

Das Mädchen schlief ein. Aus ihrem Gesicht löste sich die Spannung, und es bekam jene Züge, die auf der Photographie zu sehen waren, die ein Soldat von ihr erhalten hatte. Vielleicht erinnerte sie sich, umgeben von Trümmern und unter den dumpfen Wirbelschlägen der Bomben, noch an etwas, das stärker war als das Grauen. An die drei zaghaften Worte unter dem letzten Brief, den sie geschrieben und den sie erhalten hatte.
Sand rieselte auf ihren Unterleib und versuchte zu verbergen, was mit ihr geschehen war. Als letzte Bewegung faltete sie ihre Hände. Mattigkeit erfüllte ihren Körper. So schlief sie. Unter ihr zitterte die Erde. Geröll verschob sich. Sie berührte nichts mehr.

Strenehen wankte in den Raum, drehte sich um sich selbst und blieb stehen. Steine tanzten unter seinen Füßen. Über der Brust hing die Schürze. Zwischen Hals und Hüfte hing sie wie ein Latz.
Die Stimme eines Kindes forderte: »Schlagt ihn tot!«
Menschen hoben ihre Köpfe. Augen starrten ihn an. Vor ihm bildete sich eine Gasse. Durch die Reihen lief Bewegung. Ein Mann stand auf, rief: »Wer ist das?!«
»Ein Amerikaner!«
Es wurde still. Holz knirschte. In der Ecke fiel ein Geldstück zu Boden. Es rollte über den Beton.

»Schlagt ihn tot!«
Die Ventilatoren zischten. Strenehen trat einen Schritt nach vorn. Eine Frau wich zurück. Sie streckte abwehrend die Arme aus. Ihr Mund verzog sich. Aber sie blieb stumm.
5 Strenehen sah zwei Hände.
»Schlagt ihn tot!«
Der Junge stand an der Tür. Sein Kinn mit Pickeln glänzte. In seine Augen fiel ein Lichtstrahl. Es war das gleichgültige Gesicht eines Kindes, das ein Tier quält. Er stemmte seine
10 Arme in die Hüfte und sagte: »Wenn ihr Angst vor ihm habt, muß ich es selbst tun!«
Auf der Treppe entstand neue Bewegung. Männer drängelten herein. Strenehen ging in die Knie, richtete sich wieder auf. Er wandte sich um und stand mit dem Gesicht zur
15 Tür. Niemand rührte sich.
»Schlagt den Gangster tot!«
Jemand setzte einen Koffer auf den Boden. Die Stimme eines Jünglings brüllte: »Bringt den Jungen zum Schweigen!«
20 Strenehen trat rückwärts. Hinter ihm verklang der Ruf. Mit beiden Händen verdeckte er plötzlich sein Geschlechtsteil. Der Junge an der Tür ballte die Faust und hob den Arm.
»Schlagt ihn ...«
25 Um den Hals des Jungen legte sich ein Arm. Eine Hand verschloß ihm den Mund. Er wurde zurückgestoßen. Hinter der Gestalt einer Frau verschwand er.
Eine Stimme rief: »Nehmt ihm die Schürze ab!«
»Hängt ihm eine Decke um«, sagte eine andere Stimme.
30 Jemand trat vor. Eine Frau. Sie ging zu Strenehen und knüpfte ihm die Schürze ab. Ihre Hände zitterten. Der weiße Latz sank zu Boden. Füße stießen ihn beiseite. Strenehen hob das Gesicht zu der Lampe empor, die über ihm hing. Er stand in einem Kreis von Strahlen.
35 »Hier!«

Etwas Graues flog durch die Luft. Eine Decke. Arme fingen sie auf. Strenehen wankte. Mit der Decke kam ein Mann, hüllte ihn ein. Er sank zu Boden. Strenehens rechte Hand klatschte auf den Beton.
»Ich schäme mich«, sagte eine Stimme von der Mauer, »für die, die das getan haben!«
Strenehen rollte sich in der Decke auf die Seite. Seine Augen schlossen sich. Der Mann griff erschrocken nach seiner Stirn.
»Wasser!« rief es von der Treppe.
Der Mann reckte sich auf, blickte zur Tür. In eine regungslose Stille hinein sagte seine Stimme: »Er lebt nicht mehr!«
»Mord!«
Aus der Menge kam ein Schluchzer.
Die Frau, die Strenehen die Schürze aufgeknüpft hatte, blickte sich um und faltete ihre Hände. Sie begann leise: »Vater unser, der du bist im Himmel ...«
Von den Bänken erhoben sie sich. Männer nahmen ihre Hüte ab. In einer Glatze spiegelte sich das Licht.

Mit dem Pistolenlauf drückte der Fähnrich leise die Tür zum Verbandsraum zu. Er sah den Rücken eines Mannes. Sein Gesicht war der Wand zugekehrt. Über seine Schultern hing ein weißer Mantel. Auf die Stiefel fiel der Lichtschein. Sie blinkten.
»Drehen Sie sich um«, sagte der Fähnrich.
Erschrocken wandte der Mann den Kopf. Er wollte etwas rufen, aber sein Mund blieb geschlossen.
»Michael«, stieß der Fähnrich hervor. »Bist du's oder bist du's nicht?«
»Ich bin es!«
»Jetzt«, antwortete der Fähnrich, »hätte ich dich beinahe ...« Er brach ab, sicherte die Pistole und schob sie in seine Tasche.
»Lutz, Mensch, laß dich ansehen!« Der Arzt trat nach vorn

und ergriff den Fähnrich bei den Händen. »Das muß begossen werden!«
»Dieser Meinung bin ich auch!«
»Warte!«
Der Arzt ging zur Mauer, öffnete ein Schränkchen, nahm eine Flasche mit zwei Gläsern heraus. Eines davon reichte er dem Fähnrich.
»Mosel?«
Der Arzt lachte. »Meine Hausmarke!«
Er schenkte ein. Über seine Backe lief ein Schmiß.
»Wenn du wüßtest«, sagte der Fähnrich.
»Was?«
»Wieviel ich heute schon gesoffen habe.«
Der Arzt rief freudig: »Ein Rausch verdrängt den nächsten. Auf was trinken wir?«
»Auf das Wiedersehen alter Kameraden!«
Der Arzt setzte sein Glas an und kippte es herunter. »Prost!« Er trank den Wein wie Wasser.
»Prost!« Der Fähnrich schluckte, wischte sich den Mund ab und lachte. Er sagte: »Du hast dich nicht verändert.«
»Ich!« Der Arzt schenkte wieder ein. »Ich verändere mich nie.« Etwas Wein planschte auf den Boden.
»Auf was trinken wir jetzt?« fragte der Fähnrich.
»Auf den Anblick eines Schlachtfeldes im Morgengrauen!«
Der Fähnrich wankte ein wenig. Er verdrehte die Augen. Röte stieg in sein Gesicht. »Das ist Scheiße.«
»Nein!« Der Arzt leerte sein Glas aus und wurde fröhlich. »Hast du so etwas noch nie gesehen?«
»Doch«, antwortete der Fähnrich. »Aber ich sah immer nur das Schlachtfeld.« Er schlürfte an seinem Glas und begann sich zu schütteln.
»Trink aus!«
»Prost!« Da er mit dem Arzt nicht mehr anstoßen konnte, klopfte er mit dem Finger an sein Glas.

»Für mich«, rief der Arzt und hob die Flasche gegen das Licht, »ist der Krieg der Vater aller Dinge!«
Er goß die Gläser wieder voll.
»Er kristallisiert meine Werte. Für mich ist er Bewährung und Erlebnis, Mittel der Politik oder Erfordernis der Lage. Mut überwindet meine Furcht. Ich finde den Anblick eines Schlachtfeldes im Morgengrauen erhebend.«
»Sei still!« Der Fähnrich drehte sich um. Er lallte: »Was ist das?« Breitbeinig stand er auf dem Beton. Hinter der Tür klang Gemurmel.
»Das werden wir gleich haben!« Der Arzt trat vor und riß die Tür auf. Ihre Arme berührten sich. Sie hielten die vollen Weingläser in den Händen und lauschten.
»... und vergib uns unsere Schuld«, sagten irgendwo Menschen im Chor, »wie wir vergeben unseren Schuldigern!«
Der Chor hielt inne, nur eine klare Stimme sprach weiter: »Denn sie wissen nicht, was sie tun!«
Da fuhr plötzlich auch der Chor fort: »Denn sie wissen nicht, was sie tun. Amen!«

Mitteleuropäische Zeit: 14^{10}

⌜Gott mit uns.⌝
Aber mit den anderen war er auch. In der siebzigsten Minute des Angriffs lösten die Zielgeräte der dritten Welle vierzig Luftminen aus.
Steine schossen zum Himmel wie Raketen. Die Holzkreuze auf dem Friedhof waren bereits verbrannt. Im zertrümmerten Wartesaal des Bahnhofes krochen blutende Kinder über Steintreppen. Bomben rissen in einer Kirche Christus vom Kreuz, im Keller des Entbindungsheimes den Säuglingen die weiche Haut vom Kopf, irgendwo einer Frau die gefalteten Hände auseinander und im Freigehege des Tierparks Affen von den Bäumen, in die sie sich geflüchtet hatten.
Das Bildnis einer Madonna wurde aus dem Rahmen gefetzt, die Handschrift eines Heiligen verweht und das Bein eines Lebendigen angesengt.
Der Fortschritt vernichtete Vergangenheit und Zukunft. Innerhalb einer Stunde verloren Kinder ihre Mütter und Maria Erika Weinert das Leben.
Sie erhielt dafür keinen Orden. Jemand fand das unrecht. Dafür bekam eine Mutter, die ihren für immer verschwundenen Sohn suchte, in dieser Stunde ihr Kreuz.
Sie suchte ihren Sohn zehn Jahre, dann starb sie.
Ein Geistlicher besuchte eine Woche später die Familie Strenehen auf ihrer Tankstelle zwischen Dallas und Fort Worth. Der Mann behauptete: »Was Gott gibt und nimmt, geschieht zu seinem Wohlgefallen.« Übrigens werde sich alles zum Besten wenden. Wer vermißt ist, sei noch nicht getötet.
Nach dieser Stunde wurden etwa dreihundert Menschen vermißt. Davon fand man zwölf.

Sam Ohm fanden sie noch am Nachmittag. Von ihm behaupteten sie, seine Haut sei verkohlt. Jemand sah die rosa Flächen im Inneren seiner Hände und bezeichnete ihn als Nigger. Ein Junge mit Pickeln am Kinn stellte ihm sofort seinen Fuß auf den Kopf. 5
Ein Offizier meldete einer Frau: Ihr Sohn ist in Ausübung seiner Pflicht als Held gefallen.
Drei Tage später schrieb der Tote: Nein, wir liegen nicht in der Stadt, Mutter. Muß ich das immer wiederholen?
Eine Stunde genügte, und das Grauen triumphierte. Später 10 wollten einige das vergessen. Die anderen wollten es nicht mehr wissen. Angeblich hatten sie es nicht ändern können.
Nach der siebzigsten Minute wurde weiter gebombt. Die Vergeltung verrichtete ihre Arbeit. 15
Sie war unaufhaltsam.
Nur das Jüngste Gericht. Das war sie nicht.

Kommentar

Zeittafel

1921 Robert Gerhard Ledig wird am 4. November in Leipzig als Sohn des Kaufmanns Wolfgang Ledig und seiner Frau Johanna (geb. Schliestedt) geboren. Später Übersiedlung der Familie nach Wien.

1928–1936 Einschulung in Wien, bald darauf Umzug nach Leipzig, dort Besuch der Volksschule.

1936 Hilfskraft in einer Schokoladefabrik.

1937–1940 Lehrling bei den elektrotechnischen Werkstätten Zensch & Co. in Leipzig, Besuch einer Fachschule für Elektrotechnik.

1939 Ledig beginnt sich für Literatur, Musik und Malerei zu interessieren. Besuch der Regieklasse einer privaten Theaterschule. Freiwillige Meldung zur Wehrmacht.

1940–1943 Soldat bei der Wehrmacht (zunächst als Pionier, Einsatz an der Westfront, Beförderung zum Gefreiten, verschiedene Lehrgänge, Ausbilder an einer Pionierschule in Frankreich, danach Einsatz an der Ostfront südlich des Ladogasees, auf der karelischen Landenge und vor Leningrad).

1941 Verwundung, Lazarettaufenthalt, Versetzung in eine Strafkompanie wegen »Hetzreden«.

1942 Erneute Verwundung, Lazarettaufenthalt.

1943–1944 Tätigkeit im Außenbüro Linz an der Donau der Münchner Firma Kühlindustrie Weidenkaff.

1944 Verlust der persönlichen Habe bei Luftangriffen auf Leipzig und München. (Ledig hat den Krieg also aus beiden Perspektiven – als Soldat an der Front, aber auch an der so genannten Heimatfront – kennen gelernt.)

Ende 1944–Mai 1945 Einsatz in der Rüstungsindustrie in München, dort zeitweilig auch Besuch einer Lehr- und Versuchsanstalt (Ausbildung zum Schiffsbauingenieur).

1945 Beitritt zur westdeutschen Kommunistischen Partei.

1945–1950 Verschiedene Berufe in und bei München: Bauarbeiter, Elektriker, Kaufmann, Filmtechniker, Vertreter, Gerüstbauer.

1947 Gründung eines Unternehmens für kunstgewerbliche Produkte (u.a. Heiligenbilder), Geschäftsaufgabe nach der Währungsreform.

1950–1951 Mitarbeiter im Büro des Vaters in Linz (Österreich).

1951–1953 Dolmetscher und Techniker bei der 45. US-Quartiermeisterkompanie in Salzburg (Österreich).

1953 Beginn der Tätigkeit als freier Journalist und Schriftsteller.

1955 Veröffentlichung des Romans *Die Stalinorgel* im Hamburger Claassen-Verlag. Einladung zum Frühjahrstreffen der Gruppe 47, an dem Ledig aber nicht teilnimmt.

1955–1960 Veröffentlichungen in verschiedenen Zeitschriften und Zeitungen in der Bundesrepublik und der DDR (darunter *Die Kultur*, *konkret*, *Neues Deutschland*, *SPD-Pressedienst* und *Sonntag*). Beiträge für Rundfunkanstalten, ebenfalls in Ost und West. Ledig hält sich gelegentlich in der DDR auf und macht dort Bekanntschaft mit ostdeutschen Kulturfunktionären sowie Schriftstellerinnen und Schriftstellern, u.a. mit Anna Seghers und Christa Wolf. Kurzzeitig ist er (1958) auch als Kontaktperson für das Ministerium für Staatssicherheit (MfS) tätig, wird allerdings ebenfalls durch das MfS bespitzelt. Pläne für Buchpublikationen (etwa zu den Themen Kriegsliteratur und Psychologie).

1956 *Vergeltung* erscheint im S. Fischer Verlag in Frankfurt am Main. Günter Eich liest während einer Tagung der Gruppe 47 am Starnberger See aus dem Roman. Ledig ist zwar bei diesem – wie auch beim nächsten – Treffen der Gruppe anwesend, möchte aber aufgrund seiner Kriegsverletzung am Unterkiefer nicht selbst vortragen.

1957 Publikation des Romans *Faustrecht* im Münchner Desch-Verlag. Eine Veröffentlichung von *Vergeltung* wird vom Ostberliner Aufbau-Verlag abgelehnt. Marcel Reich-Ranicki bemüht sich in Polen vergeblich um eine Veröffentlichung von *Die Stalinorgel* und *Vergeltung*.

1958 Ein Hörspiel um die Prostituierte Rosemarie Nitribitt wird veröffentlicht, in Westdeutschland unter dem Titel

Der Staatsanwalt (Steinklopfer-Verlag), in der DDR unter dem Titel *Das Duell* (Aufbau-Verlag).

ab 1960 Tätigkeit in einem Münchner Ingenieurbüro. Der Roman »Die Kanonen von Korcula« entsteht bis Mitte der Sechzigerjahre, wird aber von mehreren Verlagen abgelehnt. Ledig wendet sich vom Literaturbetrieb ab.

1999 Gert Ledig stirbt am 1. Juni in einem Krankenhaus in Landsberg am Lech an einem Herzleiden. *Vergeltung* wird vom Suhrkamp-Verlag wieder veröffentlicht.

2000 Es erscheint eine Neuausgabe von *Die Stalinorgel*, ebenfalls im Suhrkamp-Verlag.

2001 *Faustrecht* erscheint als Neuausgabe im Münchner Piper-Verlag, *Vergeltung* als Taschenbuch in der Reihe »Die Romane des Jahrhunderts« bei Suhrkamp.

Der geschichtliche Hintergrund: Bombenkrieg in Deutschland

United States Strategic Bombing Surveys

Am 30. September 1945, also gut vier Monate nach dem offiziellen Ende des Zweiten Weltkriegs in Europa am 8. Mai 1945, wurden die Ergebnisse der so genannten *United States Strategic Bombing Surveys* (»Bestandsaufnahmen zur strategischen Bombardierung durch die Vereinigten Staaten«) – kurz *USSBS* – der Öffentlichkeit vorgestellt. Die *USSBS* waren seit Anfang November 1944 auf Direktive von US-Präsident Franklin Roosevelt kompiliert worden und gaben in Form von ca. 200 Einzelberichten detailliert Aufschluss über den Fortgang der Bombardierung deutscher Städte. In einem 19 Seiten umfassenden Resümee, das sich gleichsam als eine Kurzchronik des Luftkriegs seit 1940 lesen lässt, werden die US-amerikanischen Angriffe in verschiedene Phasen eingeteilt und teilweise nach der Art der angegriffenen Objekte differenziert: etwa Kugellagerfabriken, Raffinerien, Transportwege oder Produktionsstätten für Flugzeuge. Dies geschieht betont sachlich und, was den militärischen Erfolg betrifft, selbstkritisch.
In den Berichten wird auch die Anzahl der Toten und Verletzten auf beiden Seiten nicht verschwiegen: Nach damaligen Schätzungen starben durch die Bombardements ca. 300.000 deutsche Zivilisten, weitere 780.000 wurden verwundet. Man ging davon aus, dass ungefähr 20 Prozent des Wohnraums auf dem Gebiet des Deutschen Reichs zerstört oder schwer beschädigt und infolgedessen 7,5 Millionen Menschen obdachlos seien. Präziser konnten die eigenen Verluste beziffert werden: Allein die Anzahl der US-amerikanischen Soldaten, die während der Luftangriffe ums Leben kamen, wird mit 79.265 angegeben (vgl. *Summary Report*, S. 1. Für aktuelle Schätzungen zur Anzahl der Toten und Verletzten vgl. Krieger, Karsten: »Luftkrieg«. In: Benz, S. 573 f.).

The Bomber Command War Diaries

Vierzig Jahre nach Veröffentlichung der *USSBS* erschien 1985 in England das Handbuch *The Bomber Command War Diaries* (»Die Kriegstagebücher von Bomber Command«). Chronologisch verzeichnet es alle zwischen dem 3. September 1939 und

Kriegsende – letzter Einsatztag war der 3. Mai 1945 – geflogenen Einsätze. Prämisse war dabei die dokumentarische Vollständigkeit, weniger die ausführliche Schilderung der einzelnen Angriffe: Neben Anzahl und Typ der eingesetzten Flugzeuge werden sowohl der Ablauf der Missionen als auch die Verluste auf der eigenen Seite vermerkt, die sich bis zur deutschen Kapitulation auf 73.741 Angehörige von Bomber Command und 8.953 Flugzeuge bezifferten. Aber auch die Toten unter der Bevölkerung in Deutschland, darunter viele Kriegsgefangene und Zwangsarbeiter, und der Sachschaden werden so genau wie möglich erfasst. Als statistisch-chronologisches Verzeichnis ist dieses Buch gewissermaßen eine Ergänzung zu der bereits 1961 unter dem Titel *The Strategic Air Offensive against Germany 1939–1945* (»Die strategische Luftoffensive gegen Deutschland 1939–1945«) veröffentlichten offiziellen Darstellung des britischen Luftkriegs. In dieser mehrbändigen Dokumentation sind die Bombenangriffe ausführlich – anhand von zahlreichen Reporten, Korrespondenzen, Direktiven, Memoranda und Statistiken – beschrieben und evaluiert.

The Strategic Air Offensive against Germany 1939–1945

In allen drei Publikationen – den *USSBS*, den *War Diaries* und *The Strategic Air Offensive* – ist die Zerstörung von zivilem Leben in einer Größenordnung dokumentiert, wie sie bis dahin in der Geschichte des Krieges nicht bekannt gewesen war. Aber trotz der faktenreichen und teilweise minutiösen Nachzeichnung fällt es schwer, sich 60 Jahre später eine klare, geschweige denn zutreffende Vorstellung von den Auswirkungen zu machen, die die 955.000 Tonnen Spreng-, Stabbrand- und andere Bomben hatten, welche allein durch Bomber Command abgeworfen wurden (vgl. Middlebrook, S. 707) – Auswirkungen, die wohl nur in den Kategorien eines Infernos beschreibbar sind. In den Militärberichten findet, diesem Genre entsprechend, eine Objektivierung statt, die die Leiden der Menschen auf eine merkwürdige Art neutralisiert. So berichtet das Resümee der *USSBS* einerseits en detail über die Entwicklung der Lebensmittelversorgung während des Kriegs. Andererseits spricht es die Panik, das Entsetzen und Leid, welche von den teilweise jahrelangen Bombardements auf mehr als 100 Städte ausgingen, in nur zwei Sätzen an: Die alliierten Luftstreitkräfte »haben dem deutschen Volk mit voller Wucht die Schrecken und Leiden des modernen Krieges vor Augen geführt. Dies wird einen bleibenden Eindruck auf die deutsche Nation hinterlassen« (*Summary Report*, S. 16).

Bombardement von Städten

Seit dem so genannten 1000-Bomber-Angriff auf Köln, der am 30./31. Mai 1942 stattfand, wurde das Bombardement von Städten mit ihrer gesamten zivilen Infrastruktur gegenüber den zielgerichteten Angriffen auf militärische und industrielle Anlagen vorgezogen. Die Alliierten hofften so, den Widerstandswillen der Bevölkerung zu unterminieren und eine passive wie aktive Opposition zum NS-Regime zu fördern, kurz: das öffentliche Leben so weit zu destabilisieren, dass die Deutschen kapitulieren mussten.

In einer Direktive des britischen Luftfahrtministeriums vom 14. Februar 1942 heißt es dazu: »Es wurde beschlossen, daß das primäre Ziel unserer Einsätze fortan darin bestehen soll, den Durchhaltewillen der feindlichen Zivilbevölkerung zu brechen, insbesondere den der Industriearbeiter.« (Webster, Bd. 4, S. 144) Hinter dieser euphemistischen Formulierung – sie findet sich in den Weisungen des britischen Oberkommandos immer wieder – verbarg sich der mit hohen Verlusten in der Zivilbevölkerung verbundene Flächenbombenabwurf. In derselben Direktive wird auch das intendierte Ausmaß und v. a. die Intensität der Bombardements umrissen: »Das Leitprinzip [...] sollte die vollständige [militärische] Konzentrierung auf ein Ziel sein, bis die Leistung, die zu dessen Zerstörung als notwendig erachtet wird, erreicht worden ist.« (Webster, Bd. 4, S. 144)

Begründung der Bombardements

Zurückzuführen war diese Strategie u. a. auf die Ineffizienz von zielgerichteten Angriffen, wie sie seit 1939 auf Militäreinrichtungen und die Waffenindustrie durchgeführt worden waren. Obwohl die Zielgenauigkeit sich bis 1945, nicht zuletzt aufgrund neuer elektronischer Ortungssysteme, stark verbesserte, lag die Trefferquote bei Präzisionsangriffen der US Air Force im gesamten Krieg nur bei etwa 20 Prozent (vgl. *Summary Report*, S. 5). Hinzu kam, dass britische und amerikanische Luftkriegstheoretiker schon seit Ende des Ersten Weltkriegs die Auffassung vertraten, dass zukünftige Feldzüge »durch rücksichtslose Luftangriffe gegen die dicht bevölkerten Großstädte und Industriegebiete des Feindes« entschieden würden (Overy, »Die alliierte Bombenstrategie«. In: Kettenacker, S. 31). Sie argumentierten, dass in einem Land, in dem alle Ressourcen in den Dienst des Krieges gestellt und insbesondere wirtschaftliche und technische Kapazitäten einzig für die Kampfhandlungen eingesetzt würden, es konsequenterweise zur Entgrenzung der Angriffsziele kommen müsse. Alles könne zum Angriffsziel werden, da es direkt oder indirekt die Kriegswirtschaft stütze, und somit werde die Trennung zwischen militärischen und zivilen Bereichen obsolet (vgl. auch ebenda, S. 31).

Vor diesem Hintergrund ist auch die Strategie von Arthur Harris, dem Oberkommandierenden von Bomber Command, zu verstehen. Nach seiner Ernennung im Februar 1942 trieb er die Flächenbombardements vehement voran: »Sein kompromißlos bis ans Ende eingehaltener Plan sukzessiver Vernichtungsschläge war von einer überwältigend einfachen Logik, der gegenüber alle realen strategischen Alternativen, wie beispielsweise die Ausschaltung der Treibstoffversorgung, als bloße Ablenkungsmanöver erscheinen mußten. Der Bombenkrieg war Krieg in purer, unverhohlener Form.« (Sebald, *Luftkrieg und Literatur*, S. 28)

Natürlich wurde diese Kriegführung schon damals als sehr fragwürdig erkannt, da sie nicht zwischen Militärs und Zivilisten unterschied. Aber auch militärische Erwägungen spielten, zumindest auf dem Papier, bei ihrer Missbilligung eine Rolle. So schrieb Mr. Justice Singleton am 20. Mai 1942 in einem Bericht, den der britische Premierminister Winston Churchill in Auftrag gegeben hatte: »Ich bezweifele, ob unsere Kapazitäten zur Bombardierung ausreichend sind – oder es in Zukunft sein werden –, um für sich genommen den Durchhaltewillen zu brechen. Auch hieraus ergibt sich die Notwendigkeit einer größeren Präzision.« (Webster, Bd. 4, S. 237)

Es ist aber unzutreffend, alle alliierten Bombenangriffe »als Terror- oder Vernichtungsangriffe auf die Zivilbevölkerung« zu kategorisieren (Boog, »Ein Kolossalgemälde des Schreckens«. In: Kettenacker, S. 134 f.). Eindrücklich hat der britische Historiker Richard Overy darauf hingewiesen, dass Sinn und Effizienz des Bombenkriegs sich nur vor dem Hintergrund der damaligen mi-

litärischen Lage Großbritanniens beurteilen lassen, die spätestens seit dem erfolgreichen Frankreichfeldzug der Wehrmacht im Frühjahr 1940 von einer unmittelbaren Bedrohung gekennzeichnet war. Overy rechtfertigt die Luftangriffe v.a. durch einen »moralischen Relativismus«: »Wenn Deutschland Zivilisten aus der Luft angriff, dann würden sie [Engländer und Amerikaner] es auch tun. Die Zerstörung Warschaus und Rotterdams durch die Deutschen wurde im Westen als klares Signal verstanden, dass Deutschland nicht die Absicht hatte, irgendwelche Rücksichten zu nehmen.« (Overy, »Barbarisch, aber sinnvoll«. In: Kettenacker, S. 184)
Sicherlich stellen die Entwicklungsphasen des bzw. die politischen Motivationen zum Bombenkrieg keine primäre Kategorie für das Verständnis von *Vergeltung* dar. Wenn man die im Text erzählten Ereignisse aber in ihrem geschichtlichen Kontext verortet, wird deutlich, dass Ledig ein Geschehen thematisiert hat, das damals Millionen Menschen betraf. Die großflächige, in manchen Fällen vollständige Zerstörung von Städten – etwa Hamburg, Dresden und Pforzheim, in denen sich ein so genannter Feuersturm entwickelte – hat die Erinnerungen einer ganzen Generation tief geprägt, Erinnerungen, die verdrängt wurden und die auszusprechen tabuisiert war und die Gert Ledig in seinem fiktionalen Text *Vergeltung* zum Ausdruck gebracht hat: Der Roman bietet mit seiner Schilderung eines knapp 70-minütigen Angriffs der US Air Force einen schwer zu ertragenden Nahblick auf die am Boden angerichtete Zerstörung.

Literatur und Luftkrieg – Geschichte einer Debatte

W. G. Sebald

Im Spätherbst 1997 hielt W.G. Sebald in Zürich eine dreiteilige Poetik-Vorlesung über – so die Pressemitteilung – »das eigene Schreiben und die Literatur anderer Autoren [...]. Sein Blick gilt dabei den Spuren, die der Luftkrieg des 2. Weltkrieges in der Literatur hinterlassen hat« (Sebald, »Schriftsteller sprechen übers Schreiben«). Diese Vorträge des Schriftstellers und Germanisten Sebald waren der Beginn einer literatur- und geschichtswissenschaftlichen Debatte zum Bombenkrieg, die bis heute anhält. In ihrem Zuge wurde auch Gert Ledigs Romantrilogie zum Krieg und zur unmittelbaren Nachkriegszeit (*Die Stalinorgel*, *Vergeltung*, *Faustrecht*) wiederentdeckt.
1999 wurden Sebalds Vorlesungen unter dem Titel *Luftkrieg und Literatur* (in überarbeiteter Fassung und mit den Reaktionen auf seine Thesen) veröffentlicht. Im Zentrum stand zunächst die Frage, warum die Bombardements scheinbar aus dem kollektiven Gedächtnis der Deutschen verbannt worden waren. Als Ursachen für diese Leerstelle nannte Sebald die »Erfahrung einer nationalen Erniedrigung« (Sebald, *Luftkrieg und Literatur*, S. 6) und »eine in ihrer extremen Kontingenz unbegreifliche Wirklichkeit der totalen Zerstörung« (ebenda, S. 34), die es schier unmöglich gemacht habe, über die Leid- und Verlusterfahrungen zu reden. Ebenso erwähnte er das unantastbare »Recht zu schweigen«, das viele Menschen für sich in Anspruch genommen hätten, die den »Epizentren der Katastrophe« (ebenda, S. 103) entkommen waren. Ab den frühen Fünfzigerjahren habe der Wiederaufbau »durch die Schaffung einer neuen, gesichtslosen Wirklichkeit von vornherein jegliche Rückerinnerung« unterbunden, »die Bevölkerung ausnahmslos auf die Zukunft« ausgerichtet und »sie zum Schweigen über das, was ihr widerfahren war«, verpflichtet (ebenda, S. 15). So habe man die Zerstörung der Städte auch als »die erste Stufe eines erfolgreichen Wiederaufbaus« (ebenda, S. 14) sehen und umdeuten können.
Anhand von Texten zum Luftkrieg, die von Heinrich Böll, Hubert Fichte, Alexander Kluge, Otto Erich Kriesel, Gert Ledig,

Peter de Mendelssohn, Hans Erich Nossack und Arno Schmidt stammen, belegt Sebald die – aus seiner Perspektive – Mängel der »literarischen Transpositionen der Vernichtung« (ebenda, S. 56). Er zeigt somit auch auf, warum viele andere Schriftstellerinnen und Schriftsteller nicht über die Bombardements und ihre Konsequenzen schreiben konnten oder wollten.

Die Debatte zu *Luftkrieg und Literatur* bezog sich – neben der Frage, warum nur so wenige Texte zu diesem Sujet geschrieben wurden – von Anfang an auf die Form sowie die Möglichkeiten und Grenzen einer literarischen Darstellung. Sebald mochte nicht die Existenz von Erinnerungen in Frage stellen oder diese diskreditieren, sondern sah sie zweckmäßig in einen bestimmten Kontext eingebunden: »[Ich] traue nur nicht der Form, in der sie sich, auch literarisch, artikulieren, und ich glaube nicht, daß sie in dem sich konstituierenden öffentlichen Bewußtsein der Bundesrepublik in irgendeinem anderen Sinn als dem des Wiederaufbaus ein nennenswerter Faktor gewesen sind.« (ebenda, S. 94) Folglich resümierte er: »Jedenfalls ist die These, daß es uns bisher nicht gelungen ist, die Schrecken des Luftkriegs durch historische oder literarische Darstellungen ins öffentliche Bewußtsein zu heben, nicht leicht zu entkräften.« (ebenda, S. 108) Gerade die Stichhaltigkeit dieser Annahme wurde in den folgenden Monaten und Jahren bezweifelt.

V. Hage

Die von Sebald initiierte Debatte ist inzwischen gut dokumentiert. Den fundiertesten Überblick bietet der 2003 von dem Kultur- und Literaturredakteur Volker Hage veröffentlichte Band *Zeugen der Zerstörung: Die Literaten und der Luftkrieg*. Hage kommentiert darin diachronisch (von Thomas Mann bis zur Generation der Nach-Wende-Autoren) die Texte der Bombenkriegsliteratur und ihre Rezeption. Neben einem Kapitel zu *Vergeltung* findet sich dort auch ein Resümee zur Sebald-Debatte, in der die zahlreichen Repliken auf und Einwände gegen die Zürcher Thesen vermerkt und kategorisiert werden (vgl. Hage, *Zeugen der Zerstörung*, S. 118 ff.).

Luftkrieg und Literatur hat sich als Ausgangspunkt einer außerordentlich produktiven und auch in der Öffentlichkeit sehr wirksamen Debatte erwiesen – nicht zuletzt, da einige Texte, die das Thema Bombenkrieg behandelten, neu bzw. wieder entdeckt wurden. In diesem Sinne resümiert auch Hage: »Die Lücke, die nicht nur von Sebald empfunden worden ist, war und ist weniger eine der Produktion als der Rezeption – es sind viele Romane und Erzählungen über den Luftkrieg publiziert worden, doch sie fielen schnell und gründlich dem Vergessen anheim, wenn sie denn überhaupt zur Kenntnis genommen wurden (Paradefall: Ledigs ›Vergeltung‹).« (ebenda, S. 119 f.)

Zeugen der Zerstörung ist – in doppelter Hinsicht – eine Art Materialsammlung: Einerseits nennt Hage viele narrative, essayistische und teilweise auch lyrische und dramatische Texte, die zum Bombenkrieg verfasst wurden, andererseits finden sich im zweiten Teil des Buches umfangreiche Gespräche mit Schriftstellerinnen und Schriftstellern, u. a. mit Wolf Biermann, Dieter Forte, Walter Kempowski, Monika Maron, Gerhard Roth, W.G. Sebald und Kurt Vonnegut. Dort werden persönliche Erlebnisse während des Kriegs und die Wahrnehmung der Bombardements, aber auch Schreibmotivationen und Selbstkommentare zu Texten der Luftkriegsliteratur (poetologische Aspekte) und Stellungnahmen zur Debatte um *Luftkrieg und Literatur* zusammengetragen. Eine kommentierende Zusammenfassung der Luftkriegs-Debatte bietet ebenfalls Christian Schultes Artikel »Die Naturgeschichte der Zerstörung« im *text + kritik*-Sonderheft zu W.G. Sebald, wie auch ein Beitrag von Stephan Braese in *Mittelweg 36*.

Nicht zuletzt in Folge der Sebald-Debatte ist ein großes mediales Interesse am Thema Luftkrieg entstanden. Von Historikern wurden zahlreiche neue Studien vorgelegt. Eine Schlüsselrolle fiel dabei dem von Jörg Friedrich 2002 veröffentlichten Buch *Der Brand: Deutschland im Bombenkrieg 1940–1945* zu sowie seinem im Folgejahr erschienenen komplementierenden Bildband *Brandstätten: Der Anblick des Bombenkriegs*. Der narrative und stellenweise sehr suggestive Ton von Friedrichs Text erklärt zwar seine Popularität, er wurde aber auch von Geschichtswissenschaftlern teilweise scharf wegen der mangelhaften Einhaltung wissenschaftlicher Standards (etwa die fehlende Transparenz bei den bibliografischen Verweisen), aber auch aufgrund der zielgerichteten Dramatisierung und Collagehaftigkeit der Darstellung kritisiert.

J. Friedrich

Narrative Struktur

Vergeltung ist Trümmerliteratur – in einem noch viel greifbareren Sinn als etwa Texte von Heinrich Böll, Günther Eich, Hans Werner Richter, Wolfgang Borchert oder auch Hans Erich Nossack, die diesem Genre zugeordnet werden und die vielfach schon vom Pathos des gesellschaftlichen Neubeginns nach 1945 geprägt waren.

In *Vergeltung* wird mit äußerster Grausamkeit ein nicht datierter Angriff auf eine deutsche Stadt beschrieben. Der Roman ist ein, wie W.G. Sebald in *Luftkrieg und Literatur* schrieb, »gegen letzte Illusionen gerichtetes Buch« (S. 109), erzählt ohne Larmoyanz und Sentimentalität, und es gibt keine Intensitätssteigerung: Gleich zu Beginn setzt das Stakkato der Gewaltbeschreibung ein. Die parataktische Syntax, mit der die Zerstörungen fotografisch genau als eine Aneinanderreihung infernoartiger Bilder wiedergegeben wird, ruft den Eindruck der Atemlosigkeit hervor. Der gesamte Text arbeitet mit dem Prinzip der Kumulation, sodass ein Bild von Versehrung, Grausamkeit und Tod entsteht, das nur durch 13 – jeweils kursiv gedruckte – biografische Abrisse unterbrochen wird.

Da der Roman nicht als Erinnerungstext konzipiert war, scheint irrelevant zu sein, ob sich der fiktionale Handlungsort auf eine bestimmte Stadt beziehen lässt. Es wird lediglich deutlich, dass sie bereits mehrfach angegriffen worden ist (vgl. 11,14–15). Auf dem Schutzumschlag der Erstausgabe war eine stilisierte Abbildung von zerborstenen Steinen zu sehen – eine Anspielung auf Ledigs radikal zugespitzte Darstellung, die auch Assoziationen an alttestamentliche Szenarien der Zerstörung (etwa Sodom und Gomorrha) hervorruft. Der Roman schildert lediglich die 69 Minuten des Luftangriffs, ist dabei ebenso präzise wie ausschnitthaft, ebenso detailliert wie lückenhaft. Der Zweite Weltkrieg als welthistorisches Ereignis spielt keine Rolle, und bei den Figuren findet bestenfalls marginal eine Reflexion über den Sinn oder über den möglichen weiteren Fortgang des Krieges statt.

Der Romantitel *Vergeltung*

Der Titel *Vergeltung* besitzt einen großen Assoziationsraum: Er ist juristisch, militärisch und religiös konnotiert. Als Teil des

Paratextes werden die von ihm ausgelösten Erwartungen zu einem interpretativen Bezugspunkt für den gesamten Roman. Juristisch steht ›Vergeltung‹ im Kontext der so genannten absoluten Straftheorien, die davon ausgehen, dass ein Ausgleich der Schuld der maßgebende Strafzweck ist. So bemisst sich die Höhe einer Strafe nach der Schwere der Tat und der Schuld des Täters. Umgangssprachlich ist ›Vergeltung‹ negativ konnotiert als eine nicht auf regulärer Rechtsprechung beruhende, eigenmächtige Bestrafung; Vergeltung mündet – wenn sie auf einer konsequenten Reziprozität beruht – in einem Kreislauf der Gewalt.

Da es in *Vergeltung* viele Zitate aus der bzw. Anspielungen auf die Bibel gibt, gewinnt der Titel auch eine religiöse Signifikanz – obwohl unwahrscheinlich ist, dass er einen direkten Verweis auf die Bibel darstellt: Alttestamentarisch ist das Motiv der Vergeltung von großer Bedeutung und grenzt an die Bedeutungsfelder von Rache, Blutrache und *Ius talionis* (lat. »Wiedervergeltungsrecht«). Im Alten Testament wird sie – beispielsweise in den Büchern der Propheten und der Lehrweisheit (insbesondere bei Hiob und Kohelet) – nicht nur als eine vordergründige, gelegentlich blindwütig wirkende Rachsucht beschrieben, sondern auch kritisch betrachtet und teilweise abgelehnt. Neutestamentarisch ist das Motiv anders akzentuiert, es bekommt eine eschatologische Prägung und steht, besonders in den Evangelien, im Kontext von Vergebung und Gnade (vgl. Schwiedenhorst-Schönberger, Sp. 654–656).

Mitte der Fünfzigerjahre waren mit dem Wort ›Vergeltung‹ noch weitere Assoziationen verbunden. Bis 1945 stand es im Zusammenhang mit den von deutschen Militärs in der Heeresversuchsstelle Peenemünde entwickelten Raketen, die Goebbels propagandistisch in Vergeltungswaffen, V1 und V2, umbenannte. Diese damals allgemein bekannte, in der Presse vielfach lancierte Bezeichnung war verknüpft mit der Erwartung des so genannten Endsiegs der Deutschen im Zweiten Weltkrieg (vgl. Boog, S. 380 ff., insbesondere S. 384 f.). Neben der Instrumentalisierung des Begriffs im Dritten Reich war er auch mit der Erinnerung an die alliierten Bombardements verbunden, die ebenfalls als eine militärische Vergeltung empfunden worden waren.

Bereits im ersten Absatz des Prologs wird der Titel aufgegriffen und damit in seiner Bedeutung markiert. Nachdem die grauenvollen Konsequenzen der Bombardierung geschildert worden sind, heißt es: »So sah die Vergeltung aus.« (11,9) Ledig spielt damit auf die politische Dimension des Luftkriegs an, insbesondere auf den militärischen Legitimationskontext, der von den Engländern und Amerikanern für den Bombenkrieg in Anspruch genommen wurde. Seit den Angriffen der deutschen Luftwaffe auf Coventry, Warschau, Rotterdam, London, aber auch Belgrad und später Stalingrad galten die Bombardements deutscher Städte als moralisch gerechtfertigte Vergeltungsschläge.

Parallelen zwischen *Vergeltung* u. *Die Stalinorgel*

Bei Ledigs *Die Stalinorgel* und *Vergeltung* gibt es sowohl strukturelle wie inhaltliche Parallelen. In beiden Romanen sind die Figuren fast ausschließlich unter ihrem militärischen Rang bekannt, sie sind auf Funktionen (Funker, Bergungstrupp, Melder, Geschützführer) und Dienstgrade (Leutnant, Major, Feldwebel, Sergeant) reduzierte Menschen. Eine Ausnahme bildet in *Vergeltung* der amerikanische Sergeant Strenehen, der die einzige konsequent mit Namen benannte Figur ist und der als Einziger das Bombardement sowohl aus der Perspektive des Angreifers als auch der des Angegriffenen erlebt. Beide Texte basieren auf mehreren Erzählsträngen, wobei das Prinzip der Verschachtelung in *Vergeltung* stärker ausgeprägt ist. In beiden Romanen wird nicht nur aus deutscher, sondern auch aus russischer bzw. amerikanischer Perspektive berichtet. Ledig verdeutlicht so, dass der Krieg für beide Seiten sinnlos und menschenverachtend ist und sich ihm kein Individuum mehr zu entziehen vermag. Wie schon *Die Stalinorgel* ist auch *Vergeltung* von einer stakkatohaften Hauptsatzsyntax geprägt, in der die Ereignisse weitgehend chronologisch erzählt werden. Auch die erzählte Zeit ist in beiden Texten klar abgegrenzt: 48 Stunden eines erbitterten Kampfes an der Ostfront einerseits, ein 69-minütiger Ausschnitt eines Luftangriffs andererseits.

Erzählstränge und Erzählerfigur

Vernetzte Struktur

Vergeltung hat zwar eine verschachtelte, aber keine komplexe narrative Struktur: Zwölf Erzählstränge sind miteinander kombiniert. Davon haben vier immer denselben Handlungsort (»Funker«, »Geschütz«, »Hochbunker«, »Umspannwerk«), die anderen spielen an verschiedenen Orten, sind allerdings durch eine Person oder eine Personengruppe in das Romangeschehen integriert (»Strenehen«, »Mädchen«, »Leutnant«, »Mann«, »Cheovski«, »Bergungstrupp«, »Russen«, »Soldaten«). Dementsprechend besteht entweder eine Orts- oder eine Personenkonstante. Indem die Erzählstränge parallel geführt werden, können gleichzeitig stattfindende Ereignisse relativ zeitnah erzählt werden, ohne dass durch diese Verschachtelung der Eindruck von Diskontinuität entstünde: Um den inhaltlichen Anschluss zu gewährleisten, werden die Personen oder Orte, welche einen Erzählstrang bezeichnen, meist im ersten Absatz eines Erzählabschnitts erwähnt. Durch die häufigen Unterbrechungen ist die narrative Spannung eher auf den Fortgang einzelner Stränge gerichtet, weniger auf das Textende – nicht zuletzt, da es keinen zentralen, von einer (Haupt-)Figur getragenen Konflikt oder einen daraus resultierenden Spannungsbogen gibt.
Das verbindende Moment aller Stränge ist der Luftangriff, und alle Ereignisse finden in oder über der angegriffenen Stadt statt (mit Ausnahme der in den Kurzbiografien skizzierten Erlebnisse). In den 13 Kapiteln fügen sich die Erzählstränge zu 93 Szenen zusammen, deren Länge zwischen 9 und 158 Zeilen variiert (vgl. S. 81, S. 160 ff.). Die Kapitel umfassen zwischen vier und zehn Szenen. Die Erzählstränge werden jedoch nicht ohne Berührungspunkte nebeneinander hergeführt, sondern sind miteinander verwoben, wobei sich auch – im Sinne einer »konsekutiven Integration« (Nischik, S. 139) – einzelne Stränge aus anderen entwickeln, sodass eine vernetzte Struktur entsteht. »Umspannwerk« ist der kürzeste Erzählstrang, der als Letzter im sechsten Kapitel eingeführt wird (vgl. S. 81 ff.). Einzig die Einleitung und der Epilog lassen sich nicht eindeutig in Erzählstränge unterteilen.
Keine Berührungspunkte zu anderen Strängen bestehen lediglich

bei »Mädchen« und »Geschütz«. Am häufigsten werden »Mann / Soldaten« (siebenmal) und »Leutnant / Funker« (viermal) miteinander verflochten. Auch wenn einige Erzählstränge deutlicher akzentuiert werden und prozentual einen größeren Teil des Gesamttextes ausmachen, besteht zwischen ihnen kein kategorialer Unterschied (vgl. Nischik, S. 150): Kein Erzählstrang hat eindeutig Priorität oder stellt ein »integriertes Zentrum« (ebenda, S. 162) dar; es gibt keine Haupthandlung, ohne die andere Textabschnitte unverständlich wären. Und die »Tendenz zur Diffusion, die mehrsträngige Handlungsführung allgemein mit sich bringt« (ebenda, S. 169), ist im Fall von *Vergeltung* durch die qualitative Gleichgewichtigkeit der Stränge ausgeglichen. Die Vernetzung des Textes wird noch zusätzlich intensiviert, da gelegentlich auf Figuren angespielt wird, die anderen Erzählsträngen zugeordnet sind: »Absturz einer Feindmaschine im Planquadrat Vier. Die Besatzung ist ausgestiegen. Sie hängen noch in der Luft«, heißt es z. B. in einem Abschnitt zu »Funker« (51,28–29), womit vermutlich auf Strenehens Absprung mit einem Fallschirm angespielt wird, der zwei Szenen später geschildert wird. Der weitere Fortgang von »Strenehen« wird durch die Entwicklung der Erzählstränge »Leutnant«, »Funker« und »Hochbunker« unmittelbar beeinflusst und vice versa.

Gleichgewicht der Erzählstränge

Bei *Vergeltung* ist die Erzählzeit länger als die erzählte Zeit, und der 69-minütige Bombenangriff wird somit verlangsamt und gedehnt: Ledig ermöglicht einen mikroskopischen Blick in die Zeit. Im Roman sind so die Prinzipien von Kontinuität, d. h. der zeitlichen Abfolge und des lückenlosen Zusammenhangs, und Synchronität, hier verstanden als die Gleichzeitigkeit und zeitliche Übereinstimmung von erzählten Ereignissen, miteinander kombiniert. Für die Figuren ist die Wahrnehmung der Zeit, bedingt durch die Extremsituation des Luftangriffs, subjektiv und funktioniert nicht mehr nach normalen Parametern. Es besteht ein »Gegensatz zwischen quantifizierter physikalischer und qualitativ erlebter Zeit« (Nischik, S. 68), etwa im Erzählstrang »Mädchen«, in dem diese Diskrepanz explizit angesprochen wird: »Eine Zeitlang war Ruhe. Eine Stunde lang oder eine Minute.« (77,3–4)

Erzählzeit u. erzählte Zeit

Die einzelnen Szenen sind nicht willkürlich miteinander kombiniert, sondern folgen einem dramaturgischen Aufbau: Zwischen keinem Abschnitt eines Erzählstranges liegen mehr als zwei Kapitel, sodass dem Leser die jeweiligen Figuren und Schauplätze stets präsent sind. Die einzige Ausnahme bildet »Hochbunker«, ein Erzählstrang, der im dritten Kapitel eingeführt, dann allerdings erst im achten Kapitel wieder erwähnt wird. »Umspannwerk« und »Russen« werden nur in drei bzw. vier Kapiteln erwähnt, alle anderen Erzählstränge in mindestens sechs, »Strenehen« und »Mädchen« sogar in zehn Kapiteln. Dabei haben viele Erzählstränge ein offenes Ende: So bleibt beispielsweise unklar, ob das Ehepaar Cheovski den Luftangriff überleben wird oder nicht (vgl. S. 166). Ebenso ist ungewiss, ob der Leutnant oder die von ihm befehligten Kanoniere dem Bombardement entkommen können (S. 144 ff.).

Dramaturgischer Aufbau

Als kollektiver Erfahrungsort wird der Hochbunker zunehmend wichtig: In ihm spielen fast fünfzig Prozent aller Szenen der letzten vier Kapitel, und dort kulminieren auch die Erzählstränge »Strenehen« und »Soldaten«. Dies ist sicherlich als Hinweis auf die Bedeutung von Bunkern während des Zweiten Weltkriegs zu verstehen, die – etwa im Vergleich zu Luftschutzkellern oder Splittergräben – eine weitgehende Sicherheit boten. Obwohl der Zutritt zu Bunkern »grundsätzlich ein Privilegium« (Friedrich, *Der Brand*, S. 401) war, wurden sie während der Luftangriffe für viele Deutsche zu zentralen Erfahrungsorten. Dass Strenehen nicht während des Fallschirmabsprungs oder in der brennenden Stadt stirbt, sondern im vermeintlich sicheren Bunker erschlagen wird, ist ein zynischer Hinweis auf die Wahllosigkeit des Todes im Krieg.

Kollektiver Erfahrungsort: Hochbunker

Vergeltung ist durch eine auktoriale Erzählsituation gekennzeichnet. Es wird überwiegend von äußeren Geschehnissen berichtet, aber auch ein Einblick in das Bewusstsein der Figuren gewährt, es werden also deren Gefühle, Wahrnehmungen oder seelische Vorgänge geschildert. Wenn ein Wechsel von der Außenwelt zur Innenwelt stattfindet, wird dies durch Formulierungen wie »er dachte« oder »sie meinte« deutlich gemacht. Andererseits schließt sich die Innensicht – in Form eines Gedankenberichts – häufig auch unvermittelt an die Beschreibung äußerer

Auktoriale Erzählsituation

Ereignisse an (vgl. z. B. S. 59 f.). In der Mehrzahl der Szenen gibt es auch eine direkte Redewiedergabe, meist in Dialogform: Nur in zwölf Szenen (überwiegend aus den Erzählsträngen »Bergungstrupp«, »Geschütz« und »Strenehen«) sowie in der Einleitung findet sich keine wörtliche Rede.
Die Außenperspektive des auktorialen Erzählers bleibt im gesamten Text erhalten, d. h. »der Standpunkt, von dem aus die erzählte Welt wahrgenommen und dargestellt wird« (Stanzel, S. 150), liegt stets außerhalb der Figuren. Mit anderen Worten: Zwischen ihrem Seinsbereich und dem des Erzählers gibt es keine Übereinstimmung. Er fungiert als ein allwissender Beobachter, dessen Kenntnis auch über die erzählte Zeit, den 69-minütigen Bombenangriff, hinausreicht. (vgl. 12,24–13,6–7; 177, 24–178,14). Es scheint, als ob erst diese Distanz die nüchtern-faktische Gewaltschilderung ermöglicht.
Gelegentlich finden sich in *Vergeltung* Kommentare des auktorialen Erzählers. Sie tragen einerseits zur Charakterisierung der Figuren bei und erläutern von einer Metaebene aus deren Handlungsmotivationen. Über den von der NS-Ideologie fanatisierten Jungen heißt es beispielsweise: »Jetzt würde er die Geschichte eines Helden hören. Mehr bedurfte es für ihn nicht.« (154,4–5) Andererseits wird das Geschehen in den Kommentaren häufig ironisch bis zynisch zugespitzt, etwa in einer Passage aus dem Erzählstrang »Mädchen«, in der über eine brutale Vergewaltigung resümiert wird: »Der Altar des Vaterlandes bestand nicht aus Stein, sondern aus Geröll. Das Mädchen hatte auf ihm die Unschuld und einen Liter Blut verloren.« (157,12–14)

Bildlichkeit und Sprache

Dokumentarischer Gestus

Sowohl die Makrostilistik (Erzählperspektive, Stilisierung, verschiedene Arten der Redewiedergabe) als auch die Mikrostilistik (Satzlänge, Satzarten) und die Bildlichkeit bewirken, dass der Erzähltext an das Medium Film erinnert. Der Roman ist geprägt von scharfen Schnitten und Einzelbildern, die eindrucksvoll sind und – wie viele Texte der Kriegsliteratur – die Funktion haben, »das allgemeine Chaos [zu] verdeutlichen« (Daemmrich, S. 7f.). Sie setzen sich zusammen zur Sequenz eines kohärent nicht mehr zu verarbeitenden und deshalb nur schlaglichtartig – wenn auch nahezu fotografisch genau – aufgenommenen Grauens. Dadurch erhält *Vergeltung* stellenweise den Gestus des Dokumentarischen, z. B. in der Beschreibung des in der Luft zerstörten US-Bombers (vgl. 44,29–35). Dazu tragen auch die sachlich präzise und authentische Beschreibung technischer Vorgänge (etwa der Anflug eines Bomberverbandes, ballistische Aspekte oder verschiedene Bombentypen) und die Schilderung der Atmosphäre in der Stadt (im Luftschutzkeller oder bei den Geschütz- und Flakstellungen) bei sowie die exakte Verwendung der Fachterminologie (z. B. Aufsatzwinkel, Flaksperre, Schweigebatterie).

Verknappung der Sprache

Gleichzeitig hat Ledig die Sprache bewusst verknappt: In den parataktisch aneinander gereihten, vielfach elliptischen Sätzen finden sich nur wenige Adjektive und Adverbien. Häufig fehlen im Erzähltext auch die »relationalen Informationen (Angaben zu Raum und Zeit und zu den Modalitäten)« (Sowinski, S. 92). Dadurch wird das Erzähltempo erhöht, aber auch der Eindruck vermittelt, dass die Figuren orientierungslos sind und zum Spielball der Ereignisse werden. Der Anschein der totalen Zerstörung wird noch zusätzlich gesteigert, indem Verben, die Lebendigkeit, Bewegung und Aktivität implizieren, häufig kombiniert werden mit Nomen der unbelebten Natur, z. B.: »Die Luft zischte wie Dampf. Steine und Erde spritzen von der Straße empor« (50,10–11), »Feuer spritzte« (99,31), oder »Steine summten wie Bienen« (166,4).

Ledigs pointierte und drastische Beschreibung von Todesarten (z. B. »Er wurde gegrillt«; 115,34), kann als ein Versuch gelesen werden, sich den eigentlich unbegreiflichen Ereignissen sprachlich zu nähern. Sie verdeutlicht ebenso, dass es eine schwer zu überbrückende Diskrepanz gibt zwischen der Erlebniswelt, in der der Bombenkrieg stattgefunden hat, und der Sprachwelt, in der er geschildert bzw. in der von ihm gelesen wird.

Unmittelbare Bildlichkeit

Vergeltung wird dominiert von einer unmittelbaren Bildlichkeit, insbesondere von Beschreibungen der durch den Luftangriff und seine Abwehr hervorgerufenen Zerstörung. Gelegentlich gewinnen diese Schilderungen auch Symbolkraft und werden zu mittelbaren Bildern, etwa im Erzählstrang »Leutnant«: »Ein Engel breitete die Arme aus, um sie [die Kanoniere] zu segnen. Ein Flügel fehlte.« (144,22–23) In der Figur des zerstörten Engels konkretisieren sich – in Form eines Symbols – die religiöse Abkehr und der Zweifel an der Existenz Gottes, wie sie in *Vergeltung* vielfach thematisiert werden. Gerade das Theodizee-Problem wird sowohl in der unmittelbaren als auch in der mittelbaren Bildlichkeit dargestellt.

Leitmotive

Feuer ist in *Vergeltung* allgegenwärtig. Bereits die erste Szene des Prologs ist vom Feuertod und von der vernichtenden Kraft des Feuers geprägt: »Wo eben noch Asphalt war, prasselten Flammen.« (11,26–27) Feuer, das traditionell doppelt konnotiert ist (einerseits als zivilisatorische, andererseits als vernichtende Kraft), entwickelt in Ledigs Roman archaische Gewalt und symbolisiert alle Zerstörung.

Ein signifikantes (Leit-)Motiv ist das Kreuz, das eine doppelte Bedeutung besitzt: Als christliches Symbol ist es mit dem Verlust des sinnstiftenden Systems Religion verbunden, und in der Bildlichkeit des Romans wird es häufig mit Tod und Zerstörung assoziiert (vgl. 62,12; 79,5–6; 177,6–7; 177,22–23); dieselbe Diskrepanz zwischen Sinnstiftung und Sinnverlust repräsentiert es als militärische Auszeichnung, insbesondere in den Erzählsträngen »Leutnant« und »Funker«. Der Leutnant sieht Kreuze lediglich als Tauschobjekt an (vgl. 102,4–10; 113,5–114,3): Er erkennt ihre Wertlosigkeit angesichts der existenziellen Gefahr, in der die Soldaten sich befinden, und realisiert, dass militärische Ehrungen nur Sinn machen, wenn man den Kampf überlebt. Für die Soldaten hingegen seien Kreuze wie »Rauschgift« (122,21), die gleichzeitig als Anreiz und als Druckmittel dienten: »›Ich habe sie dekoriert, das Begräbnis kann stattfinden.‹« (122,4–5) Als Auszeichnung besitzt das Kreuz für sie per se einen Wert, es stellt eine ehrenvolle Bestätigung durch das Militär dar: »›Schreiben Sie‹, flüsterte der Verwundete, ›meiner Mutter, daß ich das EK habe.‹« (145,15–16) Nicht zuletzt ist das Kreuz auch ein Gegenstand, an dem sich die Erinnerung an den im Krieg gefallenen Sohn festmacht (vgl. 17,12–13; 177,23–24).

Lebensläufe

Die jeweils zu Kapitelbeginn eingefügten kurzen Lebensläufe sind retardierende Momente im Stakkato der Gewaltbeschreibung. In den zeitgenössischen Kritiken wurden sie als »monologische Visitenkarten« (*Die Welt*), »biographische Stenogramme« (*Literarische Umschau*), »selbstbiographische Notizen« (*Aachener Nachrichten*), »knappe Portraits« (»Neues vom Büchermarkt«, *Österreichischer Rundfunk*) oder auch als »Albumblätter im Hinrichtungsregister« (*Frankfurter Neue Presse*) bezeichnet. In ihnen ist die sonst vorherrschende Anonymität der Figuren aufgehoben, und sie verweisen über die Grenzen der bombardierten Stadt, die wie ein hermetischer Raum wirkt, hinaus: Die Reduktion auf den Augenblick, die den Roman sonst kennzeichnet, ist hier um eine biografische und damit historische Perspektive erweitert. Ausschnitthaft werden Fakten zusammengetragen, etwa das Geburtsjahr oder der Beruf, aber auch für die Identitätsentwicklung der Figuren bedeutende Erlebnisse. Diese stehen allerdings – mit einer Ausnahme – inhaltlich nicht in Zusammenhang mit dem sonstigen Erzähltext. Lediglich die Kurzbiografie von Anna Katharina Gräfin Baudin ist für die Handlung von Bedeutung, da der dort geschilderte Tod ihres Sohnes direkt zu Beginn des folgenden Kapitels aufgegriffen wird (vgl. S. 159 f.).

Erweiterung der Perspektive

In den Lebensläufen ist die auktoriale zugunsten einer Ich-Erzählsituation aufgelöst (mit den Textsorten Brief, tabellarischer Lebenslauf und Monolog). Zehn der dreizehn Lebensgeschichten werden mit »Ich« eingeleitet, einige von ihnen sind explizit als *post mortem*-Monologe geschrieben (vgl. S. 41), bei anderen ist lediglich über das Erzähltempus angedeutet, dass die Figuren bereits tot sind (vgl. S. 30). Die Lebensgeschichten haben so den Charakter von Nachrufen, die von den Opfern des Bombenangriffs selbst vor ihrem Tod verfasst wurden. Dass und wie der Krieg sich tief und zerstörerisch in die Biografien eingeschrieben hat, wird eindringlich, wenn auch knapp geschildert. Dabei spielen Schlüsselerlebnisse, welche in Form von Erinnerungsbildern konturiert zutage treten, eine große Rolle: ein Tanzverbot während des Kriegs, die Massengräber in einem Lager, die Massen-

Ich-Erzählsituation

Schlüsselerlebnisse

erschießungen eines Sonderkommandos, der Tod von zwei Söhnen an der Front, ein Einberufungsbefehl, der Verlust einer Hand oder ein im Eismeer ertrinkender Matrose. Es gibt allerdings auch Kontrastbilder zum Krieg, etwa in dem Text über Strenehen (vgl. S. 147). Dort wird – in auffälligem Gegensatz zu den deutschen Lebensläufen, die häufig von Subordination und Anpassungsdruck handeln – ein kleinbürgerliches Idyll im ländlichen Amerika skizziert.

In einigen Lebensläufen wird deutlich, wie ein Arbeits- und Erfolgsethos, gestützt von hohlen Phrasen und emotionaler Verarmung, es ermöglichten, über die Barbarei des nationalsozialistischen Regimes hinwegzusehen: Im tabellarischen Lebenslauf von Hans Cheovski etwa geht die sprachliche Reduktion – »1933 [...] Kollege Adler verübt Selbstmord. Völlig unbegreiflich.« oder »1944 Walter gefallen. Angeblich nicht gelitten.« (106,27–28; 107,16) – einher mit der Unfähigkeit, die ihn und seine Familie prägenden historischen Prozesse differenziert zu sehen und Verbindungen herzustellen zwischen militärischen Traditionen, der nationalsozialistischen Machtergreifung und dem Tod der Söhne. Eine Ausnahme bildet einzig die Kurzbiografie von Viktor Lutz, Fähnrich in einem Sonderkommando: Explizit werden hier als Phrasen empfundene Begriffe wie »Vaterland, Heldentum, Tradition, Ehre« (96,14–15) in Verbindung gebracht mit der brutalen und menschenverachtenden Tötung von Gefangenen, für die Lutz zuständig war.

Indem jedem Kapitel ein biografischer Abriss vorangestellt wird, erhalten die Figuren nicht nur eine historische Perspektive. Die Textsorte Lebenslauf selbst lässt sich als Hinweis auf »eine moderne Reduktion des Menschlichen« lesen, »darin der gewaltsamen äußeren Reduzierung auf einen sich vor Angst windenden Körper verwandt« (Olles, S. 220), wie sie in *Vergeltung* beschrieben wird. Daher erzielen die Lebensläufe einen scheinbar widersprüchlichen Effekt: Sie verleihen den Figuren eine Geschichte, die während des Bombardements jedoch – so scheint es aus der Retrospektive – auf einen Augenblick der Angst und des Todes zusammenschmilzt. Und nicht zuletzt bewirken die kurzen Lebensläufe – trotz ihrer Fiktionalität –, dass das »an sich unfaßbare Geschehen« (Daemmrich, S. 2) authentisiert wird.

Deutungsansätze

Überlebens- und Todesgeschichten

»Der Übergang zwischen Krieg und Barbarei war immer fließend«, schreibt Alexander Kluge in »Krieg«, seinem Beitrag zu *Die Welt der Encyclopédie* (Kluge, S. 213). Er illustrierte dies am Beispiel der ebenso ausweglosen wie wehrlosen Position der Zivilbevölkerung während eines Luftangriffes: Die Kapitulation »einer bombardierten Bevölkerung gegenüber der anfliegenden Armada [ist] im konkreten Moment praktisch ausgeschlossen«.

Reaktionen auf den Angriff

Das Gefühl von Ohnmacht, Handlungsunfähigkeit und Einflusslosigkeit prägt auch die Verhaltensweise der Figuren in *Vergeltung*, und eine Vielzahl an Reaktionen auf den Angriff wird erkennbar: Fanatisierung, existenzielle Angst, Mut, Opferbereitschaft, versuchter Suizid, Verzweiflung oder auch Flucht und Desertion. Dabei wird deutlich, dass die Figuren keine handelnden Individuen mehr sind, im Gegenteil: Ihre Existenz wird von außen bestimmt und nahezu auf eine reine Körperlichkeit reduziert. Zivilisten wie Soldaten sind Objekte der Bombardierung und haben keine Möglichkeit, die für sie existenzielle Gefahr abzuwenden. Zwar besteht ein Aktionsspielraum, und die Figuren können sich entscheiden, ob sie den Luftschutzkeller unter einem eingestürzten Haus verlassen oder nicht, aber die Konsequenzen ihrer Handlungen lassen sich nicht überblicken. Überleben oder Sterben bleibt dem Zufall überlassen: »Dabei werden nahezu sämtliche ästhetische Darstellungsmöglichkeiten des Todes gleich einem Kameraobjektiv in Nahaufnahme eingefangen und durchexerziert.« (Hundrieser, S. 369)

Die Inhumanität des Krieges zerstört v. a. die Beziehungen zwischen den Zivilisten. Das Leben in der Stadt ist ein chaotisches Nebeneinander, das nur vom Prinzip des Zufalls und der Willkür bestimmt wird. Dass die existenzielle Gefahr für alle – Zivilisten und Militärs, Kriegsgefangene und Einheimische – gleich ist, illustriert eine kurze Textstelle aus dem zehnten Kapitel. In einer Detonationswelle prallen ein russischer Kriegsgefangener und der Leutnant zusammen: »Sie duckten sich. Dreck rauschte vom Himmel. Als sie sich erhoben, hielten sie gegenseitig ihre Hände.« (138,28–30) In Todesgefahr suchen beide unbewusst die Nähe eines anderen Menschen und desavouieren damit, wenn auch unabsichtlich und nur für einen Moment, den Verhaltenskodex zwischen Freund und Feind.

Einteilung in Opfer- u. Täterrollen

In *Vergeltung* ist keine eindeutige Einteilung in Opfer- und Täterrollen möglich. Dass diese Kategorien verschwimmen oder sich in einigen Fällen sogar komplett auflösen, bewirkt eine Revision von Klischeevorstellungen und »›typischen‹ Täterprofilen« bzw. Feindbildern (Hundrieser, S. 371). So wird beispielsweise beschrieben, wie der amerikanische Sergeant Strenehen bewusst einen Friedhof bombardiert, »in der Hoffnung, dort träfe es nur Tote« (12,28–29). Er muss sich erbrechen, immer wenn »sich die Klappen der Bombenschächte öffneten« (13,11). Später wird er selbst Opfer des Arztes. Der im Keller verschüttete Mann vergewaltigt das Mädchen, wird so vom Opfer zum Täter. Ein Monteur, selbst durch die Bomben gefährdet, sperrt Strenehen aus dem – zumindest eine gewisse Sicherheit bietenden – Gebäude in einem Umspannwerk aus. Einerseits rettet er ihn damit vor der Rachsucht des Ingenieurs, andererseits setzt er ihn der unmittelbaren Gefahr des Bombenhagels aus (vgl. S. 98 f.). Die Zufälligkeit des Überlebens oder Sterbens wird auch anhand der Figuren im Erzählstrang »Bergungstrupp« deutlich: Während der Priester qualvoll verbrennt (vgl. 79,5–17), kann eine Frau fliehen und sich zunächst in Sicherheit bringen. Der Tod des Bergungstruppführers wird zum Sinnbild für das fremdbestimmte Sterben während des Bombardements: »Seine Bewegungen dirigierte die Hitze.« (115,28–29)

Spannungsverhältnis zwischen Individuum u. Kollektiv

Neben den nicht eindeutig definierten Opfer-Täter-Rollen ist für den Roman auch das Spannungsverhältnis zwischen Individuum und Kollektiv konstitutiv. Davon sind alle Erzählstränge geprägt – mit Ausnahme von »Funker«, »Umspannwerk« und »Cheovski«. Bei den Menschen im Hochbunker und im Luftschutzkeller handelt es sich um Zwangsgemeinschaften, bei den Soldaten, Kanonieren und Flakhelfern um militärische Kollektive. Sie gewähren Schutz und Trost, überwachen den Einzelnen allerdings auch und fordern dessen Subordination. Besonders deutlich wird dies am Beispiel des Mannes, der zunächst gezielt erniedrigt wird, später jedoch unter dem Schutz der Soldaten steht.

Der Junge u. der Arzt

Zum Schluss von *Vergeltung* werden zwei Figuren akzentuiert, die durch den Krieg hochgradig fanatisiert wurden: der Junge und der Arzt. Ob die extreme, lustbetonte Brutalität des Arztes einem plötzlichen Rachebedürfnis entspringt (also infolge eines womöglich herabgesetzten Ehrgefühles entsteht) oder in einer individuellen, unter Umständen sadistischen Disposition gründet, bleibt unklar. Nach Habitus und Wortwahl ist er der Inbegriff des pervertierten bildungsbürgerlichen Nationalsozialisten, der Strenehen willentlich so schwer verletzt, dass dieser kurz darauf stirbt.

In der Figur des Jungen, der die im Bunker ausharrenden Menschen zur Lynchjustiz an Strenehen aufstacheln möchte, wird ebenfalls der Irrsinn einer ideologischen Fanatisierung deutlich, eines ebenso blindwütigen wie unreflektierten Hasses. Er ist ein kindliches Pendant zum Arzt, übt Gewalt allerdings bisher nur rhetorisch aus. Seine Handlungsmotivationen scheinen von einem starken Kameradschaftsgefühl geprägt, das die Realität allerdings verkennt (vgl. S. 116 f.). In der mehrmals wiederholten Aufforderung »Schlagt ihn tot!« (S. 173) kommt pointiert die ideologische Misssozialisation und die systematische Erziehung zur Inhumanität im Dritten Reich zum Ausdruck.

Suche nach einem Sinn – Theodizee und religiöse Anspielungen

Bibelzitate u. -anspielungen

An zahlreichen Stellen verweist der Erzähltext, wie bereits erwähnt, auf die Bibel, zitiert entweder wörtlich oder sinngemäß aus dem Alten und Neuen Testament. Ferner wird aus verschiedenen Perspektiven die Frage nach der Existenz Gottes angesichts von Leid, Tod und Verwüstung gestellt. Durch diese Anspielungen auf das Theodizee-Problem, aber auch durch die Verwendung religiöser Metaphern oder pseudoreligiöser Wahlsprüche fällt dem Themenkomplex ›Glaube, Religion, Gott‹ eine bedeutende Rolle zu – auch wenn häufig »antithetische Beziehungen zu christlichen Motiven« (Olles, S. 220) bestehen.

Um den Irrsinn des Bombardements drastisch und pointiert darzustellen, sind viele Bibelzitate ihrem ursprünglichen Kontext enthoben. Dies mündet in kühlem Sarkasmus: »Lasset die Kindlein zu mir kommen« (11,3) ist eine Anspielung auf die von den Synoptikern geschilderte Segnung der Kinder durch Jesus (vgl. Mt 19,13–15; Mk 10,13–16; Lk 18,15–17). Anders als in der Bibel ist der Satz allerdings nicht als Hinweis auf die allumfassende Liebe Gottes zu verstehen, spielt also nicht auf einen Gott an, der – im positiven Sinne – von einem kindlich-naiven Standpunkt aus gesehen werden soll. Bei Ledig steht das Zitat im Kontext der Bombardierung eines Friedhofs, wo noch nicht beerdigte Kinderleichen liegen, die durch den Luftdruck detonierender Sprengkörper gegen eine Mauer geschleudert werden. Ferner lassen sich die Bibelzitate bzw. expliziten Anspielungen (»Der Herr spricht: Die Rache ist mein.«, 83,26–27 oder »Auge um Auge! Zahn um Zahn!«, 91,21) als sarkastischer Kommentar zur Logik des Krieges lesen, die sich offensichtlich an das alttestamentarische Vergeltungsdenken anlehnt.

Während des Luftangriffs stellen einige Figuren ein direktes Kausalverhältnis zwischen der Existenz Gottes und dem Überleben her: »Ich glaube an Gott, wenn sie [die Tür] jetzt aufgeht. [...] Wenn sich die Tür öffnet, gibt es einen.« (103,16–20) Die am Boden ebenso unbestimmbare wie unfassbare Gefahr, die von den Bombern ausgeht, ist für die Figuren aber nicht nur ein Impuls zur Religiosität, sondern kann auch umgekehrt eine Glaubensabkehr bewirken: »Wenn meine Tochter eines normalen Todes gestorben wäre, würde ich auch noch an Gott glauben!« (146,25–26) Mit diesem Spannungsfeld von (vermeintlicher) Glaubensbestärkung und (vermeintlichem) Glaubensverlust werden implizit zwei klassische Positionen des Theodizee-Problems skizziert, das sich auf »die Rechtfertigung des Glaubens an Gott angesichts des Einwandes seiner offenkundigen Widersprüchlichkeit bzw. Irrationalität« (Kreiner, S. 24) bezieht. Die scheinbare Widersprüchlichkeit in Gottes Verhalten entsteht aus dem Glauben an einen sittlich vollkommenen und omnipotenten Gott einerseits und der unmittelbaren und fundamentalen Erfahrung von Krieg, Tod, Krankheit, Zerstörung und Leid andererseits. Dabei geht es jedoch »nicht notwendig um die Erklärung der Tatsache einzelner konkreter Leiderfah-

Theodizee-Problem

rungen, sondern um die Erklärung der allgemeinen Tatsache von Übel und Leid« (ebenda, S. 27).

Das Jüngste Gericht

»Nur das Jüngste Gericht. Das war sie [die Vergeltung] nicht.« (178,17) Mit diesem Schlusssatz spielt Ledig wiederum auf religiöse Vorstellungen an. Indem Ledig das Gottesgericht hier allerdings bewusst vom Diskurs über die militärische Vergeltung abtrennt, spricht er den Bombenangriffen eine religiöse Tragweite ab: Sie sind nicht gottgewollt und – nach biblischem Verständnis – keine Strafe für sündhafte Taten, sondern lediglich das Resultat einer militärischen Strategie. Folglich lassen sie sich auch nicht in einen religiösen Rechtfertigungskontext bzw. in ein theologisches Ordnungsparadigma stellen. Hundrieser formuliert dazu: »Anders als das ›Jüngste Gericht‹, dessen heilsmetaphysische Aufgabe das Scheiden von Gut und Böse, von Opfern und Tätern, von legitimem/sinnvollem und illegitimem/sinnlosem Handeln ist, präsentiert sich die Realität der Vergeltung bar jeden Sinns.« (Hundrieser, S. 372)

Dennoch besteht bei den als Vergeltung apostrophierten Bombardements, die Ledig als »unaufhaltsam« (178,16) beschreibt, auch eine Parallele zum Gottesgericht – wiederum in der Bildlichkeit. Gott und seine Präsenz werden in der Bibel metaphorisch mit Flammen, Glut, Hitze in Verbindung gebracht (vgl. z. B. Mal 3,2), und Feuer ist obendrein das Instrument göttlicher Prüfung und Strafe: »Das Feuer wird prüfen, was das Werk eines jeden taugt.« (1 Kor 3,13, vgl. auch 2 Kön 1,10–14, Jer 11,16, Sach 9,4) In diesem allgemeinen Zusammenhang besteht eine Verbindung zwischen Gott, dem Jüngsten Gericht und Feuer. Die vielfältige Feuermetaphorik und -symbolik in biblischen Texten bildet also eine Rezeptionsfolie für die Schilderung von Zerstörung in *Vergeltung* und ist assoziativ mit dem Roman verbunden.

Dass Passagen aus dem Alten und Neuen Testament als intertextuelle Referenz herangezogen werden, liegt wohl darin begründet, dass in der Bibel vielfach von Extremsituationen und Leiderfahrungen erzählt wird. Sie ist ebenfalls ein Referenztext für die Szenarien des Infernos und der Apokalypse und – insbesondere im Alten Testament – für kollektive Erfahrungen, etwa während Kriegs- und Krisensituationen. So bestehen analoge inhaltliche Momente zu *Vergeltung*, auch wenn diese nicht immer eindeutig zu benennen sind.

Erzählstrang »Strenehen« – Referenz auf die biblische Passionsgeschichte

Der gewaltsame Tod des Sergeant Strenehen ist eine der eindrucksvollsten und gleichzeitig bedrückendsten Szenen des Romans (vgl. 166,11–168,26; 172,24–174,19). Sein Sterben verdeutlicht die Perversion der militärischen Vergeltung *en miniature* (als ein auf zwei Personen reduzierter Konflikt zwischen dem Arzt und Strenehen). Ferner ist der Erzählstrang »Strenehen« eine komplexe intertextuelle Referenz auf die biblische Passionsgeschichte: »An der Eisentür stand er wie gekreuzigt.« (99,10–11) Strenehen wird, zumindest andeutungsweise, zu einer Postfiguration Christi. Bereits die erste Erwähnung des amerikanischen Soldaten (»Ausgelöst hatte sie Sergeant Strenehen, von dem es später hieß: ein Mensch.«, 12,23–25) spielt auf das *ecce homo*-Motiv an und damit auf die Verurteilung Jesu durch den römischen Präfekten Pilatus (vgl. Mt 27 oder Mk 15).

In beiden Geschichten werden die Protagonisten öffentlich verspottet, mit einem Stock bzw. einem Schürhaken geschlagen. Beide – Jesus und Strenehen – werden verhöhnt und erniedrigt, indem man ihnen fremde Kleidung anzieht. Beide sind später nackt, womit nicht nur eine Erniedrigung verbunden ist, sondern auch auf ihre Verletzlichkeit hingewiesen wird. Ähnlich wie Jesus im Garten Getsemani an eine »groß[e] Schar von Männern, die mit Schwertern und Knüppeln bewaffnet waren«, übergeben wird (Mt 26,47), so wird auch Strenehen ausgeliefert, zunächst an den rachsüchtigen und brutalen Arzt, später an die Menschen im Luftschutzkeller. In beiden Texten gibt es allerdings nicht nur die Handlungsmotivation der Rache, sondern auch die der Einsicht. Bei Ledig sind es die Menschen im Luftschutzbunker, die Strenehen helfen und Schamgefühl und Reue zeigen, in der Bibel handelt es sich um den »Hauptmann und die Männer, die mit ihm zusammen Jesus bewachten« (Mt 27,54).

Beide Texte – die Passionsgeschichte des Neuen Testaments ebenso wie der Erzählstrang um Strenehen – sind konsequent auf den Tod der Protagonisten hingeschrieben. Dabei wird das Sterben zu einem Moment religiöser Fokussierung: Nach Strenehens Tod beten die Menschen im Luftschutzbunker das Vaterunser, einen Text, in dem formelhaft die Anschauungen des

Christentums zum Ausdruck kommen. Jesus versichert den Jüngern nach seiner Auferstehung: »Mir ist alle Macht gegeben im Himmel und auf der Erde. [...] Seid gewiß: Ich bin bei euch alle Tage bis zum Ende der Welt.« (Mt 28,18 ff.) – und zerstreut damit ihre Glaubenszweifel.
Sicherlich verweist dieser Erzählstrang nicht auf die Autorität der Bibel. Er stellt auch keine Aktualisierung der Passionsgeschichte dar. Dennoch fungiert der Bibeltext, in dem das Schicksal eines Einzelnen angesichts einer fanatisierten Masse erzählt wird, als ein Erzählmuster. *Vergeltung* nimmt Bezug auf den mit ihm verbundenen Diskurs, um die Frage nach dem Sinn von Strenehens Tod aufzuwerfen. Eindeutig beantwortet wird diese allerdings nicht.
Einerseits wird Strenehens Sterben durch die Parallelführung mit der Passionsgeschichte überhöht und verklärt. Dies findet seine Resonanz in den von Strenehen gebrauchten Wörtern »Heimat« und »zu Hause«, die auf die als Heimkehr zum Vater – also zu Gott – apostrophierte Kreuzigung Jesu anspielen. Der Tod ist für den Sergeant, wie auch für Jesus, eine Erlösung von den physischen Qualen. Andererseits lässt sich die intertextuelle Referenz auch als Ironie verstehen, indem eher der Gegensatz zwischen beiden Figuren betont als dass auf Gemeinsamkeiten hingewiesen wird: der Stellvertreter- und Sühnetod Jesu einerseits und das sinnlose Sterben Strenehens andererseits.

Vergeltung *als Kriegs- und Antikriegsroman*

Typologie der Kriegsliteratur

In »Krieg aus der Sicht der Themengeschichte« unternimmt es der Literaturwissenschaftler Horst S. Daemmrich, für die nahezu unüberschaubare Anzahl von Texten, die sich unter der Genrebezeichnung Kriegsliteratur subsumieren lassen, eine »systematische Gliederung einer Typologie« zu entwerfen (Daemmrich, S. 2). Daemmrich nennt einige strukturbildende Motive, insbesondere das Motiv der Ortsbestimmung (»Eindruck anschaulich erfaßbarer Schauplätze der Handlung«), das Motiv der verkehrten Welt (»Verlust einer sinnvollen Ordnung«) und das Chaos-Motiv (»Einbruch des Zufalls in die Welt«, Daemmrich, S. 5f., 10). Diese sind auch konstitutiv für *Vergel-*

tung. Gerade indem der Roman diese Motive deutlich akzentuiert und damit die Nicht-Begrenzbarkeit des modernen Krieges schildert, wird er zu einer leidenschaftlichen Anklage gegen bewaffnete Konflikte.

So ausführlich wie kein anderer literarischer Text thematisiert *Vergeltung* die Bombardierung deutscher Städte. Dabei besitzt er keine aufklärerische geschweige denn ideologiekritische Perspektive: Der Erzähler berichtet lediglich, wie die Menschen den Luftangriff erleben. Dabei spielen politische und soziokulturelle Zusammenhänge keine Rolle. Auch militärische Strategien werden, wie erwähnt, bestenfalls marginal thematisiert.

Politisches Potential von *Vergeltung*

Das politische Potential des Textes besteht darin, *wie* vom Krieg erzählt wird. Drastisch und unmissverständlich zeigt Ledig die Instrumentalisierung des Einzelnen – etwa die Indienststellung 15-jähriger Jungen als Flakhelfer, die auf einem »nackte[n] Bunkerkoloß« (21,14) ungeschützt den Angriffen der feindlichen Jäger ausgesetzt sind. Er stellt sich damit gegen jegliche Kriegsverherrlichung und entwirft ein Kontrastbild zur romantischen Verklärung des Soldatendaseins, das als Klischeebild von der NS-Propaganda eingesetzt wurde. Sebald bezeichnete den Roman als »eine Art der Denunziation des deutschen Kollektivs zu jener Zeit« (Hage, *Zeugen der Zerstörung*, S. 264), womit er sich auch auf die vom NS-Regime propagierte Idee einer Volks- und Schicksalsgemeinschaft der Deutschen bezog. *Vergeltung* jedenfalls entlässt die Leser mit der Gewissheit, dass die Menschen im Krieg zu Objekten, zu bloßem Material degradiert sind.

Nur in der Einleitung und im Epilog finden sich kurze Textpassagen, aus denen sich eine deutliche – wenn auch nicht immer eindeutig formulierte – politische Profilierung ablesen lässt. In der Einleitung etwa fasst der Erzähler die Handlung betont zynisch zusammen: »In diesen sechzig Minuten wurde zerrissen, zerquetscht, erstickt. Was dann noch übrigblieb, wartete auf morgen. Später behauptete jemand: So schlimm wäre das nicht gewesen. Es blieben immer welche übrig.« (13,3–7) Damit verweist Ledig auf den vorherrschenden Erinnerungsdiskurs in der Nachkriegszeit bzw. auf den mit ihm verbundenen psychischen Abwehrmechanismus, der die während des Dritten Reiches begangenen und erlittenen Verbrechen verdrängte und derealisierte (beschrieben etwa von Margarete und Alexander Mitscherlich in *Die Unfähigkeit zu trauern: Grundlagen kollektiven Verhaltens*).

Im Epilog resümiert der Erzähler wiederum über die Zerstörung der Stadt: »Eine Stunde genügte, und das Grauen triumphierte. Später wollten einige das vergessen. Die anderen wollten es nicht mehr wissen. Angeblich hatten sie es nicht ändern können.« (178,10–13) Es bleibt allerdings unklar, auf wen »sie« sich hier bezieht: auf britisch-amerikanische Militärs, die den Bombenkrieg bewusst gegen die Zivilbevölkerung eingesetzt hatten, oder auf die Bevölkerung im Nachkriegsdeutschland, die ihre Schuld rechtfertigen oder verdrängen wollte. Dass die »libidinöse Energie« (Mitscherlich, S. 23) in den Fünfzigerjahren in den Wiederaufbau der deutschen Wirtschaft floss, wäre für die hier angedeutete Abwehrhaltung entscheidend. Schließlich verwies der Roman – auch mit dem programmatischen Titel – allzu deutlich auf die Frage nach der deutschen Kriegsschuld und damit nach der politischen und moralischen Verantwortlichkeit für die Zerstörung. Ledig verdeutlicht somit, dass der Wiederaufbau keine *restitutio ad integrum*, also keine Wiederherstellung des vorigen Zustands, sein konnte, weil sich die Zerstörung der Städte nicht von der Kriegsschuld Deutschlands trennen ließ.

Frage nach der deutschen Kriegsschuld

»Die Vergeltung verrichtete ihre Arbeit. Sie war unaufhaltsam«, (178,14–16) heißt es ebenfalls im Epilog. Obwohl Vergeltung – im militärischen Sinn von Gegenangriff – hier personalisiert wird, beruhten die alliierten Bombardements natürlich auf einer von Menschen verantworteten Strategie. Sie wird in ihrer brutalen Konsequenz gezeigt. Und schon deshalb, weil Ledigs Roman, wenn auch implizit, die Frage danach stellt, wie es zu den zahllosen Toten und zur umfassenden Zerstörung der Städte kommen konnte, ist *Vergeltung* ein politischer Text.

Nicht zuletzt baut der Roman eine Brücke zu den Erlebnissen von Millionen Europäern, die während und nach dem Zweiten Weltkrieg die existenziellen Erfahrungen von Verlust und Heimatlosigkeit erleben mussten. 1990 hat der Schriftsteller Hans Magnus Enzensberger eine Sammlung von Augenzeugenberichte aus den Jahren 1944–1948 ediert, betitelt *Europa in Trüm-*

mern, in der er darauf aufmerksam macht, wie schwierig es sei, das Vergangene zu vergegenwärtigen: »Hätte jemand den Höhlenbewohnern von Dresden oder Warschau damals eine Zukunft wie die des Jahres 1990 prophezeit, sie hätten ihn für verrückt gehalten. Ebenso unvorstellbar aber ist für den Heutigen seine eigene Vergangenheit geworden.« (Enzensberger, S. 7) *Vergeltung* kann womöglich dazu beitragen, diese historische Distanz zu verringern.

Rezeptionsgeschichte

Die Rezeption von *Vergeltung* zerfällt in zwei zeitlich voneinander getrennte Phasen. Unmittelbar nach der Erstveröffentlichung, 1956, wurden zahlreiche, teilweise polemische Kritiken in westdeutschen Zeitungen und Zeitschriften publiziert. Auch in ostdeutschen Feuilletons erschienen Besprechungen – allerdings nur vereinzelt, da der Roman in der DDR nicht als Buchausgabe veröffentlicht werden durfte. Dass die Literaturwissenschaft sich damals nicht mit *Vergeltung* auseinander setzte, ist darauf zurückzuführen, dass sich Gegenwartsliteratur noch nicht als Forschungsgegenstand etabliert hatte.
Ab Ende der Fünfzigerjahre war der Roman vierzig Jahre lang vergessen – ebenso wie der Autor Gert Ledig. Beide wurden erst im Zuge der Debatte um ›Luftkrieg und Literatur‹ wiederentdeckt. Seit 1999 gilt *Vergeltung* als ein singulärer Text zum Zweiten Weltkrieg, und er wurde in den Feuilletons ausnahmslos gewürdigt. Da die Rezeption lange unterbrochen war, lässt sich an diesem Roman exemplarisch auch der Wandel der Literaturkritik verdeutlichen: Wie wurde der Roman jeweils kritisiert und kontextualisiert? Welche Signifikanz hatten und haben politisch-historische Diskurse für die Textrezeption?

Zeitgenössische Rezeption in der Bundesrepublik

1956 war *Vergeltung* als politischer Roman gelesen worden. Er polarisierte die zeitgenössische Kritik in der Bundesrepublik – anders als *Die Stalinorgel*, die eine einhellig positive Resonanz hatte. Dies lässt sich bereits an einigen programmatischen Überschriften ablesen: »Zuviel des Grauens« (Hornung, *Die Zeit*), »Material des Grauens« (Hoff, *Rheinische Post*), »Gruselkabinett mit Bomben« (Dallontano, *Rheinischer Merkur*) oder »Fanatisierte Wahrheit« (Schüler, *Hannoversche Allgemeine Zeitung*). Ledigs kompromisslose Darstellung von Gewalt wurde als überspitzt und unangemessen empfunden, in manchen Fällen sogar als unglaubwürdig diskreditiert. Andererseits zeigten Überschriften wie »Vergeltung – Mahnung« (Schümann, *Der*

Mittag) oder »Bekenntnis der jungen Generation« (Kühn, *Kasseler Post*), welche Relevanz und politische Bedeutung dem Roman auch zugesprochen wurde.

Negative Rezensionen

Alle negativen Rezensionen zu *Vergeltung* thematisierten die kumulative Gewaltdarstellung. Bereits auf den ersten Seiten, schrieb die *Rheinische Post*, gerate der Roman »in den absoluten Nullpunkt des Entsetzens hinein, und er bleibt dort, mit geringen Atempausen, ohne Schwingungen, ohne Steigerung«. Die Szenen seien nur »gehäufte Variationen des Grausigen und verströmen ganz leicht den fatalen Geruch der nackten Sensation« (Becker, *Kölner Stadtanzeiger*). Gerade die unablässige Thematisierung von Gewalt und Zerstörung sei, so urteilte *Bücherei und Bildung*, die Fachzeitschrift des Vereins deutscher Volksbibliothekare, »der Grundirrtum des Buches« (Döbler, S. 6). In einem ähnlichen Tenor wertete die *Hannoversche Allgemeine Zeitung*: »Es gibt kein Atemholen, kein Verweilen, kein Besinnen. [...] So faszinierend einzelne Kapitel sein können, an den Aufbau und die geschlossene Form des gesamten Werkes ist zu wenig gedacht.« Der Rezensent der *Stuttgarter Zeitung* mochte in *Vergeltung* nicht mehr sehen als ein »schauererregendes Bilderbuch« (Braem). *Ex negativo* wurde also kritisiert, dass der Bombenangriff nicht erzählerisch kontextualisiert worden sei (beispielsweise durch deutlicher konturierte Figuren, eine im Text präsente Erzählerfigur oder auch einen weiter gefassten Handlungsraum bzw. eine längere Handlungszeit). Artikulierte sich darin zumindest implizit der Wunsch, der als unerträglich empfundenen Zerstörung einen Sinn zu geben?

Von *Vergeltung* gehe kein moralischer oder politischer Impuls aus, Ledig gebe zwar ein Abbild, aber kein Zeichen für eine bessere Zukunft (vgl. Hoff, *Rheinische Post*). Der Roman lasse »jeden positiv gerichteten metaphysischen Hintergrund und Ausblick vermissen« (Flr., *Badische Zeitung*). Viele Kritiker vertraten die Meinung, dass die Gewaltschilderung nur vordergründig sei, letztlich wirkungslos bleibe und bei den Rezipienten zur Indifferenz führen müsse (vgl. Dallontano, *Rheinischer Merkur*). Insbesondere mit der Vergewaltigungsszene hatte Ledig einen Tabubruch begangen: Sie wurde explizit als »widerwärtig« bzw. als »die Triebfeder seiner [Ledigs] Gruselei« (ebenda) bezeichnet. Im Kontext dieser Szene wurde die große visuelle Suggestionskraft des Textes als Voyeurismus des Autors umgedeutet und missverstanden. Manche Rezensionen zweifeln schlichtweg an der Glaubwürdigkeit und Authentizität der erzählten Ereignisse: »Fast alle haben wir Luftangriffe erlebt, fast alle in brennenden Straßen gehockt, und dennoch wird jeder, der Ledigs Roman liest, ganz unwillkürlich sagen: Das ist nicht wahr!« (ebenda) Dass die in *Vergeltung* aufgehobene Erinnerung damit pauschal diskreditiert wird, wirkt aus der Retrospektive besonders irritierend. In *Die Zeit* wurde der im Dritten Reich propagierte und popularisierte Begriff ›Terrorangriff‹ verwendet, was bereits auf eine politisch gefärbte Wahrnehmung der Bombardements und damit auch von Ledigs Text hinweist.

Die Sprache sei »auf ein wahres Existenzminimum vereinfacht und verödet« (Hornung, *Die Zeit*), der stakkatohafte Satzbau sei lediglich »eine Mache in Grauen« (Dallontano, *Rheinischer Merkur*), es entstünden dadurch nur »haltlose Gebilde« (Braem, *Stuttgarter Zeitung*), eine Prosa, die »zu pathetisch und zu deklamatorisch« sei (Schwerbrock, *Frankfurter Allgemeine Zeitung*). In den meisten Kritiken, die so oder ähnlich über die Sprache urteilen, wird allerdings nicht erkannt, dass Ledigs Darstellungsintention und die literarische Form (Hauptsatzsyntax, sprachliche Reduktion, fehlender Spannungsbogen) einander bedingen.

Positive Rezensionen

Im diametralen Gegensatz dazu stehen die positiven Kritiken: In ihnen wurde »die präzise Sprache« (Quadflieg, *Aachener Nachrichten*), das »außerordentliche Gestaltungsvermögen« (E.H., *Stimme des Friedens*) sowie die gelungene »sprachliche Vergegenwärtigung« (Olles, S. 220) in »kurzen, harten und genauen Sätzen« (Geisler, *Berliner Morgenpost*) gelobt. Der ebenso metaphorische wie fragmentarische Sprachstil sei »von einer Urwüchsigkeit, die mitreißt« (Kühn, *Kasseler Post*). Da das Sujet des Bombenkrieges als ein politisches verstanden wurde, schrieb man dem Roman eine Aussageabsicht zu: Zunächst wurde der Text als Erinnerung an den Luftkrieg »in seiner nackten Wirklichkeit« (E.H., *Stimme des Friedens*) verstanden, als eine kritische Retrospektive auf den Zweiten Weltkrieg, als ein literarischer Kommentar zur »Vernichtung im Stadium der technischen Perfektion« (o. Autor, *Deutsche Volkszeitung*).

Mitte der Fünfzigerjahre wurden auch die Opposition zur Stationierung von Atomwaffen und die Mahnungen vor dem Schrecken eines Atomkrieges unüberhörbar (vgl. »Der Kampf gegen die Bombe«, S. 139–158). Auf diesen Diskurs und die von ihm geprägten, teilweise apokalyptischen Szenarien rekurrierten etliche positive Kritiken und deuteten *Vergeltung* im Hinblick auf die Gefahr, die von einem drohenden Atomkrieg ausging: »Wenn es damals schon kein Entrinnen gab, so hat die von einem Atomkrieg betroffene Menschheit überhaupt keine Chance zu überleben.« (o. Autor, *Deutsche Volkszeitung*) Es dränge sich der »Vergleich zwischen damals und morgen« (Schümann, *Der Mittag*) auf, aus dem Text spräche ein »Ruf nach Besinnung und eine Verpflichtung« (Kühn, *Kasseler Post*). Gerade das Motiv der *historia magistra vitae* (lat. ›Die Geschichte als Lehrmeisterin des Lebens‹), der in die Literatur eingeschriebenen Mahnung für die Zukunft, wurde herausgestellt und bildet ein wesentliches Moment der Textdeutung.

Hervorzuheben ist Günther Rühles positive Kritik in der *Frankfurter Neuen Presse*, eine der hell- und weitsichtigsten Rezensionen, die – wie einige andere auch – bereits die ablehnende Haltung anderer Feuilletons antizipierte (»Wer wird zu diesem Buch sagen, es ist übertrieben?«). Sie mündete in der pointierten Feststellung, dass *Vergeltung* »ein apokalyptisches Dokument« sei und der Roman gerade deshalb zur Pflichtlektüre werden sollte.

Gründe für die ablehnende Rezeption

Dass die Kritiken so stark polarisiert waren, legt nahe, dass sie von konträren politischen und gesellschaftlichen Diskursen beeinflusst und überlagert wurden. Das Unbehagen vieler Rezensenten hing – so scheint es im Rückblick – nicht primär mit dem Text selbst zusammen, sondern lässt sich aus der damaligen Wahrnehmung des Bombenkriegs und des Dritten Reichs allgemein erklären. Indem sie sich auf verschiedene Diskurse bezogen, argumentierten die Kritiken einerseits mit der Idee einer Kontinuität (militaristische Tradition, fortwährendes Bedrohungsszenario in der Bundesrepublik) und andererseits mit der Idee einer Diskontinuität (bewusster politischer und militärischer Neubeginn, Verdrängung der Vergangenheit).

Seit Beginn der Fünfzigerjahre hatte in Westdeutschland eine

Restitution der Wirtschaft, das so genannte Wirtschaftswunder, eingesetzt, die die Stabilität der noch jungen Demokratie festigte und den Wiederaufbau der zerstörten Städte beschleunigte. 1955 trat die Bundesrepublik der NATO bei, und ein Jahr später wurden die ersten Einheiten der Bundeswehr aufgestellt. Die Remilitarisierung bedeutete einen entscheidenden Schritt zur Integration in das westliche Staatenbündnis. Gerade die aufblühende Wirtschaft und die damit verbundene rapide Verbesserung der Lebensverhältnisse beförderte allerdings auch die Verdrängung von den im Dritten Reich verübten Verbrechen und erlittenen Grausamkeiten.

Vor diesem geschichtlichen Hintergrund scheint es verständlich, dass die en detail geschilderte Zerstörung einer deutschen Stadt eine unerträgliche und unerwünschte Erinnerung war. Sie bedeutete auch einen Interessenkonflikt, da die für die Bombardements verantwortlichen Staaten nun als militärische und wirtschaftliche Bündnispartner fungierten; vielen Deutschen hatten sie nach Kriegsende das Überleben gesichert. Noch entscheidender war allerdings der von den Deutschen verübte Genozid an den europäischen Juden und anderen vom NS-Regime stigmatisierten und verfolgten Gruppen: Ein Volk, »das Millionen von Menschen in Lagern ermordet und zu Tode geschunden hatte, [konnte] von den Siegermächten unmöglich Auskunft verlangen [...] über die militärpolitische Logik, die die Zerstörung der deutschen Städte diktierte« (Sebald, S. 22).

Entscheidend für die ablehnende Rezeption war ebenfalls eine Traumatisierung infolge des Bombenkriegs. Der Roman stellte eine Art Spiegelbild dar, in der das Antizivilisatorische des Bombenkriegs konzentriert und fokussiert zu sehen war. Ledigs Text arbeitete also – in Freud'scher Terminologie – gegen einen Verdrängungswiderstand, gegen einen Ausschluss dieser Erinnerung aus dem Bewusstsein. Freud hatte diesen Prozess in seinem Essay »Erinnern, Wiederholen und Durcharbeiten« skizziert: »Das Vergessen von Eindrücken, Szenen, Erlebnissen reduziert sich zumeist auf eine ›Absperrung‹ derselben.« (Freud, S. 127) Letztlich illustriert die Rezeption von *Vergeltung*, dass der enthusiastisch betriebene Wiederaufbau der Fünfzigerjahre geschichtsblind war und dass ihm – zumindest in der bewussten

Wahrnehmung vieler Deutscher – das Pendant der Zerstörung zu fehlen schien. Gerade weil Ledig den Luftkrieg auf die physische Ebene der Zerstörung reduzierte (und keine politischen oder moralischen Gesichtspunkte reflektierte), wurden die erlittenen Verlusterfahrungen reaktiviert.

Zeitgenössische Rezeption in der DDR

Auch die Rezeption in der DDR war geprägt – wenn nicht überlagert – von weltanschaulichen und politischen Diskursen, etwa der Realismus-Debatte oder dem kommunistischen Deutungsmuster des Faschismus. In den wenigen Feuilletons, die *Vergeltung* besprachen, wurde der Roman sehr wohlwollend rezensiert und als eine Mahnung gegen die »Maschine des Mordens« gelesen. Gleichwohl wurde bemängelt, dass er keine explizite Anklage enthalte: Wie könne Krieg in Zukunft verhindert werden, »wenn nicht gesagt wird, wer schuld war« (Müller, *Lausitzer Rundschau*). Damit wurde allerdings keine historisch differenzierte Auseinandersetzung angemahnt. Es war vielmehr eine Anspielung auf den monokausalen Faschismusbegriff, der in der DDR unumstößliche politische Leitlinie war: Um das Entstehen des Dritten Reiches zu erklären, wurde auf kommunistische Deutungs- und Erklärungsmuster zurückgegriffen, vornehmlich auf eine vom bulgarischen Agitator Georgi Dimitroff geprägte Formel, die den Faschismus als eine Konsequenz des so genannten Monopolkapitalismus und »als die Macht des Finanzkapitals selbst« sah (Dimitroff, S. 7). Dieser Erklärungsansatz für die Entstehung des Dritten Reichs wurde auch von literarischen Texten erwartet, insbesondere wenn sie den Zweiten Weltkrieg thematisierten. Andere Aspekte – psychoanalytische und soziale ebenso wie ästhetische Gesichtspunkte – wurden nahezu nicht berücksichtigt.

Monokausaler Faschismusbegriff

Ein Schlüsseltext für die ostdeutsche Rezeption von *Vergeltung* ist der Artikel »Bilanz des Krieges« von Günther Deike, erschienen in *neue deutsche literatur* (*ndl*), der vom Ostberliner Aufbau-Verlag herausgegebenen Monatsschrift für Literatur und Kritik. Einerseits stellte Deike fest, dass Ledigs Roman »ein formales Experiment« sei; er betonte aber andererseits, dass »in der

Darstellung und in der Auswahl der Szenen und Personen« (Deike, S. 147) eine weltanschauliche Parteilichkeit zu erkennen sei, die er u. a. aus der »bewußt gestaltete[n] Menschlichkeit« und der »Hoffnung auf eine bessere Welt« (ebenda, S. 148) ableitete, die sich in der letzten Szene des Erzählstrangs »Strenehen« artikuliere (vgl. S. 193 ff.). Durch die Betonung der Parteilichkeit des Autors nahm er *Vergeltung* gegen einen möglichen Formalismus-Vorwurf in Schutz: Ledigs Roman »sollte in unserer Realismus-Debatte mit betrachtet werden« (Deike, S. 149).

Formalismusbegriff

Seit 1951 war die Kunsttheorie in der DDR vom Formalismus-Begriff geprägt, einer von der SED postulierten Doktrin. Als formalistisch galt ein Werk, wenn es sich nicht über seinen Inhalt definierte, sondern über seine Form. Die ostdeutsche Schriftstellerin Anna Seghers konkretisierte dies für die Literatur: »Was wir ›Formalismus‹ nennen, tritt in Erscheinung, wenn die Wirkung der Formen den Ausschlag gibt, anstatt daß die Formen zum entsprechenden Ausdruck des richtigen Inhalts werden. Dann überwuchern die Formen den Inhalt; sie können einen feindlichen Inhalt überdecken oder völlige Inhaltsleere.« (Seghers, S. 66 f.) Dem Formalismus gegenüber galt der sozialistische Realismus – mit einer bewusst parteilichen Darstellung – als Leitlinie künstlerischer Gestaltung. Mit anderen Worten: Indem die Kunst nun der Politik untergeordnet war, diente sie als Vehikel des (vermeintlich) revolutionären, gesellschaftlichen Entwicklungsprozesses.

Der Aufbau-Verlag, der seit Ende 1954 die Texte westdeutscher Autoren für eine Aufnahme in sein Programm prüfte, interessierte sich für eine Lizenzausgabe von *Vergeltung*. Sie wurde im März 1957 in *ndl* angekündigt. In derselben Ausgabe wurden die Einleitung sowie das erste und Teile des zweiten Kapitels vorabgedruckt. Dass der Roman in der DDR schließlich doch nicht erschien, ist auf zwei Gutachten zurückzuführen, die beide ablehnend waren (vgl. Staatsbibliothek zu Berlin/Preußischer Kulturbesitz, Archiv des Aufbau-Verlags, Nr. 2688). Sie mussten aufgrund der am 16. August 1951 erlassenen »Verordnung über die Entwicklung fortschrittlicher Literatur« zu jedem literarischen Text eingeholt werden, der veröffentlicht werden sollte.

Ablehnende Gutachten

Das längere Gutachten vom 19. Januar 1957, vermutlich vom Verlagslektor Benno Slupianek verfasst, kritisierte die unvermittelt einsetzende, sich erzählerisch nicht steigernde Gewaltdarstellung sowie die (scheinbare) Zufälligkeit des Handlungsverlaufs. Auch finde keine kritische Auseinandersetzung mit dem Titel statt: Dadurch, dass Ledig »den Vergeltungsbegriff losgelöst von der Schuldfrage behandelt, wird der deutschen Bevölkerung in seiner Darstellung eine Märtyrerrolle zugewiesen, die ihr zumindest in dieser Form nicht zukommt«. Ferner bemängelte Slupianek, dass keine politische Perspektive aufgezeigt werde – z. B., ob und wie solche Angriffe in Zukunft abgewendet werden könnten. Nicht zuletzt sprach er sich »wegen der ohnehin recht angespannten Devisenlage« gegen eine Veröffentlichung aus. In einem kürzeren Gutachten von Dr. Düwel (29. Januar 1957) wird kritisiert, dass *Vergeltung* sich »durchweg im Naturalistischen« bewege und die Figuren »alle etwas Schemenhaftes« hätten. Es wird ebenfalls eine politische Perspektive vermisst: »Es geht ein deutlich apathisch-fatalistischer Zug durch das Ganze durch.« – Der Vorabdruck in *ndl* war dennoch möglich, da »die Literaturzeitschriften (wie auch andere Periodika) keinem Druckgenehmigungsverfahren unterlagen« (Deike, »Vorwort«, S. 8).

Rezeption nach 1999

Nach der Wiederveröffentlichung 1999 wurde *Vergeltung* ausnahmslos positiv rezensiert: Der Roman sei eines »der kraftvollsten literarischen Zeugnisse, die wir über den Zweiten Weltkrieg besitzen« (Bellin, *Neues Deutschland*) und ein »irrwitziges, schockierendes und grandioses Brachialwerk« (Pichler, *Die Presse*). Im Gegensatz zu vielen Kritiken der Fünfzigerjahre wurden nun gerade die »knapp gehämmerten Sätze, seine [Ledigs] Technik der jäh angerissenen und sofort wieder in einem Blackout abgebrochenen Szenen, diese Atemlosigkeit der Sprache« (Baumgart, *Die Zeit*) gelobt. Die Darstellung des Bombardements sei von »erstaunlich dichtem Realismus« (Reinhardt, *Der Tagesspiegel*). Die *Frankfurter Allgemeine Zeitung* resümierte, dass der Roman »eine kunstvolle Null-Ästhetik« repräsentiere,

»deren Dokumentarismus umso revoltierender wirkt, je mehr die schriftstellerische Artistik ihre eigene Unsichtbarkeit inszeniert« (Roos). In kritischer Retrospektive auf das Sujet der Luftkriegsliteratur wurde und wird *Vergeltung* zu Recht als ein singulärer Text gelesen, als »verzweifelte Dokumentarliteratur« (Müller, *Frankfurter Allgemeine Zeitung*) in rigoros-kompromissloser Darstellung.

Mentalitäts- u. literaturgeschichtliche Kontextualisierung

Fast alle Rezensionen, die nach 1999 verfasst wurden, haben eine mentalitäts- und literaturgeschichtliche Kontextualisierung vorgenommen: Warum, so eine der Leitfragen, war die Erstrezeption weitgehend negativ? Und warum waren Gert Ledig und seine Romane so lange von der literarischen Landkarte verschwunden? Zunächst wurde, wie etwa in *Die Zeit*, der Prozess der aktiven Verdrängung des Dritten Reiches genannt: »Denn perverserweise wollte der ›Wiederaufbau‹ sich lieber nicht erinnern an die vorangegangene Zerstörung, die sich moralischen Kriterien entzog.« (Baumgart, *Die Zeit*) Ebenso kompromisslos, wie Ledig den Krieg geschildert habe, habe man den Roman mit Vergessen gestraft (vgl. Schoeller, *Süddeutsche Zeitung*). Damit eng verbunden gewesen sei die damals noch vorhandene zeitliche Nähe zum Bombenkrieg (vgl. Bellin, *Neues Deutschland*) und die mit ihm einhergehende Traumatisierung von Millionen Deutschen (vgl. Bock, *Augsburger Allgemeine Zeitung*). Da Ledig unerbittlich und schonungslos erzählt, wie durch den Luftangriff eine ganze Stadt (*pars pro toto* für die Zivilisation und ihre menschlichen Werte) zerstört wird, war der Roman von einer Aura der Unheimlichkeit umgeben, die – so argumentiert die *Neue Zürcher Zeitung* – bis in unsere heutige Zeit hineinreiche: »Dass wir wenige Jahrzehnte nach 1945 in Mitteleuropa so leben, wie wir leben, ist und bleibt unheimlich. Eine angenehme Unheimlichkeit, von der sich gut erzählen lässt.« (Hörisch)
In zwei Artikeln, die in der *Frankfurter Allgemeinen Zeitung* erschienen, wurde darauf verwiesen, dass Ledigs Roman eine Ausnahmeerscheinung innerhalb der damaligen Literatur dargestellt und bereits deshalb Ressentiments hervorgerufen habe. Einerseits war »der Ton, in dem von den Schrecken des Krieges erzählt wurde, längst festgelegt [worden]. Nahezu unangefochten beherrschte der müde, desillusionierte, an Gott und der Welt

verzweifelte Heimkehrer die Ruinenfelder« (Müller, vgl. auch Roos).

Besonders hervorzuheben ist eine Rezension aus der *Frankfurter Rundschau*, in der *Vergeltung*, »das Protokoll eines unheimlichen Paroxysmus«, sehr präzise in den Erlebnis- und Erinnerungsdiskursen der Fünfzigerjahre verortet wird. Uwe Pralle deckt darin die mehrfachen Tabubrüche auf, die 1956 eine instinktive Abwehr zum Selbstschutz vor unliebsamen Erinnerungen hervorgerufen haben: »Alles, was nach dem Krieg durch ganze Arsenale von Formeln und Begriffen hinter Masken der Anständigkeit zurückgezwungen wurde, war durch Gert Ledigs solitären Roman in aller Peinlichkeit plötzlich sichtbar.«

G. Hundrieser

»Die Leerstelle der Leerstelle«, ein 2003 von Gabriele Hundrieser veröffentlichter Essay, war einer der ersten literaturwissenschaftlichen Beiträge zu *Vergeltung*. In ihm wird die These aufgestellt, »dass die nicht erfolgte Rezeption des Textes auch auf kulturelle Strukturzusammenhänge verweist, die in tieferliegenden Problemzusammenhängen (der Literaturgeschichtsschreibung) wurzeln« (Hundrieser, S. 363). Hundrieser nennt drei Topiken, die die Wahrnehmung von Gewalt – auch und gerade in Literatur – teleologisch prägen, sie somit strukturiert und ihr einen Sinn verleihen: erstens eine Gliederung in früher und später, zweitens die Differenzierung nach Opfern und Tätern und drittens eine Abstufung zwischen illegitimer und legitimer Gewalt (vgl. ebenda, S. 365).

Gerade da diese Ordnungsparadigmen in *Vergeltung* aufgehoben seien, wurde der Roman – so argumentiert Hundrieser – aus dem literarischen Kanon ausgeschlossen: »Texte, die sich gänzlich und ausschließlich auf den elementaren Ausbruch von Gewalt konzentrieren, der zum sinngebenden, zum ästhetischen Prinzip wird, ohne daß gängige Ordnungsmuster greifen«, seien besonders in Gefahr, vergessen oder marginalisiert zu werden (ebenda, S. 366). Diese Tendenz hatte sich bereits in der zeitgenössischen Rezeption im Jahr 1956 angedeutet und scheint aus der Retrospektive außerordentlich plausibel.

Literaturhinweise

Da die meisten Rezensionen zu *Vergeltung* in Zeitungen und Zeitschriften abgedruckt und später in Ausschnittsammlungen archiviert worden sind, lassen sich die Seitenzahlen nicht mehr feststellen.
Die Übersetzungen der englischen Texte stammen von F.R.

a) Literarische Texte von Gert Ledig

Ledig, Gert: *Der Staatsanwalt: Hörspiel.* Fürstenfeldbruck 1958. [in der DDR erschienen unter dem Titel *Das Duell.* Berlin 1958]

Ledig, Gert: *Die Stalinorgel: Roman.* Frankfurt/M. 2000. [Erstausgabe Hamburg 1955]

Ledig, Gert: *Faustrecht: Roman.* München 2001. [Erstausgabe München 1957]

b) Debatte um Luftkrieg und Literatur

Braese, Stephan: »Bombenkrieg und literarische Gegenwart: Zu W.G. Sebald und Dieter Forte«. In: *Mittelweg 36* 11 (Februar/März 2003), S. 4–24.

Hage, Volker: »Nachwort«. In: Ders. (Hg.). *Hamburg 1943: Literarische Zeugnisse zum Feuersturm.* Frankfurt/M. 2003, S. 283–317.

Hage, Volker: *Zeugen der Zerstörung: Der Luftkrieg und die Literaten.* Frankfurt/M. 2003.

Schulte, Christian: »Die Naturgeschichte der Zerstörung: W.G. Sebalds Thesen zu ›Luftkrieg und Literatur‹«. In: *text + kritik* 158 (April 2003), S. 82–94.

Sebald, W.G.: *Luftkrieg und Literatur.* München 1999.

Sebald, W.G.: »Schriftsteller sprechen übers Schreiben«. In: http://www.mediadesk.unizh.ch/1997/sebald.html [18. Mai 2003].

c) Aufsätze, Rezensionen, Essays

Baumgart, Reinhard: »Massaker zur Mittagsstunde«. In: *Die Zeit*, 9. Dezember 1999.

Becke, Rolf: »Ein Roman des Bombenkriegs«. In: *Kölner Stadtanzeiger*, 13. Oktober 1956.

Bellin, Klaus: »Szenen einer sterbenden Stadt«. In: *Neues Deutschland*, 16. November 1999.
Bock, D. Stephan: »In der Sekunde des Verlöschens«. In: *Augsburger Allgemeine Zeitung*, 8. Dezember 1999.
Braem, Helmut M.: »Stadt im Feuerregen«. In: *Stuttgarter Zeitung*, 24. November 1956.
Dallontano, E.R.: »Gruselkabinett mit Bomben«. In: *Rheinischer Merkur*, 7. Dezember 1956.
Deicke, Günther: »Bilanz des Krieges«. In: *neue deutsche literatur* 5 (1957), H. 3, S. 146–149.
Döbler, Hannsferdinand: »Gert Ledig: Vergeltung«. In: *Bücherei und Bildung* 9 (1957), H. 1, S. 6.
E.H.: »Hölle aus Phosphor und Eisen«. In: *Stimme des Friedens*, September 1956.
Flr.: »Frontkämpfe – Bombennächte«. In: *Badische Zeitung*, 16. Oktober 1956.
Geisler, Günther: »Moderne Hölle«. In: *Berliner Morgenpost*, 2. Dezember 1956.
Gesing, Fritz: »Sterben im Bombenhagel«. In: *Deutschunterricht* 54 (2002), H. 1, S. 48–59.
Hörisch, Jochen: »Wenn der Mensch in seiner Qual verstummt«. In: *Neue Zürcher Zeitung*, 12. Oktober 1999.
Hoff, Kay: »Material des Grauens«. In: *Rheinische Post*, 3. November 1956.
Hornung, Peter: »Zuviel des Grauens«. In: *Die Zeit*, 15. November 1956.
Hundrieser, Gabriele: »Die Leerstelle der Leerstelle? Das Phänomen Gert Ledig, die Ästhetik der Gewalt und die Literaturgeschichtsschreibung«. In: *Weimarer Beiträge* 49 (2003), S. 361–379.
Kühn, Volker: »Bekenntnis der jungen Generation«. In: *Kasseler Post*, 12. November 1956.
Müller, André: »Ein Aufschrei gegen den Krieg«. In: *Lausitzer Rundschau*, 8. Dezember 1956.
Müller, Lothar: »Späte Vergeltung«. In: *Frankfurter Allgemeine Zeitung*, 28. Oktober 1999.
Olles, Helmut: »Schneesturm und Feuersturm«. In: *Wort und Wahrheit* (1957), H. 3, S. 219–220.
Pichler, Georg: »Eingeschlagene Kiefer, aufgerissene Brustkörbe«. In: *Die Presse*, Wien, 20. Mai 2000.
Pralle, Uwe: »Die erbarmungslose Physiologie des Krieges«. In: *Frankfurter Rundschau*, 21. Februar 2000.
Quadflieg, Eberhard: »Krieg daheim und draußen«. In: *Aachener Nachrichten*, 8. Dezember 1956.
Reinhardt, Stephan: »Gegenwart des Nichts«. In: *Der Tagesspiegel*, 27. Februar 2000.
Roos, Peter: »Den Toten schlägt keine Zeit«. In: *Frankfurter Allgemeine Zeitung*, 19. Januar 2000.

Schneider, Wolfgang: »Fossilien einer versunkenen Welt«. In: *Literaturen* (Mai 2002), S. 30–33.
Schoeller, Wilfried F.: »Collage des Kahlschlags« In: *Süddeutsche Zeitung*, 11. Dezember 1999.
Schüler, Gerhard: »Fanatisierte Wahrheit«. In: *Hannoversche Allgemeine Zeitung*, 27. Oktober 1956.
Schümann, Kurt: »Vergeltung – Mahnung«. In: *Der Mittag*, 20. Oktober 1956.
Schwerbrock, Wolfgang: »Im Stil von Malaparte«. In: *Frankfurter Allgemeine Zeitung*, 22. September 1956.

d) Literatur zum Bombenkrieg

Boog, Horst *et.al.*: *Das Deutsche Reich in der Defensive: Strategischer Luftkrieg in Europa*. Stuttgart 2001.
Burgdorff, Stephan; Habbe, Christian (Hg.): *Als Feuer vom Himmel fiel: Der Bombenkrieg in Deutschland*. München 2003.
Friedrich, Jörg: *Brandstätten: Der Anblick des Bombenkriegs*. München 2003.
Friedrich, Jörg: *Der Brand: Bombenkrieg in Deutschland 1940–1945*. München 2002.
Kettenacker, Lothar (Hg.): *Ein Volk von Opfern? Die neue Debatte um den Bombenkrieg 1940–45*. Berlin 2003.
Kucklick, Christoph: *Feuersturm: Der Bombenkrieg gegen Deutschland*. Hamburg 2003.
MacIsaac, David: *Strategic Bombing in World War Two: The Story of the United States Strategic Bombing Survey*. New York 1976.
Middlebrook, Martin; Everitt, Chris: *The Bomber Command War Diaries: An Operational Reference Book 1939–1945*. Harmondsworth 1985.
»Summary Report«. In: *The United States Strategic Bombing Survey: Over-all Report (European War)*. [zuerst erschienen 1945]. New York 1976, S. 1–18.
Webster, Charles; Frankland, Noble: *The Strategic Air Offensive against Germany*. 4 Bde. London 1961.

e) Weitere Literatur

Benz, Wolfgang *et.al.* (Hg.): *Enzyklopädie des Nationalsozialismus*. 3. Aufl. Stuttgart 1998.
Daemmrich, Horst S.: »Krieg aus der Sicht der Themengeschichte«. In: Thomas F. Schneider (Hg.). *Kriegserlebnis und Legendenbildung: Das Bild des ›modernen‹ Kriegs in Literatur, Theater, Photographie und Film*. Bd. 1. Osnabrück 1999, S. 1–13.

Deike, Günther: »Vorwort«. In: *Neue Deutsche Literatur, Berlin, 1953–1962 (Jahrgang 1–10): Bibliographie einer Zeitschrift.* Teil 1. Berlin 1989.

»Der Kampf gegen die Bombe«. In: *Vaterland, Muttersprache: Deutsche Schriftsteller und ihr Staat seit 1945*. Neuausgabe. Berlin 1995, S. 139–158.

Die Bibel: Altes und Neues Testament – Einheitsübersetzung. Freiburg 1980.

Dimitroff, Georgi: »Der Vormarsch des Faschismus und die Aufgaben der Kommunistischen Internationale«. In: Ders. *Ausgewählte Werke*, Bd. 2, Sofia 1976.

Eberhardt, Fritz: *Militärisches Wörterbuch.* Stuttgart 1940.

Enzensberger, Hans Magnus (Hg.): *Europa in Trümmern: Augenzeugenberichte aus den Jahren 1944–1948.* Frankfurt/M. 1990.

Freud, Sigmund: »Erinnern, Wiederholen und Durcharbeiten«. In: *Gesammelte Werke.* Bd. 10: Werke aus den Jahren 1913–1917. 5. Aufl. Frankfurt/M. 1969, S. 126–136.

Fuchs, Karl Heinz; Kölper, Friedrich Wilhelm (Hg.): *Militärisches Taschenlexikon.* 2., neubearb. u. wesentlich erw. Aufl. Frankfurt/M. 1961.

Kluge, Alexander: »Krieg«. In: *Die Welt der Encyclopédie.* Ediert von Anette Selg u. Rainer Wieland. Frankfurt/M. 2001, S. 211–216.

Kreiner, Armin: *Gott im Leid: Zur Stichhaltigkeit der Theodizee-Argumente.* Freiburg 1997.

Mitscherlich, Alexander und Margarete: *Die Unfähigkeit zu trauern: Grundlagen kollektiven Verhaltens.* München 1967.

Nischik, Reingard M.: *Einsträngigkeit und Mehrsträngigkeit der Handlungsführung in literarischen Texten.* Tübingen 1981.

Schubbe, Elimar (Hg.): *Dokumente zur Kunst-, Literatur- und Kulturpolitik der SED.* Stuttgart 1972.

Schwiedenhorst-Schönberger, Ludger: »Vergeltung«. In: *Lexikon für Theologie und Kirche*, Bd. 10, Freiburg 2001, Sp. 654–656.

Seghers, Anna: »Der Anteil der Literatur an der Bewußtseinsbildung des Volkes. In: *IV. Deutscher Schriftstellerkongreß.* Erster Teil. Hg. vom Deutschen Schriftstellerverband. Brandenburg 1956, S. 66 f.

Sowinski, Bernhard: *Stilistik: Stiltheorien und Stilanalysen.* Stuttgart 1991.

Stanzel, Franz K.: *Theorie des Erzählens.* 6. Aufl. Göttingen 1995.

Wort- und Sacherläuterungen

Einer Toten gewidmet, die ich als Lebende nie gesehen habe.: Die Formulierung der Widmung lässt den Schluss zu, dass keine konkrete Person gemeint ist. Die tote Frau steht vermutlich *pars pro toto* für die vielen anonymen Bombenkriegsopfer, von denen der Roman erzählt. 9.1–2

Mitteleuropäische Zeit 13.01: Im Text wird nicht erwähnt, in welchem Jahr der Luftangriff stattgefunden hat. Dennoch lässt er sich, aufgrund des Lebenslaufs von Maria Erika Weinert (vgl. S. 14), auf 1944 datieren. 11.2

Magnesiumstäben: Magnesium diente (ebenso wie Phosphor) als Zünd- und Brennstoff für Bomben, da er bei extrem hohen Temperaturen brannte und mit Wasser nicht gelöscht werden konnte. Die Beschreibung im Text scheint auf eine Stabbrandbombe hinzudeuten, die mit einer Magnesiumlegierung umhüllt war und aufgrund ihrer Form eine hohe Geschwindigkeit und somit Durchschlagkraft besaß. Der Zerstörungseffekt beruhte darauf, dass ihre brennbaren Bestandteile, darunter Thermit, Häuser und andere Gegenstände entzündeten (für detaillierte Informationen vgl. Friedrich: *Der Brand*, S. 27 f.). 11.25

El Alamein: Nordafrik. Stadt, ca. 100 km westlich von Alexandria, bei der vom 30. 6. bis 2. 11. 1942 zwischen den brit. Truppen (befehligt von General Montgomery) und den dt.-ital. Verbänden unter Feldmarschall Rommel eine der entscheidenden Schlachten des Zweiten Weltkriegs stattfand. Die dt. Niederlage bedeutete den Wendepunkt im Afrikafeldzug. 12.17–18

Maschine der US-Air-Force: Seit August 1942 war die 8. Luftflotte der US-Air-Force in England stationiert. Sie führte ihre Angriffe auf dt. Städte weitestgehend bei Tage durch, während die engl. Bomber nachts operierten. 13.8

Aufsatzwinkel: Winkel, in dem Geschütze (in diesem Fall Abwurfvorrichtungen) ausgerichtet werden. 13.15

Rückdrift: Mit dem Abwurf besitzt eine Bombe zunächst (im Vergleich zur Erdoberfläche) dieselbe Geschwindigkeit wie das Flugzeug. Durch den Luftwiderstand wird sie jedoch sofort gebremst, sodass auf Fotografien häufig der Eindruck entsteht, als 13.16

ob die Bomben (aus der Perspektive des Flugzeugs) nach hinten abgeworfen würden.

13.16 **ballistischer Vorhalt**: Während des Bombenabwurfes wirken verschiedene Kräfte auf die Bombe, etwa der Luft- und Reibungswiderstand, aber auch die Erdanziehungskraft. Diese Faktoren müssen bei Horizontalangriffen berücksichtigt werden und konstituieren den sog. ballistischen Vorhalt.

13.20 **die erste Welle**: Nachdem das Zielgebiet durch Tiefflieger mit farbigen Markierungsbomben (z. B. Magnesiumstäbe) ›vorgezeichnet‹ worden war, folgt in einzelnen Wellen der Hauptangriff, wobei die Wellen jeweils »einzelne Bombensorten geladen [haben], die in einer errechneten Reihenfolge fallen müssen« (Friedrich: *Der Brand*, S. 34). Als Erstes wurden die so genannten »Blockbuster« eingesetzt, schwere Bomben, die in Höhe der Dachgeschosse explodierten und diese abdeckten, sodass die nachfolgenden Brandbomben »einregnen« konnten (vgl. ebenda, S. 23 ff.). Sprengbomben zerrissen die Leitungsnetze und zerkraterten die Straßen, um die Arbeit der Löschkräfte zu erschweren und somit einer Ausbreitung des Brandes nachzuhelfen. Außerdem stellten Splitterbomben mit Zeitzündern noch Stunden nach dem Angriff eine zusätzliche Gefahr für die Bevölkerung dar.

14.4–5 ***Gerling-Konzern***: 1904 von Robert Gerling in Köln gegründete Versicherungsanstalt, die seit 1923 auch international tätig war.

14.10–12 **Aber zwischen meinem fünfzehnten und neunzehnten Lebensjahr durfte man nicht tanzen**: Die Äußerung bezieht sich auf die Jahre des Zweiten Weltkriegs, während derer die öffentliche Unterhaltung (Freizeitvergnügen) eingeschränkt war.

14.25 **der Soldat, dem ich Briefe schrieb**: Feldpostbriefe wurden nicht nur von Angehörigen oder Bekannten an die Soldaten geschrieben, sondern häufig auch von Unbekannten. In der Regel waren es Frauen, die die Feldpostnummern der ihnen unbekannten Soldaten aus dem Bekanntenkreis oder auch über Zeitschriften und den Rundfunk bekommen hatten (für weiterführende Informationen vgl. das von der Freien Universität unterstützte Feldpost-Archiv Berlin unter www.feldpost-archiv.de).

15.4 **Flaksperre**: In einer Formation aufgestellte Flugabwehrkanonen (Flak), die zur konzentrierten Abwehr feindlicher Flugzeuge dienten.

Wassersucht: Umgangssprachliche Bezeichnung für eine übermäßige Ansammlung von Flüssigkeit in Körpergeweben (Ödem). 16.21

»I'll report you!«: (engl.) »Ich werde Ihnen Bericht erstatten!« Der engl. Satz könnte eine Replik aus dem Erzählstrang »Strenehen« sein, etwa aus dem nur eine Szene später geschilderten Gespräch zwischen Captain Lester und Strenehen. 18.28

Schweigebatterie: Im Gelände versteckt positionierte und getarnte Waffen, die erst auf Kommando hin feuern, um den Feind zu überraschen. 19.25

Horizontalmagazine: Vorrichtung im Flugzeug, in die die Bomben horizontal eingehängt werden können. 20.13

Turmkanzel: Ein aus Glas bestehender Aufbau auf dem Flugzeug, von dem aus eine Rundumsicht möglich und wo ein Maschinengewehr montiert war. 20.14

Schwenkrahmen: Hiermit ist vermutlich eine drehbare Vorrichtung gemeint, die es erlaubt, Bomben in verschiedene Richtungen abzuwerfen. 20.15

Vierlingsgeschütz: »Schußwaffe der Flugabwehr, mit der ein Flugziel aus vier Rohren gleichzeitig durch Dauerfeuer bekämpft werden kann« (Fuchs, S. 416). 21.11–12

»Fünfzehn!«: Schüler wurden während des Zweiten Weltkrieges zum Arbeitseinsatz herangezogen, u. a. als sog. Flakhelfer (auch: Luftwaffenhelfer): »Mit der Verordnung zur ›Heranziehung von Schülern zum Kriegshilfseinsatz der dt. Jugend in der Luftwaffe‹ vom 26. 1. 1943 konnten 17-jährige Schüler ab Geburtsjahrgang 1926 klassenweise und zunächst unter Fortsetzung des Unterrichts als Hilfskräfte an Flakgeschützen (daher die übliche Bezeichnung ›Flakhelfer‹) der Luftwaffe und der Marine (Marinehelfer) eingesetzt werden. Die bis Jahrgang 1928 zum Einsatz kommenden Schüler wurden gegen Kriegsende auch im Erdkampf eingesetzt. Die im HJ-Dienst entsprechend militarisierten Jugendlichen kämpften in der Regel mit Begeisterung und ersetzten bald in allen Funktionen ausgebildete Kanoniere, vom Richtkanonier bis zum Geschützführer. Im Sommer 1944 sollen bis zu 56000 eingesetzt gewesen sein. Mit der 21.33

Zunahme der Tagesangriffe und gezielter Bombenabwürfe auf die Flakstellungen stiegen auch die Verluste der Luftwaffenhelfer, genaue Zahlen sind allerdings nicht bekannt.« (Weiß, Hermann: »Luftwaffenhelfer«, in: Benz, S. 575–576) Ab 1944 wurden auch Schüler, die erst 15 Jahre alt waren, als Luftwaffenhelfer eingesetzt.

29.1 **Leitwerk**: Besitzt die Funktion, das Flugzeug zu steuern und zu stabilisieren. Es besteht aus festen bzw. starr an den Rumpf montierten Flossen und beweglichen Rudern.

32.5 **Bombenteppich**: Viele, mit zeitlicher Verzögerung abgeworfene Bomben, die sich am Boden über ein größeres Areal verteilen und eine flächige Ausweitung der Brände bewirken konnten.

39.25 **Sperrfeuer**: »Feuerriegel vor der eigenen Front, der bei überraschendem Feindangriff auf Zeichen (Leuchtmunition) oder auf Befehl schlagartig ausgelöst werden kann.« (Fuchs, S. 346)

48.1–2 **Doppelsternmotor**: »Besondere Bauform des Verbrennungsmotors in Flugzeugen, bei dem die Zylinder und Kolben sternförmig angebracht sind. Der Vorteil dieser Anordnung sind die gleichmäßige Kühlung aller Zylinder und ein runder Lauf. Des weiteren ist seine Unempfindlichkeit gegen Schäden vorteilhaft. Viele Luftstreitkräfte setzten auf die Sternmotoren, da sie sich als sehr zuverlässig erwiesen (wichtig für Flüge über Wasser) und leicht waren (wichtig für Flugzeugträger).« (http://www.net-lexikon.de/Sternmotor.html)

56.19 **Orkan**: Wenn sich in Städten (infolge von Bombardierungen) mehrere Feuer zu einem großen Brandherd zusammenschlossen, konnte ein so genannter Feuersturm entstehen. Die erwärmte Luft stieg schnell nach oben und von den Seiten strömte mit großer Geschwindigkeit neue Luft in Richtung des Brandherdes nach (Kamineffekt). Durch Feuerstürme entstanden beispielsweise in Hamburg und Pforzheim großräumige Zerstörungen.

59.19 **Blechschild**: Erkennungsmarke von Soldaten aus Aluminium oder Zink, die der Identifikation diente (im Falle von Verwundung oder Tod).

73.32 **Splittergraben**: Im Vergleich zum Bunker oder Luftschutzkeller sehr schwache Schutzvorrichtung vor Bomben, »eine Rinne mit Betonblende. Sie maß zwei Meter in Höhe und Breite, Holz stützte die Flanken. Querabteile für etwa fünfzig Personen hinderten den Fortlauf der Längsdruckwelle« (Friedrich: *Der Brand*, S. 389).

Querschläger: »Geschoß, das sich durch den Verlust seiner Stabilisierung, z. B. durch Streifen von Gräsern, Sträuchern, Steinen oder durch Aufsetzen auf dem Boden überschlägt.« (Fuchs, S. 306) 81.5

Kartuschen: »Kartuschen enthalten in einer Hülle aus Messing oder Stahl, teilweise auch in seidenen Netzbeuteln, die Treibladung der Geschütze« (Eberhardt, S. 203). 92.15–16

»Schnaps ist gut gegen die Cholera«: Zeile aus dem Refrain eines Trink- und Saufliedes, das sich vermutlich aus einer Seefahrerweisheit entwickelt hat. Cholera ist eine durch Bakterien ausgelöste Durchfallerkrankung, die in den meisten Fällen durch verschmutztes Trinkwasser entsteht. Der Heileffekt bzw. die präventive Wirkung, die Schnaps hier fälschlicherweise zugesprochen wird, könnte auf der desinfizierenden Wirkung des Alkohols beruhen. 93.17

Spekulant: Die eigentlich harmlose Bezeichnung für jemanden, der an der Börse mit Aktien handelt, wurde von den Nationalsozialisten zum antisemitischen Klischee des jüd. Börsenspekulanten umgeprägt und kann als moderne Variante des seit Jahrhunderten bestehenden antijüd. Stereotyps des Wucherers angesehen werden. 94.27

Newski-Prospekt: Zentral gelegene, fast gradlinig verlaufende Verkehrsader in St. Petersburg. Die im 18. Jh. konzipierte, fast viereinhalb Kilometer lange Straße ist von Geschäfts-, Wohn- und Repräsentanzbauten gesäumt. 100.11–12

Stanniol: Sehr dünne, glänzende Zinn- oder Silberfolie. Durch den Abwurf von Stanniol-Streifen, die Radarsignale reflektierten, wurde während eines Bombenangriffs die Ortung der Flugzeuge erschwert. 103.6

Früher erschossen sich die Generäle [...] Heute schreiben sie ein Buch darüber: Anspielung auf die Kriegskunst, wie sie nach den Religionskriegen, die ganz Europa erschütterten und verwüsteten, im 18. Jh. eingeführt wurde: »Der Umgang mit dem Ernstfall, dem des Kriegs, wird als hohe Kunst betrachtet. Die Kunst besteht nicht nur darin, den Gegner zu überwinden, sondern auch darin, die selbsttätigen Kräfte des Kriegs, seine Bewegung, 123.5–7 die das Ganze der Welt seiner Zerstörungskraft unterwirft, in Schranken zu halten.« (Kluge, S. 213) Diese Art der Kriegskunst implizierte auch, dass die Kriegführenden, etwa Generäle, die Konsequenzen aus Niederlagen zogen.

131.34–132.23 **»Es war einmal ein Geisteskranker [...] stand sein Wärter.«**: Eine Geschichte zu erzählen, die man als politisch-ideologische Kritik interpretieren konnte, war zwischen 1933 und 1945, insbesondere während des Zweiten Weltkriegs, außerordentlich gefährlich.

134.18 **»Wri tot stena!«**: Verballhorntes Russ. (übersetzt: »Lüg dieser Wand!«), das vermutlich auf die fehlende russ. Sprachkompetenz des Fähnrichs hinweisen soll, aber auch auf Ledigs eingeschränkten Sprachkenntnissen des Russ. beruhen könnte.

140.26–27 **Das steht in jedem Lesebuch**: Hinweis darauf, dass eine politische Indoktrinierung im NS-Staat bevorzugt auch im Deutschunterricht stattfand.

145.16 **EK**: Abkürzung für ›Eisernes Kreuz‹, ein Orden, der in vier Abstufungen existierte und im Zweiten Weltkrieg (wieder) eingeführt wurde.

166.13 **Lemuren**: Lemur bzw. Lemure ist einerseits die Bezeichnung für einen Halbaffen, andererseits bedeutet es im Lat. ›Seelen der Abgeschiedenen‹, ›(gute) Geister der Verstorbenen‹. Mitte Mai wurde im antiken Rom das Fest der Lemuren gefeiert.

166.24–26 **»Hier wird nicht geschlafen, aufgestanden und den Traum der Nacht vergessen! Frei nach Shakespeare!«**: Bildungsbürgerlich verbrämte Rohheit, eventuell in Anspielung auf den Schlussmonolog von Shakespeares *Ein Sommernachtstraum*. Die Zuschreibung des Zitats könnte jedoch auch irreführend sein. In einem schon um 1930 in der dt. bündischen Jugend verbreiteten Marsch- und Trinklied mit dem Titel »Asien bebe!«, das das wilde, ungebundene Kosakenleben verherrlicht, heißt es in der dritten Strophe: »Wenn am Morgen die Wölfe wieder heulen, / tönen Pfiffe und der Peitschenknall. / Aufgesessen und den Traum der Nacht vergessen! / Reitet nieder eurer Sehnsucht Qual!« Womöglich ist der Ausspruch des Arztes auch eine Variation dieser Liedzeile.

175.10 **Über seine Backe lief ein Schmiß**: Kennzeichen für die Mitgliedschaft in einer schlagenden studentischen Verbindung (Burschenschaft) bzw. einem Corps, welche vielfach Brutstätten eines Männlichkeitswahns und eines extrem nationalistischen Weltbildes waren.

Gott mit uns: Wahlspruch zunächst der preuß., dann der kaiserlichen Armee und der späteren Wehrmacht, zierte ab 1848 die Koppelschlösser aller Soldaten und Offiziere. 177.2

LiteraMedia von Suhrkamp und Cornelsen
Literatur rundum erleben

NF 338/1/1.02

Suhrkamp BasisBibliothek
Text und Kommentar in einem Band

»Die Suhrkamp BasisBibliothek hat sich längst einen Namen gemacht. Als ›Arbeitstexte für Schule und Studium‹ präsentiert der Suhrkamp Verlag diese Zusammenarbeit mit dem Schulbuchverlag Cornelsen. Doch nicht nur prüfungsgepeinigte Proseminaristen treibt es in die Arme der vielschichtig angelegten Didaktik, mit der diese unprätentiösen Bändchen aufwarten. Auch Lehrer und Liebhaber vertrauen sich gerne den jeweiligen Kommentatoren an, zumal die Bände mit erschöpfenden Hintergrundinformationen, Zeittafeln, Entstehungsgeschichten, Rezeptionsgeschichten, Erklärungsmodellen, Interpretationsskizzen, Wort- und Sacherläuterungen und Literaturhinweisen gespickt sind.«
Frankfurter Allgemeine Zeitung

Ingeborg Bachmann. Malina. Kommentar: Monika Albrecht und Dirk Göttsche. SBB 56. 420 Seiten

Jurek Becker. Jakob der Lügner. Kommentar: Thomas Kraft. SBB 15. 351 Seiten

Thomas Bernhard. Erzählungen. Kommentar: Hans Höller. SBB 23. 171 Seiten

Bertolt Brecht. Der Aufstieg des Arturo Ui. Kommentar: Annabelle Köhler. SBB 55. 190 Seiten

Bertolt Brecht. Die Dreigroschenoper. Kommentar: Joachim Lucchesi. SBB 48. 180 Seiten

Bertolt Brecht. Der gute Mensch von Sezuan. Kommentar: Wolfgang Jeske. SBB 25. 214 Seiten

NF 279/1/5.04

Bertolt Brecht. Der kaukasische Kreidekreis. Kommentar: Ana Kugli. SBB 42. 189 Seiten

Bertolt Brecht. Leben des Galilei. Kommentar: Dieter Wöhrle. SBB 1. 191 Seiten

Bertolt Brecht. Mutter Courage und ihre Kinder. Kommentar: Wolfgang Jeske. SBB 11. 185 Seiten

Georg Büchner. Lenz. Kommentar: Burghard Dedner. SBB 4. 155 Seiten

Adelbert von Chamisso. Peter Schlemihls wundersame Geschichte. Kommentar: Thomas Betz und Lutz Hagestedt. SBB 37. 178 Seiten

Annette von Droste-Hülshoff. Die Judenbuche. Kommentar: Christian Begemann. SBB 14. 136 Seiten

Max Frisch. Andorra. Kommentar: Peter Michalzik. SBB 8. 166 Seiten

Max Frisch. Biedermann und die Brandstifter. Kommentar: Heribert Kuhn. SBB 24. 142 Seiten

Max Frisch. Homo faber. Kommentar: Walter Schmitz. SBB 3. 301 Seiten

Theodor Fontane. Effi Briest. Kommentar: Dieter Wöhrle. SBB 47. 414 Seiten

Johann Wolfgang Goethe. Götz von Berlichingen. Kommentar: Wilhelm Große. SBB 27. 243 Seiten

NF 279/2/5.04

Johann Wolfgang Goethe. Die Leiden des jungen Werthers. Kommentar: Wilhelm Große. SBB 5. 222 Seiten

Grimms Märchen. Kommentar: Heinz Rölleke. SBB 6. 136 Seiten

Peter Handke. Wunschloses Unglück. Kommentar: Hans Höller. SBB 31. 131 Seiten

Hermann Hesse. Demian. Kommentar: Heribert Kuhn. SBB 16. 233 Seiten

Hermann Hesse. Narziß und Goldmund. Kommentar: Heribert Kuhn. SBB 40. 407 Seiten

Hermann Hesse. Siddhartha. Kommentar: Heribert Kuhn. SBB 2. 192 Seiten

Hermann Hesse. Der Steppenwolf. Kommentar: Heribert Kuhn. SBB 12. 306 Seiten

Hermann Hesse. Unterm Rad. Kommentar: Heribert Kuhn. SBB 34. 275 Seiten

E. T. A. Hoffmann. Das Fräulein von Scuderi. Kommentar: Barbara von Korff-Schmising. SBB 22. 149 Seiten

E. T. A. Hoffmann. Der goldene Topf. Kommentar: Peter Braun. SBB 31. 157 Seiten

E. T. A. Hoffmann. Der Sandmann. Kommentar: Peter Braun. SBB 45. 100 Seiten

Ödön von Horváth. Geschichten aus dem Wiener Wald. Kommentar: Dieter Wöhrle. SBB 26. 168 Seiten

NF 279/3/5.04

Ödön von Horváth. Italienische Nacht. Kommentar: Dieter Wöhrle. SBB 43. 162 Seiten

Ödön von Horváth. Jugend ohne Gott. Kommentar: Elisabeth Tworek. SBB 7. 195 Seiten

Ödön von Horváth. Kasimir und Karoline. Kommentar: Dieter Wöhrle. SBB 28. 147 Seiten

Franz Kafka. Der Prozeß. Kommentar: Heribert Kuhn. SBB 18. 352 Seiten

Franz Kafka. Das Urteil und andere Erzählungen. Kommentar: Peter Höfle. SBB 36. 188 Seiten

Franz Kafka. Die Verwandlung. Kommentar: Heribert Kuhn. SBB 13. 134 Seiten

Marie Luise Kaschnitz. Das dicke Kind und andere Erzählungen. Kommentar: Uwe Schweikert und Asta-Maria Bachmann. SBB 19. 249 Seiten

Gert Ledig. Vergeltung. Kommentar: Florian Radvan. SBB 51. 260 Seiten

Gotthold Ephraim Lessing. Emilia Galotti. Kommentar: Axel Schmitt. SBB 44. 171 Seiten

Gotthold Ephraim Lessing. Miß Sara Sampson. Kommentar: Axel Schmitt. SBB 52. 170 Seiten

Gotthold Ephraim Lessing. Nathan der Weise. Kommentar: Wilhelm Große. SBB 41. 238 Seiten

NF 279/4/5.04

Eduard Mörike. Mozart auf der Reise nach Prag. Kommentar: Peter Höfle. SBB 54. 130 Seiten

Ulrich Plenzdorf. Die neuen Leiden des jungen W. Kommentar: Jürgen Krätzer. SBB 39. 160 Seiten

Rainer Maria Rilke. Die Aufzeichnungen des Malte Laurids Brigge. Kommentar: Hansgeorg Schmidt-Bergmann. SBB 17. 299 Seiten

Friedrich Schiller. Kabale und Liebe. Kommentar: Wilhelm Große. SBB 10. 175 Seiten

Friedrich Schiller. Maria Stuart. Kommentar: Wilhelm Große. SBB 53. 220 Seiten

Friedrich Schiller. Wilhelm Tell. Kommentar: Wilhelm Große. SBB 30. 196 Seiten

Theodor Storm. Der Schimmelreiter. Kommentar: Heribert Kuhn. SBB 9. 199 Seiten

Martin Walser. Ein fliehendes Pferd. Kommentar: Helmuth Kiesel. SBB 35. 164 Seiten

Peter Weiss. Die Erfolgung und Ermordung Jean Paul Marats. Kommentar: Arnd Beise. SBB 49. 200 Seiten

Frank Wedekind. Frühlings Erwachen. Kommentar: Hansgeorg Schmidt-Bergmann. SBB 21. 148 Seiten

NF 279/5/5.04